Hijos del trueno

Hijos del trueno

Fernando Riquelme

NOVELA
ROBIN
BOOK

© 2012, Fernando Rodríguez Riquelme
© 2012, Ediciones Robinbook, s. l., Barcelona

Diseño de cubierta: Regina Richling
Ilustración de cubierta: iStockphoto
Diseño interior: Igor Molina Montes

ISBN: 978-84-9917-301-6
Depósito legal: B-28.832-2012

Impreso por Sagrafic, Plaza Urquinaona, 14 7° 3ª, 08010 Barcelona
Impreso en España - *Printed in Spain*

Y Jesús formó un grupo de doce apóstoles para que
estuvieran con él y para enviarlos a predicar por el mundo
con el poder de expulsar a los demonios.
Escogió a los doce: a Simón a quien llamó Pedro; a Santiago,
el de Zebedeo, y a Juan, el hermano de Santiago, a quienes puso por
nombre Boanergues, es decir: «Hijos del trueno»...
Marcos 3: 14-17.

Jesús llamó a los hermanos Zebedeo: «Hijos del trueno»,
por ser luchadores y por su carácter decidido
y ardorosamente entusiasta.

A Piluca Vega, sin la que no hubiera
sido posible escribir este libro.
A mis hijos Pati y Alex y a María Montagut.
A mis padres, Emilio y María,
a mi hermana Marisa y a Ramón Aznar.

Índice

Primera parte:
Madrid, abril de 2014

Capítulo 1

La noche en que lo iban a matar, Evaristo Gutiérrez Cuatro-Vientos estaba en el punto más alto de su carrera periodística. Le quedaban apenas unos minutos de vida pero ni él lo sabía ni ninguno de los que le rodeaban lo hubiera podido en absoluto sospechar al verlo caminar por la calle tan circunspecto y tan a su aire. Su pensamiento volaba hacia la culminación de sus proyectos profesionales, se sentía vencedor y con la clara conciencia de que nada ni nadie podría detenerlo. Salía de casa de Lucía, su amante desde hacía unos meses, y decidió acelerar el paso hasta su coche para no llegar tarde a su casa a cenar. Se había observado en el espejo de la pared del recibidor antes de salir y se cercioró de que no quedara ninguna señal en su rostro de la impaciencia del deseo cumplido, primero acelerado con las prisas de la excitación y, más tarde, culminado al restregar su cuerpo sobre el cuerpo de ella entre las sábanas. Luego, Lucía le besó en la boca con un beso rápido, casi de rutina, y le recomendó ir con cuidado.

La noche en que lo iban a matar, su mujer y su hijo lo esperaban en casa porque él había impuesto una norma, si no llamaba para anularlo, se cenaba a las nueve en punto. Sin excepciones. Aquella iba a ser la última excepción a su regla y ni él iba a llamar para avisar ni tampoco llegaría a tiempo para la cena. Evaristo Gutiérrez Cuatro-Vientos, el famoso locutor de radio y televisión, era un hombre ocupado y no daba jamás explicaciones a su esposa de sus horarios pero también era un personaje popular, alguien podía reconocerlo y debía ir con cuidado. Su chofer aparcaba siempre a unas tres manzanas de distancia, en el interior de un parking para no llamar la atención ni interrumpir el tráfico en un barrio tan poblado como la Latina, de calles demasiado estrechas y angostas. Inclinó la cabeza ligeramente hacia el suelo, un gesto que él odiaba especialmente y caminó decidido hacia delante.

En su fuero interno estaba muy satisfecho, la vida se portaba muy bien con él y sentía que ya le tocaba aprovecharse. Le habían prometido el cargo de portavoz de los medios de comunicación del Gobierno en cuanto subiera el nuevo Gabinete. «De hecho, me lo deben», pensó. Y era cierto. Evaristo ponía toda la carne al asador para forzar el anticipo de las elecciones y la sustitución en su partido del candidato a Presidente. Las encuestas les daban como ganadores si es que conseguían unificar las fuerzas de la derecha alrededor de un líder duro que inspirara confianza. Él apostó y, por fin parecía que iba recoger los frutos de su esfuerzo y, aunque tuviera ese cierto cosquilleo en el estómago de la mala conciencia por lo de su amante —«¡Qué carajo de mala conciencia...! Mala conciencia, ¿de qué?»—, estaba seguro de merecerse lo que el futuro y Dios le ofrecían como recompensa a su tenacidad y a su talento.

La noche en la que lo iban a matar, Evaristo Gutiérrez ni se dio cuenta de que era una de las primeras noches de abril de 2014, algo más de las ocho y media de la tarde y en su Madrid querido, la temperatura se mantenía suave, la tarde estupenda y el cielo despejado. La crisis profunda dejaba sus huellas en la población y Evaristo se cruzó con un grupo de obreros desempleados que salían de un bar y se habían agrupado en un corrillo tapando la calle. Muchos ya no cobraban subsidios y todos aquellos corros eran la semilla de movimientos subversivos contra el Poder Estatal. Los sindicatos y las asociaciones ciudadanas estaban contra aquel Gobierno que no aportaba soluciones y que tan sólo recortaba los gastos sociales y subía los impuestos. Evaristo los sorteó y lo observaron al pasar, él bajó aún más la cabeza hacia el suelo e intentó pasar desapercibido. Uno le reconoció, lo comentó en voz alta, lo señalaron y, entre unos y otros, le lanzaron una piedra desde lejos que le dio en el hombro. «Cabrón de mierda», le gritaron y parecieron perseguirle durante algunos metros. Evaristo siguió caminando sin mirar atrás, ya estaba acostumbrado a esos lances callejeros, se metió en unas viejas galerías comerciales y salió huyendo por la calle de encima. «Le alquilaré un piso a Lucía en un barrio más residencial —se dijo después del susto—, aunque no quiero que viva cerca de mi casa. ¡Eso jamás!». Insistió acelerando el paso, mirando hacia atrás y cerciorándose de que nadie le seguía, «mi familia es sagrada, ¡por Dios!».

Bajó de la acera y cruzó una calle estrecha, dobló la esquina y tuvo que desplazarse a causa de las obras de una pequeña plaza metiéndose en un callejón oscuro y solitario. Justo al entrar en él se topó con tres mujeres jóvenes que venían en silencio en sentido contrario, caras tristes, movimientos lentos y cólera contenida. Una chica rubia y delgada, otra pelirroja y de huesos grandes y, la tercera, pequeña y morena. Su cuerpo chocó de frente contra una de ellas, la de su izquierda, la morena, y se miraron a los ojos, dudaron por un instante y él intentó apartarse de ellas sin conseguirlo. Ese fue el segundo error de Evaristo en aquel día, el encontrarse con ellas en un lugar solitario junto a unas obras. El primero había sido su comentario en las noticias de la mañana, cuando criticó e insultó abiertamente a David Delgado, un chico de veinticuatro años, compañero de ellas, que había sido abatido a tiros por unos desconocidos. Su tercer y último error, a punto de realizarlo en ese momento, fue ponerse violento y sacar su pistola ante la rabia destapada de las tres mujeres.

Evaristo Gutiérrez Cuatro-Vientos tenía cincuenta y cinco años y vivía en el ático soleado de un viejo edificio de ladrillo visto del barrio de Salamanca, uno de los exclusivos barrios que comenzaba a tener seguridad privada en sus calles. Empezaban a ser necesarios los guardias jurados privados en los barrios ricos debido al incremento de robos y hurtos y a la falta de seguridad. Eso, Evaristo Gutiérrez lo había predicho por los medios de comunicación en los que trabajaba y hasta lo habían llamado agorero y aguafiestas. Ahora, sus compañeros de partido veían que tenía razón y, como era influyente, le hacían una cara por delante y otra por detrás. Evaristo era metódico y voluntarioso, testarudo y machacón, algo rechoncho y con la cabeza pequeña en proporción al cuerpo, ojos saltones, rictus de brujo y con el orgullo de dibujar a todas horas una sonrisa cínica que él creía inteligente. Dirigía un programa semanal de televisión, otro en una emisora de radio y escribía artículos en una columna fija en el periódico más importante del Grupo Espejo de Comunicación.

Había conducido el día anterior un programa especial de televisión de cinco horas dedicado a retransmitir en directo la gran manifestación popular de protesta contra el atentado en el Hospital Materno Infantil del Gregorio Marañón que se había cobrado cientos de muertos. La situación de crisis hacía que la gente estuviera muy nerviosa. Por un lado, los movimientos de indignados acampaban intermitentemente en las ciudades, había manifestaciones, huelgas, altercados, violencia callejera e inestabilidad social. Por otro, el Gobierno apretaba las tuercas y aún se esperaban más medidas de endurecimiento de las leyes, represión de los ciudadanos y disminución de los derechos y libertades. La gente estaba indignada y la espiral de violencia iba en aumento. En ese sentido, unos días antes habían explosionado varias bombas en el Hospital Infantil del Gregorio Marañón y aún se desconocía la autoría del atentado aunque se sospechaba de grupos terroristas que luchaban contra la ineficacia del Gobierno. El ambiente estaba muy cargado y Evaristo Gutiérrez, cogiendo la bandera de la ira contra los que él creía los culpables, aún sin confirmación oficial, atacó de forma despiadada la debilidad de un Gobierno de nenazas, según dijo, la hipocresía de una oposición de pacotilla y la impasibilidad de una gente que no tenía los cojones necesarios para decir: «basta». Había que reaccionar y hacerlo ya. Desde su programa profetizaba una única solución, la llegada al poder de un partido fuerte y duro que diera la vuelta a la situación de estancamiento moral y de crisis económica por la que se pasaba. La facción más extrema del partido conservador, encabezada según él por el propio Aznar, el antiguo ex presidente del Gobierno, debía coger las riendas del país e imponerse de forma inmediata. Un giro totalitario impuesto por una ley marcial debería anular la sensación de relativismo moral y de que todo era posible por la que se pasaba.

—¿Así que es usted el cabrón de la tele? —le preguntó la chica morena con la que se había dado de bruces al girar la esquina observando hacia atrás—. ¿Acostumbra a no contrastar sus informaciones?

Evaristo Gutiérrez Cuatro-Vientos no supo de qué le estaba hablando aquella chica pequeña y cascarrabias.

—¿Recuerda a David Delgado, lo recuerda bien? —le preguntó la chica mas fuerte de las tres, la del cabello pelirrojo oscuro cogiéndole de la solapa.

—Sepa que no era un terrorista ni un maricón de mierda ni un asqueroso comunista como usted ha dicho esta mañana —le inquirió la chica rubia de su lado, una joven alta y delgada con una explosión de rabia—. Me da usted asco, señor.

David Delgado había viajado con una de ellas desde Barcelona para asistir a la manifestación pero él era de Madrid. La gente se había manifestado para mostrar su rechazo a la violencia y para forzar al Gobierno a que solucionara la situación de una manera justa y equitativa. David se tenía que quedar a dormir en casa de sus padres pero unos desconocidos que lo seguían fueron a por él y le dispararon a quemarropa en la cara. Las tres amigas venían precisamente de velar el cadáver. No podían comprender que unos individuos desalmados y sin identificar lo hubieran seguido por la calle y lo hubieran matado disparándole a sangre fría. Tampoco era comprensible que un locutor de pacotilla lo insultara en público sin saber absolutamente nada de él.

Evaristo se repuso de aquella primera embestida y las apartó de su lado.

—Yo soy periodista, no asesino —les contestó malhumorado comenzando a andar—. Tengo prisa, déjenme en paz. Su amigo sabrá lo que hizo para que lo asesinaran...

—¿Lo que hizo? —le preguntó chillando la rubia delgada—. ¿Lo que hizo? Él no hizo nada, se lo hicieron los otros, ¿comprende?

Y las tres chicas lo arrinconaron contra la pared.

—Déjenme de una vez —les suplicó Evaristo intentando desembarazarse.

Y, en esto la suerte actuó en su contra y en contra también de la vida futura de las tres chicas.

Evaristo Gutiérrez se puso nervioso. Forcejearon y se resbaló. Al caer, le dio un fuerte manotazo en la cara a la más alta y pelirroja encendiéndola aún más.

Un fuerte dolor le recorrió la columna vertebral cuando dio con su culo en el suelo.

Se oyó un crack y se asustó.

Los rostros de las tres mujeres le rodearon vigilantes sin dejarle ver el cielo de la noche.

—No os mováis y dejadme en paz de una vez —les ordenó Evaristo sacándose su pistola del bolsillo y apuntándoles temblando.

Se hizo el silencio.

Evaristo Gutiérrez tenía permiso de armas porque había recibido múltiples amenazas de muerte y su forma de ejercer el periodismo no le hacía ganar amigos. Al contrario, insultaba, amenazaba e injuriaba a todos los que consideraba sus enemigos, que era casi todo el mundo. Se consideraba liberal y demócrata y era más conservador que los conservadores y más totalitario que los fascistas. Sus discursos eran considerados por algunos como pura apología del terrorismo. Sus enemigos mantenían que si había personas que pensaran como él y políticos que actuaran según su filosofía incitando a la violencia contra los oprimidos, hasta parecía de justicia actuar como un Robin Hood defendiendo a los que él atacaba. Decían que sus discursos favorecían la confrontación y exacerbaban los ánimos en contra de los más desfavorecidos.

Se levantó apoyándose en la pared y le puso contra la boca el cañón de la pistola a la morena.

—Apártate, puta —le gritó levantando el percutor y poniendo cara de ser capaz de disparar—. Lo vais a pagar bien caro.

Fue un visto y no visto.

La chica morena que era muy ágil le pegó una patada en los cojones y Evaristo pareció tambalearse. Se enderezó como pudo sacando fuerzas de flaqueza y levantó la mano dispuesto a disparar su pistola.

Entonces fue cuando recibió el duro golpe de una gran piedra en la sien. La chica rubia y delgada se había agachado y cogió una piedra de las muchas que habían en el suelo por las obras de la plaza. La piedra se deshizo en arenisca al golpear la cabeza del susodicho y ella se quedó con la piedra en su mano mientras se iba deshaciendo.

Se le cayó la pistola pero intentó no caerse al suelo.

Entonces recibió el impacto en el cuello de otra gran piedra empujada con rabia contra él y, al desplomarse, recibió el golpe de gracia en la nuca de una piedra más estrecha y afilada que le clavaron por detrás.

Las tres mujeres observaron cómo el cadáver de Evaristo Gutiérrez Cuatro-Vientos se iba rodeando de un gran charco de sangre oscuro y granate. Se miraron las tres y respiraron profundamente, habían vengado la muerte de su amigo pero ellas habían destrozado su vida para siempre. Aquello no tenía salida. Iba a ser un secreto que las ligaría de por vida y de la que no se podrían escapar.

Salieron corriendo del callejón sin que nadie a simple vista las reconociera. Al contrario, la policía y los medios de comunicación iban a imputar esa muerte al recién formado grupo internacional: «Sons of Thunder» o Hijos del trueno, cuyo objetivo era atentar contra personas poderosas del mundo Occidental desde el silencio y el anonimato.

Los miembros de los «hijos del trueno» utilizaban Internet para conectarse entre ellos y no formaban una estructura piramidal ni jerárquica sino corpuscular e independiente. Lo formaban personas desencantadas de grupos de indignados, antiglobalización y antisistema que constataron la falta de resultados de su lucha por la justicia y los abusos de poder y no quisieron aceptar su derrota y se integraron individualmente de forma anónima en ese colectivo que actuaba enmascarado en la nube anónima de Internet.

Así fue como comenzó todo.

Capítulo 2

Julia Muñoz era, de las tres amigas, la más alta y delgada. Caminaba por la calle decidida y absorta en sus cosas. «No conseguirán doblegarme», pensó, y cruzó la Gran Vía jugándose el tipo sorteando a los coches. «Voy a ser una anónima», se repitió una y otra vez, «no podrán conmigo». Eran las once de la mañana del día siguiente al altercado con Evaristo Gutiérrez y Julia Muñoz no había podido dormir en toda la noche. De hecho, ninguna de las tres pudo hacerlo. Iba al encuentro de su amigo, el periodista Sergio Carrasco, con el que había trabajado de becaria a sus órdenes en el diario *El Mundo* al acabar la carrera de periodismo. Habían quedado en un bar que estaba junto a un cibercafé y, después, iban a entrar juntos en el portal cibernético de los Hijos del trueno para implicarse al máximo en ese grupo. «Está decidido», pensó. «Ya no hay marcha atrás.»

Julia tenía treinta años y era de Barcelona aunque ahora estaba en Madrid por unos días para poder ir a la manifestación convocada como jornada de lucha. Todo se había truncado de pronto, su amigo David había muerto y ella era una asesina. Nadie la buscaba pero su vida había cambiado de repente. Nada iba a ser igual y ni ella era ya la misma.

Venía de Bremen, Alemania, de hacerle una entrevista en secreto a Susanne Albrecht, miembro de la segunda generación de la banda alemana de los Baader Meinhof o facción del ejército rojo. A Julia siempre le había atraído esa mujer, era hija de un afamado abogado de Hamburgo y tuvo, como ella, una infancia acomodada, estudió Sociología en la Universidad y se rebeló, como ella, contra lo establecido y la hipocresía de la moral burguesa que carcomía a la sociedad. Participó en el asesinato de su padrino, el banquero Jürgen Ponto, cuando lo intentaron secuestrar y él se resistió y fue tiroteado por los otros componentes del comando. A la justicia alemana le costó dar con ella y estuvo con una falsa identidad en Alemania del Este desde 1977 a 1990. Fue condenada en ese año tan sólo a doce años de cárcel y fue la única del grupo que salió a mitad de la condena en libertad condicional, otros se suicidaron a la vez en cárceles distintas en un acto muy sospechoso y otros aún seguían en prisión después de más de treinta años. En esos momentos trabajaba como profesora de alemán para niños inmigrantes bajo un nombre supuesto. Todo esos datos convertían a Susanne Albrecht a los ojos de Julia en un personaje muy atractivo, casi mágico y de leyenda, como un Ché Guevara femenino, que era casi una mujer extraordinaria. Le había costado mucho encontrarla y por fin lo consiguió cuando pensaba que le iba a resultar imposible. Fue varias veces a Bremen, dio con ella, primero no quiso recibirla y, tras insistir y quedarse largas horas de pie frente a la puerta de su casa, consiguió que transigiera a hablarle. Estuvieron charlando durante más de cuatro horas, dos tés, tres cervezas y un vaso de ginebra y, al final, Susanne le prohibió que publicara la entrevista. Para Julia fue como una conversación entre amigas y, en cierta manera, se sintió su cómplice y su compañera de armas.

Un hombre trajeado se giró al verla pasar. Julia se observó después en el espejo roto de un escaparate y sonrió. Su larga melena lacia y rubia llamaba la atención así como su falda corta, su cazadora ajustada de piel y su boina inclinada de tela pero Julia no estaba en ese momento para esas cosas, bastantes problemas tenía ya como para eso. Además, el sexo para ella nunca había sido un problema. Era bisexual y, si quería follar, follaba, y si se quería enamorar se enamoraba, así de sencillo. Aunque tampoco le salía siempre bien lo de estar enamorada pero eso era una cuestión distinta que no venía al caso.

Pasó frente a un ambulatorio. Una larga cola de gente vestida muy sencilla se agolpaban a la puerta de emergencia formando una fila muy larga que daba la vuelta a la manzana.

Suspiró y siguió caminando.

«Parece imposible… —pensó—, colas para alimentos, filas interminables para medicinas, subsidios que se acaban…, ¿hasta cuándo?»

Madrid estaba muy sucia, había una huelga de basureros y en las calles había restos de basura en las esquinas, contenedores rebosantes, algunos volcados sobre las aceras y papeles tirados por el suelo, bolsas de plástico reventadas, fruta madura y mal olor.

El abuelo de Julia había sido general de brigada y había luchado en la Guerra Civil al lado de Franco. Luego, el Régimen lo recompensó y ella se enteró de que habían confiscado fincas y dinero a los republicanos tras darles muerte y se había enriquecido gracias al estraperlo y al robo. Nunca se lo perdonó a su familia y ella, en cierta forma, se sentía marcada por esa vergüenza de haber vivido bien a costa de la miseria de los demás. Eso la hizo reaccionar y tuvo una juventud rebelde y agresiva. Su madre era una joven engreída y soberbia que se casó con un hombre atractivo de buena familia venida a menos, borracho y jugador y, al final, sin poder ya soportarlo lo aguantaba sólo por el qué dirán. Él fue un desgraciado toda su vida y aguantó por el dinero de la familia de su mujer que lo compró hasta su muerte. Julia amaba sobre todo a su padre que permitió que su educación fuese la rígida educación de una señorita bien de la Cataluña burguesa de la época. «¡Cómo odiaba ser una pija!» Y, además, su padre no contaba para nada, casi no hablaba y cada vez estaba más autista y cascarrabias. Ya desde muy joven, fue la hija única y rebelde de una casa de «buenas costumbres» de Barcelona que daba el escandalito de turno cada temporada para «hacerse notar». Su abuelo militar impuso sus ideas y, un buen día, la puso de patitas en la calle con escándalo y drama familiar incluido. Ella renegó públicamente de él, que mantenía a una querida muy conocida además de dar famosos discursos de moral cristiana por todas partes. Ella por rabia y por gusto y por provocar el escándalo en la sociedad de la época, se fugó con un músico marroquí, luego con una fotógrafa andaluza, con un mecánico de Pueblo Nuevo, vivió en una comuna de Vallvidrera y abortó en Londres. Cuando murieron el abuelo y su padre, Julia se reconcilió con su madre y heredó la finca de Port de la Selva y toda la riqueza de la familia. Le daba una enorme tristeza ser una «Muñoz» y encontrarse a conocidos en los lugares más insospechados.

—El mal ya está hecho —le dijo Julia a Sergio Carrasco después de pedir un café con leche al camarero—. El bautismo de sangre me ha abierto los ojos y no pienso quedarme a las puertas de nada.

Sergio acabó su cortado.

—Tranquila, ¿eh?

—Estoy decidida, Carrasco. Sólo me faltaba la excusa que ya tengo. El pistoletazo de salida ya se ha disparado y yo no me pienso permitir el seguir sin hacer nada.

Sergio tenía treinta y nueve años y era un periodista muy obstinado, pequeño, con el cabello ralo y muy hablador. Su labor en el diario *El Mundo* se había centrado en la realización de reportajes sobre escándalos de corrupción política y económica y, gracias a la casualidad de un caso que él resolvió, su nombre empezaba a sonar entre los profesionales de más prestigio en el ambientillo periodístico. Eso era bueno y malo a la vez. Por otro lado, a los dueños de los medios de comunicación les interesaban periodistas buenos y maleables. A los solamente buenos, sólo les daban una oportunidad de ser maleables y a Sergio Carrasco aún le tenían que poner ante esa prueba. Mientras tanto, todos alababan su labor.

—Lo hemos hablado muchas veces y también yo estoy decidido a entrar —le contestó cogiéndola del brazo. Se habían acostando juntos alguna vez cuando ella era su becaria pero enseguida lo dejaron estar. Sergio la consideraba una mujer superior a él en energía y en aplomo e iba con cuidado con ella. Ser su amigo ya era mucho—. ¿Sabes que puede ser un camino sin retorno? —le preguntó para dar a entender que ponderaba todas las variables posibles.

—No me machaques, Carrasco. Si quieres entramos juntos. Y si no, pues entro yo sola y en paz. No pienso pedirte permiso para nada.

—Bueno, me necesitas para enseñarte la web y el portal —le dijo Sergio sonriendo.

—Indignaos, Comprometeos, Reacciona, Actúa… ¿No te suenan a excusas burguesas todos esos movimientos? —le preguntó Julia sin esperar respuesta refiriéndose a los libros publicados con relación a la postura ciudadana ante la crisis—. Hacer algo significa hacerlo y nada más. Lo demás son rollos de hipócritas. ¿De qué sirve hablar y hablar? ¿Nos ha servido de algo alguna vez? El 15M, los indignados, los movimientos pacifistas, la hostia en vinagre, Carrasco. Ya está bien, hay que hacer algo de una vez.

Sergio la observó y sonrió:

—Venga, vamos —le dijo levantándose y tirando de la manga de su cazadora de piel hacia la calle.

Entraron en el cibercafé, sacaron el tíquet sin tener que dar su identificación y se sentaron frente a un ordenador lateral que no tenía a nadie al lado.

Sergio sacó un pequeño aparato del bolsillo con puerto USB y lo introdujo en la torre.

—Es para complicar la localización del lugar —le dijo a Julia.

Localizaron un portal de venta por catálogo, escogieron un producto concreto, una bicicleta, y siguieron el proceso de compra hasta el final. En lugar del número de la tarjeta de crédito, Sergio sacó un papel de su bolsillo y copió el código formado por números y letras.

—Ten, cópialo —le ordenó a Julia alargándole el papel—. Mejor apréndetelo de memoria, aunque lo van cambiando.

Tecleó el código y la pantalla les llevó a un usuario y una contraseña. Sergio los puso de memoria.

—Luego nos darán otros —le dijo a Julia.

Y entraron en la página web.

Allí se abrieron una personalidad inventada, indicando lugar y condiciones personales y el sistema les dio las contraseñas y los accesos de entrada.

—¿No tenemos que darles nuestro correo? —le preguntó Julia a Sergio inquieta por si perdían el contacto.

—No —le contestó Sergio—. Es mejor que no tengan nada de nosotros. Es la norma. Nosotros entramos y consultamos los mensajes que nos dejan y actuamos, siempre desde cibercafés públicos que no pidan identificación y con este aparatito —y le entregó uno—, durante el menor tiempo posible y procurando no repetir el lugar desde donde nos conectamos.

—Entendido.

Salieron de allí siendo miembros activos de los Hijos del trueno.

El engranaje se había puesto en marcha.

Segunda parte:
Alicante, noviembre de 2011

Capítulo 3

Todo había comenzado mucho antes, con la opulencia y el despilfarro. Todo comenzó con la especulación, el dinero fácil, la corrupción y la mala gestión política y económica. Los años de las vacas gordas habían pasado y, para algunos, ni siquiera en ese tiempo pudieron levantar cabeza. Es fácil imaginar lo que les pasó a esos miserables cuando se consolidó la crisis y quedaron del todo arrinconados. En noviembre de 2011 continuaban descubriéndose los escándalos que iban a protagonizar la caída en picado de la situación económica. Todo el dinero público iba a ir a parar a los bancos que habían gestionado mal sus créditos y se empezarían a recortar las ayudas sociales en sanidad y en educación para poder solucionar su agujero y el del Estado. De todas formas, los financieros, los políticos, los grandes empresarios y los cuñados de todos ellos, acostumbrados a gestionar las influencias a su favor, buscaban el resquicio por el que colarse y volver a sacar provecho de su posición privilegiada.

María Luisa Alarcón, la ex directora General de la Caja de Ahorros de Levante, estaba de pie, junto al taquillón del pasillo de su casa y le pesaban las piernas. Hablaba por teléfono con Adolfo Martínez Carrión, el que fuera su tutor desde que entró en el equipo gestor de la entidad financiera y no podía creer lo que estaba oyendo. La habían echado del banco y aceptó voluntariamente ser la cabeza de turco de todos aquellos altos directivos, de sus abusos económicos y de su ambición desmedida pero parecían quererse deshacer de ella y querer salvarse anteponiendo su fingida honradez a su solidaridad. Parecían ser los más intachables miembros de la comunidad mientras la hundían a ella en el más oscuro de los abismos.

Se frotó la nuca con la mano, apretándola con intensidad por detrás de su cabeza y aspiró profundamente:

—No puedo más, Adolfo... Ya sabes que no puedo más.

Se miró en el espejo que estaba sobre el taquillón y se notó cansada, agotada de tantos esfuerzos para sobreponerse. Tenía cincuenta años y parecía estar a punto de tirar la toalla. Ella no era así, jamás lo había sido, se caracterizaba por ser la luchadora incombustible de las múltiples crisis y de los fatales acontecimientos. Enviudó demasiado pronto y tuvo que levantar a su hija ella sola, dándolo todo y luchando con todas sus fuerzas contra todos. No podía permitirse fracasar ahora, debía reaccionar y rehacerse. Se observó con detalle el rostro maquillado en el espejo y se asustó de sus ojeras. Su cabello necesitaba desde luego más mechas rubias y un nuevo alisado, quizá un corte más radical y una nueva imagen. Cambiaría sus trajes chaqueta por prendas más ceñidas y ajustadas. Debía descansar, relajarse y reaccionar. Y sus ojos…, ya ni se atrevía a mirarse los ojos.

—Tienes que tener paciencia, Luisita —le aconsejó su interlocutor, el padrino de su hija, arrastrando las palabras—. Debemos dejar que el escándalo se diluya antes de intervenir en tu favor.

María Luisa Alarcón separó el teléfono de su cabeza con un gesto brusco, estaba sola en su casa y Adolfo seguía diciendo estupideces... Araceli, la asistenta, se acababa de ir y Cristina, su hija, estaba a punto de llegar del Máster de Derecho Laboral.

—No me fastidies, Adolfo. Ya no soy la joven adolescente que confiaba a ciegas en ti ni mucho menos.

Se armó de valor y rompió las formas después de decidirlo en un instante sobre la marcha:

—He estado callada hasta ahora pero puedo hablar… Debo hablar por mi hija y por mí. No soy idiota y no me dejas otra salida. Os denunciaré.

Su trayectoria profesional había sido impecable. Licenciada en Derecho y en Ciencias Empresariales, hacía más de quince años que ocupaba puestos directivos en la Caja de Ahorros. Ahora, intervenida la entidad por el Banco de España, se había descubierto un agujero de cientos de millones de euros y se le hacía responsable de la malversación de fondos. Las cajas de ahorros dependían de los partidos políticos, se concedieron a ellos mismos préstamos millonarios que no iban a devolver y se había invertido en empresas privadas o semipúblicas dependientes de ellos que estaban en la ruina por culpa de su mala gestión o de sus irregularidades.

—No saquemos las cosas de quicio que no hace la más mínima falta —le dijo Adolfo Martínez cambiando la voz y poniéndola de pronto grave—. Todos tenemos interés en que esto se arregle así que no te impacientes ni te precipites.

Adolfo Martínez Carrión era el Presidente de la entidad y, por lo tanto, su jefe más directo en el Consejo de Administración. Designado a dedo en su cargo por el mismísimo Presidente de la Generalitat Valenciana, su labor estaba a caballo entre lo económico y lo político. La regulación bancaria dejaba muchas lagunas y, contando con profesionales de categoría como la Directora General, se podían tapar agujeros y jugar con los fondos sin el más mínimo peligro. Pero llegó la crisis económica y, con ella, la escasez y la precariedad. El Sistema empezó a hacer aguas y se necesitó regenerarlo sacando los recursos de donde los hubiera. De pronto, se descubrió que allí no estaban. De pronto habían desaparecido. Una de las cajas de ahorros más importantes de la Comunidad Valenciana estaba en quiebra desde hacía mucho.

María Luisa llevaba unos días muy nerviosa y no se pudo aguantar. Todo la responsabilidad recaía sobre ella y nadie quería ni siquiera compadecerla:

—Te lo advierto, Adolfo, tengo los suficientes documentos firmados por ti para comprometerte… Os pasasteis concediendo préstamos a amigos influyentes que sabíais que no se iban a devolver.

—Te recuerdo que los decidíamos entre todos, querida. Tú también estabas en los Comités de Dirección. Todos nos beneficiamos de ello.

—De acuerdo —le contestó María Luisa sacando sus últimas fuerzas de flaqueza—. Si todos nos beneficiamos, ¿por qué sólo yo soy la que está en entredicho?

—Porque es a ti a la única que han pillado con un contrato de despido millonario. Un contrato vitalicio de por vida... Debiste ir con más cuidado y ser más cauta.

—El dinero corría a raudales, no me fastidies, Adolfo... Me pareció estúpido aceptar el despido así como así e irme de rositas.

El Estado presionó para realizar la fusión de las cajas de ahorros para que el agujero se diluyera y empezaron a rodar cabezas. Luego, a partir de un nuevo agujero se formaría Bankia, como la unión de Caja Madrid, Caja de Ahorros del Mediterráneo y otras entidades, que también generaría a su vez nuevos agujeros económicos. A Adolfo lo habían propuesto para presidir las entidades de ahorro a fusionar y no quería que nada empañara su futuro nombramiento. A ella se la querían sacar de encima y tuvo que anticiparse. María Luisa Alarcón, que no era nada tonta, se anticipó a ese despido y se preparó un contrato millonario de indemnización de por vida.

—El contrato lo firmaste tú, Adolfo.

—Pero eras tú la beneficiada. No yo.

Sobre el taquillón, junto al teléfono, estaban las dos fotografías enmarcadas en dorado representativas de su éxito profesional. La primera, de más joven, con la placa conmemorativa del premio recibido de manos de los mismísimos Presidentes Aznar y Zaplana, como la gestora más importante del Grupo Financiero gestionado por la Caja de Ahorros. Adolfo Martínez Carrión estaba junto a ellos representando a la entidad crediticia. La segunda, el día en que la nombraron Directora General con una gran fiesta y Adolfo invitó al Presidente Camps en persona como testigo de importancia. Su hija se mostró en público muy orgullosa de su madre y hasta se le escaparon unas lágrimas de emoción cuando su hija la abrazó al bajar del escenario.

—Encontraremos una solución. No te preocupes, María Luisa.

Por un momento estuvo a punto de dar marcha atrás y de pedirle disculpas. Adolfo la ayudó desde el principio de su carrera y la colocó enseguida como jefe de su equipo, la apoyó y la convirtió en el brazo derecho de sus muchos negocios corporativos. La encumbró y le pagó unos sueldos millonarios, a parte de comisiones y beneficios colaterales. Las cajas de ahorro y los bancos gestionaban muchas empresas y movían influencias económicas, empresas de informática, de recursos humanos, de mediación, compañías de seguros, de inversión, inmobiliarias y gestoras de fondos. Un sinfín de sociedades que generaban beneficios a partir de las inyecciones de dinero canalizadas a través de las inversiones bancarias. Se concedían préstamos a empresas vinculadas para luego distribuirse los beneficios generados por ellas. Si las empresas iban mal, no se devolvían los créditos y se daba la deuda como morosa, recibiendo los beneficios fiscales concedidos por el Banco de España. Si las empresas iban bien, tampoco se devolvían los préstamos y se repartían las ganancias por partida doble. Lo malo fue cuando el sistema quebró, se paralizaron los fondos y la pirámide rota se resquebrajó. Entonces todo el mundo quiso salir bien parado, se acusaron unos a otros, empezó la estampida y comenzaron a buscarse culpables.

María Luisa Alarcón estuvo a punto de dar marcha atrás en su decisión y casi le pidió disculpas. Justo hasta el momento en que Adolfo Martínez Carrión, enfadado con su actitud desagradecida, decidió no callarse más, ser duro con ella y prevenirla.

—Te han cogido, María Luisa, esa es la realidad que has de aceptar porque no tiene remedio. Te toca sacrificarte y no puedes escapar a eso.

María Luisa volvió a respirar profundamente:

—¿Me estás pidiendo que pague por todos vosotros?

Hubo una pequeña pausa y después, Adolfo Martínez remató:

—Te ayudaremos si aceptas tu responsabilidad, es así de simple. No ha de faltarte de nada ni a ti ni a tu hija por supuesto. Hemos compartido buenos momentos y ahora te toca afrontar los malos. Lo siento de veras. Te apoyaremos en la sombra pero debes dar la cara tú sola.

Había trabajado, les había defendido y mira cómo la pagaban. Les había salvado el culo tantas veces y, ahora, ni siquiera una frase de aliento, ni siquiera una esperanza. Si estaba perdida del todo, ¿qué más podía perder?

—Tengo copia en mi caja fuerte de los documentos firmados por ti —le dijo—, los números de cuenta de los paraísos fiscales, el nombre de las empresas destinatarias de los préstamos y los políticos implicados. Espero por el bien de todos que me saques de este lío ya.

Y colgó.

Así de simple. Se armó de valor y colgó.

Un magnífico gesto el de dejar un mensaje en el aire. Una gran satisfacción personal desde luego. Como golpe de efecto había sido un buen golpe de efecto, aunque María Luisa Alarcón sabía que de nada sirve la chulería si no se negocia al final. Un farol no sirve para ganar si los otros siguen en la partida. Los conocía demasiado bien para saber que no se iban a conformar sin responder a la agresión. «Eso es impensable.» Pero no esperó que su respuesta fuera tan rápida.

Cerró los ojos y deseó que todo aquello hubiera pasado, que llegara su hija y que pudieran abrazarse, irse juntas a pasear y olvidar todo aquello lo antes posible.

Fue hasta el salón y se puso un gin tonic con hielo bien cargado de ginebra. Corrió la gran puerta corredera de cristal y salió al exterior a respirar el aire húmedo del atardecer. Estaban a finales de noviembre. Se detuvo por unos instantes en el centro de la terraza y después caminó hasta apoyarse en la barandilla. Observó las luces del paseo, las palmera y las farolas. «Una preciosa ciudad, Alicante», pensó. Se fijó en el horizonte, primero en el puerto y después en el mar. Su ático de trescientos metros cuadrados y de setecientos mil euros pagados con una hipoteca sin intereses no le servía para consolarla en ese momento. Era tan sólo un dato. Se fijó en ese mar oscurecido que la invitaba a hundirse en él. «Me perdería allí», pensó. Y aspiró profundamente.

Sintió frío y se metió en casa tiritando. Cerró la puerta cristalera y se sentó en el sofá blanco de tres plazas apoyado en la pared. En frente, una pantalla gigante de televisión y un Home Cinema recogido en una pantalla empotrada en el techo. Apoyó la copa ya vacía sobre la mesa lateral y observó la fotografía de su hija. Parecía sonreírle sólo a ella, tan alegre y vital como acostumbraba. «¿Qué haría sin ella?», se preguntó. A María Luisa se le iluminó el rostro observando a su hija pelirroja, de huesos grandes y con los veinticinco años recién cumplidos en el día de su aniversario. Una gran fiesta. Vestido de lentejuelas ajustado al cuerpo con un ligero escote y la zona de la nariz inundada de pecas, hombros rectos y una fantástica sonrisa. De anuncio de dentrífico blanqueador. Se sintió tan orgullosa de su querida niña que se había hecho mayor de golpe que hasta se olvidó por unos momentos de sí misma y de sus problemas personales. Eso es lo que su hija conseguía de ella, ser el bálsamo que aliviaba sus quemaduras. «Se la veía tan feliz ese día...», pensó. La diadema de terciopelo negro con cristales Swarovski que ella misma le regaló recogía su cabello pelirrojo hacía atrás y estaba preciosa...

De pronto llamaron al timbre de la puerta. Se sobresaltó y volvió a la realidad. Toda la realidad le cayó por encima.

«Será ella —pensó—, se debe de haber dejado las llaves en casa...»

Se levantó presurosa, con ganas de abrazar y de besar a su hija y fue hasta allí esperando abrazarla. La puerta estaba fuertemente blindada por una lámina gruesa de acero y recubierta después con madera de roble. Se apoyó en el picaporte dorado y cogió aire como si supiera que iba a enfrentarse a algo inesperado. Simplemente cogía fuerzas para mover la pesada puerta. Empujó hacía abajo la maneta y oyó el clic metálico que abrió la cerradura.

De pronto, un fuerte golpe en la cabeza. Empujaron la puerta bruscamente desde fuera y el quicio chocó contra su frente. Un fuerte dolor. Una herida sangrante. Un aturdimiento. Dos hombres entraron de repente en el recibidor y la empujaron, cerraron la puerta tras ellos y uno le pegó un fuerte puñetazo en la nariz. Fue el que llevaba guantes de piel en sus manos. La de cosas absurdas en las que se fija una persona mientras le pasan cosas importantes que deberían captar toda su atención.

—¿Dónde están los documentos? —le preguntó el del puñetazo mientras sacaba una pistola con silenciador y se la ponía en la boca—. Dímelo, zorra. ¿Dónde están?

El de los guantes de piel iba trajeado con un traje marrón y ella se fijó en su camisa blanca y en su pañuelo en el cuello. Parecía un chulo barriobajero, reloj de oro, anillo de sello y un nomeolvides grueso de plata.

—No tenemos todo el tiempo del mundo así que no te resistas, zorra de mierda.

El otro se mantenía callado. María Luisa lo observó mientras el de los guantes de piel la arrastraba hacia dentro.

—A ver, Vicente, ¿dónde tiene esta guarra la caja fuerte? ¿En que cuarto la esconde?

Vicente señaló sin hablar el fondo del piso y se dirigieron los tres por el pasillo.

María Luisa reconoció a Vicente. Iba sin su uniforme pero era desde luego él, llevaba tejanos y una cazadora. Había sido su chófer durante casi dos años y por eso seguramente no habló, para no ser reconocido. Tan sólo señaló tímidamente al fondo del pasillo con el brazo extendido. Hacía más o menos un año que lo había despedido por acercarse demasiado a su hija. A María Luisa le pareció que casi se besaban al entrar de golpe en la cocina y lo despidió fulminante. Tan sólo tonteaban pero ella no quiso que fuera a más aquella incómoda situación. Vicente estaba casado, era mayor que ella, tendría unos cuarenta años y además era el chófer, qué caramba. Él se excusó y le pidió disculpas. Su hija también. Pero ella fue implacable. Despedido. ¡A la calle! Ahora estaba allí y la tenían retenida.

Al entrar en el despacho el de los guantes de piel la agarró por el cabello y se lo estiró hacia atrás con fuerza.

—Emilio, por favor —le suplicó Vicente un tanto alterado por la situación.

Emilio García se giró hacia él y le miró con unos ojos endurecidos y bañados en sangre:

—Ni se te ocurra corregirme ni una sola vez más, ¿lo comprendes? ¿Comprendes lo que te digo, capullo?

Vicente bajó la cabeza avergonzado y miró de reojo a María Luisa.

—¿Donde está? —le preguntó Emilio a Vicente mirando hacia la pared—. ¿Donde está la maldita caja fuerte?

—Detrás del cuadro —respondió Vicente señalando el paisaje flamenco del rincón..

—Ábrela, zorra.

Emilio apartó el cuadro con fuerza y lo tiró al suelo. Luego cogió a María Luisa y le incrustó la cara contra la caja fuerte:

—O la abres o te mato.

A María Luisa todo le había pasado muy rápido. Aún creía que si cerraba y abría los ojos quizá todo aquel horror desaparecería. Sólo podía obedecer y resignarse. Obedecer y esperar a que todo aquello se acabara lo más pronto posible.

Abrió la caja y fue apartada de un fuerte empujón que la tiró al suelo.

—Vigílala —le ordenó Emilio a Vicente entregándole la pistola con silenciador.

Vicente cogió la pistola y la apuntó casi sin atreverse a mirarla a los ojos.

Emilio García metió la mano en la caja y sacó lo que había en su interior. Puso sobre la mesa del despacho un cofre lleno de joyas, lo abrió y les dio un rápido vistazo. «Es muy difícil deshacerse de las joyas sin dejar rastro —dijo en voz alta para sí—, que queden para tu hija. No las quiero». Luego destrozó un sobre con dinero y se lo guardó en el bolsillo. «Después, lo arreglamos», le dijo a Vicente. Arrojó los talonarios al suelo y inspeccionó varios documentos con rapidez. Apartó las escrituras y algunos contratos y cogió un gran sobre blanco que ponía a mano con bolígrafo azul: «Caja de Ahorros». Sacó el contenido y lo inspeccionó con detalle, pasó las hojas y la documentación con mucha atención: certificados, actas, expedientes, minutas, extractos, registros, recibos, comprobantes, facturas, resguardos, cartas, notas e informes. Todo parecía correcto.

Emilio dio un vistazo rápido a la habitación y descubrió una cartera de mano de piel marrón sobre un mueble bajo con estanterías. Fue hasta ella y la abrió. Le dio la vuelta y tiró el contenido al suelo después de darle un vistazo y cerciorarse de que no le interesaba: rotuladores, máquina de calcular, cuartillas blancas y carpetas vacías. Puso dentro el gran sobre con los documentos reseñados como: «Caja de Ahorros» y la cerró.

—Vámonos de aquí —le ordenó a Vicente.

Cogió por la nuca a María Luisa y la levantó en vilo:

—¿Ves como no era tan difícil, puta?

La empujó por el pasillo y fueron los tres hasta el salón.

—Tú sigue apuntándola, no la pierdas de vista —le gritó a Vicente.

Dejó la cartera en el suelo y fueron hasta la terraza.

María Luisa sangraba por la frente y la nariz y estaba aturdida, caminaba a trompicones siguiendo los impulsos agresivos de Emilio. Se apartó la sangre como pudo con la manga y el dorso de la mano. Se miró las piernas llenas de carreras y se desesperó.

—¿Por qué no nos vamos? —preguntó Vicente—. Ya tenemos lo que vinimos a buscar.

—¿Quieres que nos reconozca y nos acuse, capullo? ¿Estás tonto o que pasa?

—No diré nada... No diré nada —susurró María Luisa mientras Emilio empujaba la gran puerta cristalera y la abría de par en par.

La llevaron hasta la baranda metálica y la levantaron hasta sentarla en el borde de acero. Emilio le ordenó a Vicente que lo ayudara a sostenerla por los hombros.

—Me dijiste que sería un trabajo rutinario, sin violencia —le dijo Vicente a Emilio temiéndose lo peor.

—Mira que eres nenaza, Vicente. ¿No vas a ser nunca un hombre con los huevos bien puestos?

El viento le dio a María Luisa en la cara, le dolían las heridas y estaba como borracha. Todo aquello era como un nebulosa que le estuviera pasando a otra persona. No se lo podía creer y sin embargo era real, demasiado real para no ser cierto.

De pronto, su hija apareció en la puerta del salón con su sonrisa y su ánimo de siempre:

—Mamá, ya estoy en casa.

Los tres se volvieron hacia ella.

—Mamá —gritó—. ¿Qué pasa?

—Vete, Cristina. Vete —le gritó María Luisa haciendo un esfuerzo que no supo de donde salió.

Cristina se quedó como inmóvil con su chaqueta a medio quitar y su bolso en la mano.

—Vicente, ¿qué haces? ¿Qué estáis haciendo con mi madre? —le gritó al reconocerlo.

Los ojos de su hija se clavaron en ella cuando la soltaron de los hombros y la dejaron caer al vacío.

—¡Mamá! —oyó gritar María Luisa a su hija mientras perdía el equilibrio.

María Luisa cerró los ojos con la aceleración del peso de su cuerpo en caída libre y mantuvo en su cerebro la imagen de su hija gritando, hasta que un fuerte golpe en la cabeza lo borró todo.

Capítulo 4

Vicente entró en su casa y fue directo al cuarto de baño. Llegó sudoroso y Amparo, su mujer, lo vio entrar y dirigirse al lavabo y se asustó. Sabía que algo grave le pasaba y fue hasta la puerta a intentar ayudarlo:

—¿Estás bien? —le preguntó golpeando la puerta con los nudillos sin atreverse a abrirla.

Lo oyó vomitar.

Eran las doce de la noche y Juan, su hijo de doce años, ya estaba dormido. Debían cuidarlo muy de cerca por su enfermedad pero se acostó tranquilo y no se había despertado. Últimamente dormía de un tirón, había mejorado desde la operación.

Amparo oyó el ruido de la cadena y luego correr el agua del grifo. Enseguida, Vicente abrió la puerta:

—Emilio llevaba guantes y yo no —le dijo sollozando y abrazándose a sus hombros—. Estoy perdido. ¡Perdido! ¿Qué vamos a hacer ahora?

Amparo era una mujer muy entera y fuerte. A sus treinta y ocho años se sobrepuso a la enfermedad congénita de su hijo, a sus apuros económicos que les llevaron a perder la propiedad de su piso y empujaba día a día a su marido para salir juntos adelante. Aún se sentía viva y de eso estaba muy orgullosa. Los hombres aún se giraban a su paso por la calle y le decían piropos. Era rubia y voluptuosa, vestía ceñida, con falda corta, medias transparentes de color carne y le encantaba pisar fuerte por la calle y oír el ruido de sus tacones caminando por la acera.

—Tranquilízate, Vicente —le dijo cariñosa—. Explícamelo con calma. ¿Quieres una manzanilla caliente?

Vicente entró en el lavabo y volvió con la pistola con silenciador que había dejado sobre el estante.

—¿Ves? Estamos perdidos —le dijo al salir.

Amparo le hizo dejar la pistola sobre la mesa del comedor y preparó la manzanilla. Puso las dos tazas sobre la pequeña mesa de centro, se sentó en el sofá junto a él y le cogió la cabeza con sus manos.

—No debimos dejarnos liar por Emilio —le dijo Vicente como recitando una letanía—. Es una bestia, un delincuente.

Amparo resopló:

—No tuvimos otra opción, cariño —apartó las manos de su cabeza y cogió la taza y sopló el liquido amarillento —. Nadie más quiso ayudarnos. Entonces no teníamos a nadie más.

—Si lo hubieras visto golpear a la señora... —insistió Vicente— no hablarías de él tan tranquila. Se ensañó con ella y me obligó a tirarla por el balcón. Fue todo tan horrible... Y luego me mandó que me encargara personalmente de la chica.

Amparo sabía lo del incidente de Vicente con Cristina y que ese fue el motivo de que la señora Alarcón lo echara de su casa. «Sólo tonteamos un poco —le reconoció su marido al explicárselo—, la chica es joven y muy buena persona. ¿Que otra cosa podía ser?». Fue una lástima ese maldito incidente y ella no estaba segura de que fuera algo tan inocente como le dijo su marido pero nunca quiso averiguar más. Lo cierto es que él estuvo taciturno por unos días hasta que descansó al saber que no iban a denunciarlo.

—La chica se nos quedó mirando fijamente —le dijo Vicente como si Cristina estuviera frente a ellos en ese momento—. Nos llamó asesinos y se encaró conmigo —repitió señalando hacia delante con el dedo—. Me llamó asesino. ¿Entiendes? Entramos corriendo en el salón y ella salió disparada hacia la calle. Yo aún tenía la pistola en mis manos. ¿Comprendes? La pistola en mis manos. Entonces Emilio me ordenó que disparara. «Dispárale», me dijo. «Dispárale joder.» No debimos ponernos en manos de esa bestia homicida. Jamás debimos hacerlo.

—Nos quedamos los dos en paro y él nos ayudó —dijo Amparo justo antes de dar un sorbo a su manzanilla—. No te obsesiones más e intenta mantener la cabeza fría.

Amparo había trabajado en Terra Mítica como responsable administrativa hasta que, al explotar el escándalo financiero y político del parque temático, la despidieron a ella y a muchos de los trabajadores tras presentar la suspensión de pagos. Emilio García era por aquel entonces el responsable de la empresa de seguridad que vigilaba el parque y se habían hecho buenos amigos. Desayunaban muchas veces juntos y él le explicaba en confianza los pormenores del escándalo mientras coqueteaba con ella, le decía piropos y alguna que otra obscenidad. Para ella Emilio era algo bruto en sus maneras pero tenía un cierto atractivo masculino nada desdeñable. Y además, oírse deseada una y otra vez también tenía para ella un añadido de motivación. Le aseguraba estar muy bien relacionado con las altas esferas y conocer desde dentro todos los entresijos políticos. Había sido guardaespaldas de muchos cargos influyentes y hasta protegió en más de una ocasión al mismísimo Zaplana cuando éste era aún el alcalde de Benidorm.

—Además —añadió Amparo después de dar un corto sorbo a su taza— si entraste al servicio de la Señora fue porque dirigía una de las cajas de ahorros que invirtieron en Terra Mítica y Emilio usó sus influencias y nos ayudó.

Vicente se incorporó, cogió su taza, sopló y bebió parte de la manzanilla:

—Ellos malversaron los fondos y luego nos despidieron a ti y a mí de nuestros trabajos. No es justo.

Eduardo Zaplana fue Presidente de la Generalitat Valenciana y, después, Ministro de Trabajo y portavoz en el Gobierno de Aznar, aunque su carrera política empezó en Benidorm, municipio del que fue alcalde entre 1.991 y 1.994. En 1.997, impulsó desde la Generalitat la construcción de Terra Mítica. 450 hectáreas de terreno no urbanizable habían ardido en 1.992 y en 1.996, se creó la sociedad pública denominada: «Parque Temático de Alicante, S. A.», que adquirió parte de la expropiación de esos diez millones de metros cuadrados de terrenos rústicos que fueron recalificados y dieron lugar a dos mil quinientas plazas hoteleras, dos campos de golf, un parque natural y el parque temático. La sociedad explotadora del parque estaba participada en un cuarenta por ciento por Caja Madrid y por la Caja de Ahorros del Mediterráneo y en un veinte por ciento por la propia Generalitat Valenciana, así que las entidades bancarias y los políticos fueron los que se repartieron realmente el poder. Las deudas de Terra Mítica alcanzaron los doscientos sesenta millones de euros en 2006 y el desastre no tardó en desencadenarse.

Vicente se levantó del sofá y se puso a dar vueltas alrededor de la mesa del comedor.

—La chica empezó a correr y Emilio chillaba. «Mátala, mátala», me decía —le dijo a su mujer como enloquecido—. Y ella salió disparada hacia la puerta de la calle. Fue un visto y no visto. Me bloqueé. Estaba nervioso. «Ve tras ella y mátala», me ordenó. «Ya me quedo yo a limpiar el escenario para que parezca un suicidio y tú ve tras ella —me dijo—, más te vale que no la pierdas y que no llegue hasta la policía.» Me ordenó que la siguiera y que la matara —insistió Vicente—, ¿que podía hacer yo? Me lo ordenó así, sin más. Maldito cabronazo de mierda.

Amparo era una mujer práctica y no iba a dejarse vencer tan fácilmente. Se sobrepuso cuando Vicente se desanimó al no encontrar un nuevo trabajo con los malos informes que le hizo la señora y tuvo que solucionarlo. A ella ya se le había acabado el paro y fue hasta Emilio a suplicarle que la ayudara. Tenían la hipoteca del piso sin pagar desde hacía unos meses, ya estaba en marcha la orden de desahucio y su hijo necesitaba pagarse una operación de vida o muerte. En la Seguridad Social le daban casi un año de lista de espera y sus medicamentos no entraban todos como gratuitos. ¿Qué podía hacer? Emilio la escuchó y después de sonreírle y decirle que seguía muy sexy, le dio trabajo de recepcionista en su empresa de seguridad. Por mediación del abogado Eugenio Bustamante y de su influencia en la Caja de Ahorros del Mediterráneo y en las entidades bancarias valencianas, Emilio consiguió que les dejaran vivir en su antiguo piso pagando un alquiler. Les quitaron la propiedad, descontaron la hipoteca y les concedieron un préstamo para pagar la operación de su hijo. El abogado Eugenio Bustamante les ayudó. Ahora pagaban un alquiler por su antiguo piso más la cuota mensual del préstamo pero su vida no había cambiado demasiado.

—Te dije que no debimos confiar en Emilio. ¿Te lo dije o no?

Amparo se levantó del sofá y fue hasta Vicente. Le cogió de las manos y suspiró:

—Deja de lamentarte de una vez —se puso seria y parecía enfadada—. Has de ser valiente y afrontar la realidad. No teníamos otra salida, ¿lo comprendes tú? Basta ya de joder —le ordenó a su marido—. ¡Basta!

Emilio García le ofreció un empleo a Vicente que podría por fin nivelar sus ingresos. Le dijo de antemano que sería algo comprometido y duro, que iba a ser un trabajo sucio pero que estaba bien pagado si cerraba la boca y no ponía problemas. Él dudó de cogerlo pero no le quedó otra salida. Su mujer le insistió y no le dejó alternativa posible. «¿Me dices que no vas a hacer todo lo posible para salir adelante, es eso lo que me quieres decir con tus dudas?». Y, al fin, accedió.

Vicente apartó una silla, se dejó caer sobre ella y puso la cabeza entre sus manos:

—Soy un asesino, ¿no lo ves? Hasta ahí he llegado...

Amparó lo intentó tranquilizar y lo abrazó de nuevo:

—Lo importante es que sepamos cómo arreglarlo, no te preocupes. Anda. Emilio tiene muchos recursos y sabrá como salir de ésta.

—¿Emilio, dices? Emilio vendrá a por mí y me matará. Matamos a la madre y mis huellas deben estar por todas partes...

—¿Y a la chica?

Vicente tragó saliva sin dejar de mirar al suelo:

—Vi cerrarse la puerta del ascensor y la seguí por las escaleras. Salimos a la calle y corrí tras ella. La perseguí por el paseo y después se metió por las calles estrechas. La iba alcanzando porque yo corría mucho más rápido porque el pánico me aceleraba. Me fijé en que llevaba la pistola en la mano y la escondí en el bolsillo sin dejar de correr. Cristina miraba hacia atrás y yo me iba acercando, giró por un callejón y se resbaló. ¿Comprendes? Quedó tendida frente a mí en una calle oscura y solitaria.

—¿Y? —le preguntó ella separándose de él.

—Saqué la pistola y le apunté a los ojos. A los ojos, ¿comprendes? Yo conocía a esa chica, es una buena chica. Nos habíamos abrazado y besado muchas veces pero cuando quise forzarla ella se resistió. Me apartó y me miró con miedo pero no me denunció. Es una buena chica.

—¿La mataste o no? ¿Alguien te vio?

—Levanté la pistola y le apunté a los ojos.

—¿Y?

—No pude matarla. No pude.

Vicente se echó a llorar y a Amparo se le cayó el mundo encima.

—Me dí la vuelta, guardé la pistola y he venido andando hasta aquí sin detenerme —suspiró su marido entre sollozos.

Amparo se derrumbó, había dejado viva a la testigo que podía incriminarle.

—Tío, eres idiota —concluyó sin saber qué hacer ni a quién acudir.

Se puso en pie y empezó a dar vueltas por la habitación como un leona enjaulada.

CAPÍTULO 5

En el despacho de Alicante del abogado Eugenio Bustamante, uno de los bufetes más importantes de España con sede en las principales ciudades, estaban reunidos el propio Eugenio, Adolfo Martínez Carrión, el futuro Presidente de la Unión Fusionada de las Cajas de Ahorros del País Valenciano, y Emilio García, el hombre de confianza del abogado que hacía sus encargos más delicados.

Emilio García estaba de pie y le alargó la cartera con los documentos robados en la casa de María Luisa Alarcón.

El abogado Bustamante cogió con ansia la cartera marrón de piel, la abrió y empezó a revisar los documentos sentado frente a su mesa. Eugenio Bustamante parecía muy meticuloso y ordenado, tendría unos cincuenta años y llevaba el cabello repeinado hacia atrás con brillantina.

—La chica nos vio tirar a su madre por el balcón —les dijo Emilio García a bocajarro sin reflexionar—. Fue todo muy rápido y luego se nos escapó bajando corriendo a la calle.

Adolfo Martínez Carrión se puso muy nervioso. Estaba sentado en un sillón con orejas en medio del despacho y su cuerpo se incrustaba prácticamente en el sillón. Era bajo y gordo e iba elegantemente trajeado.

—No comprendo cómo se os pudo escapar —le dijo a Emilio levantándose y empezando a caminar por la habitación—. Sois unos malditos chapuceros... Unos impresentables.

—Lo peor es que la chica reconoció a Vicente, mi ayudante —continuó Emilio con calma—. Había sido chófer durante dos años de la señora Alarcón y yo lo cogí precisamente por eso, para que me indicara la casa y la caja fuerte.

—Sois la hostia —le gritó Adolfo Martínez Carrión perdiendo la compostura.

Emilio García parecía no comprender la importancia de la situación y no atendió demasiado a las palabras del señor Martínez. Acostumbraba a solucionar los asuntos sin reflexionar demasiado, tan sólo poniendo cojones, como él decía.

—¿Así que puede reconoceros? —le preguntó Bustamante levantando la cabeza de los documentos incautados.

—A Vicente, sí. A mí no.

—Si encuentran a Vicente, tu irás tras él —concluyó el abogado.

—Y los demás detrás tuyo —dijo Adolfo Martínez fuera de sí dejándose caer de golpe sobre el sillón.

El abogado ordenó los documentos y los volvió a meter en la cartera.

—Está todo conforme, al menos eso lo han hecho bien —le dijo a Adolfo Martínez disculpándolos—. Debemos actuar con calma.

La situación de Adolfo Martínez Carrión era muy delicada. Por un lado debía deshacerse de aquellas pruebas inculpadoras y, por otro, no debía meterse en ningún escándalo más. La prensa lo vigilaba, los políticos estaban pendientes de su designación como Presidente de la Fusión de las Cajas de Ahorros del País Valenciá, entidades todas ellas en quiebra técnica y debía alejarse lo más posible del escándalo de la Caja de Ahorros de Levante, que él mismo había dirigido hasta aquel momento. No estaba en la mejor posición para estar imputado en un caso de conspiración, robo y asesinato. Y, lo que era lo peor de todo, su jefe, el influyente financiero Raimundo Ramírez, el que le iba a colocar como Presidente de la Fusión de las Cajas de Ahorros del País Valenciá podría volverse atrás y perderle la confianza. Todo su futuro pendía de un hilo quebradizo. Su carrera profesional y hasta su vida estaban en peligro.

—Encontrar a la chica... —balbuceó Adolfo Martínez con frases casi imperceptibles—. Que no llegue hasta la policía... Esconder a Vicente... Hacerle desaparecer... Si no, estamos jodidos.

—Hay que ir paso a paso, no te sulfures, Adolfo —le aconsejó el abogado Bustamante poniendo calma—. Lo mismo le aconsejé en su momento a Carlos Fabra, el ex presidente de la Diputación de Castellón, antes de que se construyera un aeropuerto de casi doscientos millones de euros y se recalificara el terreno de cuarenta mil viviendas, doce campos de golf, hoteles y hasta un parque temático. Hay que buscar el momento oportuno, Adolfo. Hay que saber calmarse.

—Yo me la juego, tu no, Eugenio —le contestó Adolfo.

—Todos nos la jugamos, no te pongas nervioso.

Eugenio Bustamante pensaba que tenía las espaldas cubiertas. Había recibido una llamada del mismísimo Secretario del importante financiero Raimundo Ramírez que le tranquilizó. «Intenta salvar a

Adolfo —le aconsejó—, pero si el asunto se tuerce nos avisas, le tenderemos una trampa y nos desharemos de él». Como abogado, Eugenio Bustamante sabía muchas cosas de los manejos de aquella gente. Nunca les había puesto entre la espada y la pared y el hecho de que confiaran en él hasta el extremo de hacerle aquel tipo de confidencias representaba que lo consideraban como a uno de los suyos. Eso le daba tranquilidad y margen de maniobra, no iban a traicionarlo ni a dejarlo en la estacada. «Por la cuenta que les trae», pensó. Seguro que lo consideraban demasiado inteligente y demasiado cabrón para ponerse en su contra.

—Emilio —le ordenó el abogado Bustamante— habla con el sargento González de la policía y dile que si la chica se presenta a hacer la denuncia en cualquiera de las comisarías de Alicante que se la envíen a él, así ganaremos tiempo. Dile que lo haga correr en todas las comisarías. Luego tú vas allí y le explicas el caso.

—A sus órdenes, señor Bustamante —contestó Emilio García mirando al señor Martínez con aplomo para darle confianza.

Adolfo Martínez, por el contrario, lo miró con total desconfianza.

—La chica estaría nerviosa y los vio desde lejos —continuó el abogado—. Pudo equivocarse de persona. Que el sargento González ponga en la denuncia que la chica está pasando por un trauma y que ve visiones, que no acepta que su madre se suicidó porque ella no quiso ayudarla ni le dio su apoyo. Que ponga en duda su declaración y que, de todas formas, no le enseñe nunca vuestras fotografías, ni la tuya ni la de Vicente, ya tenemos bastantes problemas...

—¿Y qué hacemos con Vicente, señor? —le preguntó Emilio García al abogado.

—Quizá deberemos deshacernos de él —contestó Eugenio Bustamante con frialdad—. Al conocerlo la chica personalmente es más difícil haberlo confundido. De todas formas, esperaremos a ver el transcurso de los acontecimientos. Por lo pronto le dices que se esconda y que desaparezca del mapa por unos días.

—Así se hará, señor.

—Y, encuentra a la chica, ya —le ordenó muy serio el abogado—. Dile a tus hombres que se pongan en contacto con sus familiares y amigos, hoteles, pagos por tarjeta de crédito, localizadores de ubicación y llamadas por móvil... Lo que sea. La chica es nuestro problema —le dijo mirando a Adolfo Martínez que asintió con la cabeza— cuanto antes lo solucionemos antes descansaremos.

Se quedaron los tres por unos momentos en silencio.

—¿A qué esperas? —le preguntó Eugenio Bustamante a Emilio.

—Nada... Perdón... A sus órdenes, señor.

Emilio García salió del despacho a toda prisa mientras el abogado Eugenio Bustamante tranquilizaba a Adolfo Martínez Carrión, dándole golpecitos en la espalda y tratándole como a un niño travieso después de haber hecho una travesura. «Todo se arreglará, no te preocupes, Adolfo —le dijo—, simplemente y, de ahora en adelante, hay que ir con mucha más calma.»

Luego le dijo que iba a hablar con un periodista llamado Evaristo Gutiérrez Cuatro-Vientos para que montara la campaña del suicidio de María Luisa Alarcón.

—Toda España conocerá su situación y nadie dudará de su decisión personal y definitiva —le aseguró—. La idea de que pudo ser asesinada quedará totalmente desterrada de la opinión pública.

Y se sirvieron un whisky para celebrarlo.

Capítulo 6

Para el periodista Evaristo Gutiérrez Cuatro-Vientos la libertad iba ligada al poder y tan sólo el poder te hacía libre. Sólo los privilegiados como él podían hacer lo que les viniera en gana. Los otros, simplemente, eran el vulgo sometido. «Puta escoria.»

—Debes ponerte a nuestro lado, Evaristo —le insinuó el abogado Eugenio Bustamante tirándose hacia adelante en su sillón—. Somos gente importante y tenemos el poder a nuestro favor. Las elecciones están ahí, a la vuelta de la esquina y se necesitarán buenos profesionales como tú para ocupar los puestos vacantes.

La libertad para el abogado se parecía más a la definición de opresión que al concepto de independencia. Había que definir perfectamente los límites de los demás para afianzar los propios. El derecho a la libertad de los demás era algo muy temido por los profesionales como Bustamante. Por eso necesitaban la ayuda de las leyes y de la autoridad para fijar a la baja las libertades de los otros.

—Quiero que se me reconozca, eso es todo —le contestó Evaristo Gutiérrez a la insinuación del abogado.

Su ambición consistía en ascender peldaño a peldaño en la organización interna del Grupo Espejo de Comunicación. Tenía un programa de radio pero quería más, necesitaba entrar en la dirección de la cadena para influir en la gente y ser reconocido.

Estaban los dos sentados en los sillones del despacho de Madrid del abogado y tenían sus dos tazas de café apoyadas sobre la mesita de centro. El abogado Eugenio Bustamante vestía un traje impecablemente planchado, con rallas rectilíneas en los pantalones.

Rieron de pronto como si alguien les hubiera contado un chiste muy gracioso:

—No hay problema, Evaristo —le dijo Bustamante en confidencia—. Está todo arreglado, tendrás tu propio programa de televisión en cuanto ganemos las elecciones.

Evaristo Gutiérrez detuvo su risa de golpe, no podía disimular que estaba impaciente.

—Quiero seguridad, no falsas promesas.

Eugenio Bustamante dejó también de sonreír y se puso serio, solemne.

—Tienes mi palabra. Si no confías en mí es asunto tuyo.

Evaristo reconoció que no podía tensar más la cuerda.

—Acepto —afirmó con su sonrisa cínica—. Voy a crucificar a la señora Alarcón y hasta su propia hija dudará de que no se haya suicidado por culpa de sus múltiples escándalos financieros.

Evaristo Gutiérrez Cuatro-Vientos estaba incómodo en su sillón en el que se hundía más de lo que hubiera querido. Sus ojos saltones lo escudriñaban todo con una mirada rápida. Estaba claro que él no era un señor de pedigrí ni un caballero diplomático de esos que dan prestigio a un Consejo de Administración. Él tenía un origen humilde y se había hecho a sí mismo con esfuerzo y tenacidad, no tenía cuerpo de modelo y más bien parecía un campesino al que le venía grande el traje.

—Necesito entrar también en el Consejo de dirección del Grupo —añadió el periodista.

—Ese es otro asunto distinto, no me pongas entre la espada y la pared —le contestó el abogado que estaba en ese momento en otra cosa. Tenía toda la mañana ocupada, primero con el gilipollas del periodista, después con el Presidente del Grupo Espejo y más tarde con una chiquita tipo gatita que le habían presentado la tarde anterior con gran discreción. Así que le sorprendió que, de repente, Evaristo se levantara de su sillón y empezara a caminar por el despacho como un león enjaulado.

—Mira, Eugenio —le dijo el periodista acercándose peligrosamente hasta su cara— eres tú el que me pone entre la espada y la pared, no me jodas, me lo debes. Si quieres que haga la guerra debes darme todas las armas necesarias...

—Eso es lo que te pierde, amigo mío —le dijo el abogado sorprendido mientras se levantaba también —a veces hay que saberse contener la rabia y actuar con diplomacia...

—¿Con diplomacia? Yo soy un perro rabioso ya me conoces. No una inocente gatita..., por eso me necesitáis ni más ni menos que por eso.

—¿Gatita? ¿De donde habría sacado el periodista la palabra gatita?

—¿Crees que no sé lo que valgo? —añadió Evaristo—. Pues si me queréis a vuestro lado, mimadme, sólo pido eso. ¿No lo comprendes, abogado? Necesitáis la manipulación de los medios y yo os la puedo dar. Más lectores, más teleespectadores, más audiencia. Si cabreas a todo el mundo querrán escucharte, se necesita un enemigo común contra el que luchar, eso lo saben hasta los niños de teta. Yo soy muy bueno en eso, en inventarme enemigos y en buscarme aliados. Y luego, entre insulto e insulto les meto con sacacorchos todo lo que quiero. Ya debéis haber analizado los buenos resultados del Grupo desde que estoy con ellos, ¿no me lo negarás?

Eugenio Bustamante fue hasta su mesa, se sentó en su sillón giratorio de piel y le miró a los ojos:

—Una cosa es ser un perro rabioso, el que ladra, ya me entiendes, y otra muy distinta es elegir la táctica, la estrategia.

—Sabes que sé obedecer y que también puedo apoyaros en eso. Estoy con vosotros, eso debería bastaros.

—Nos basta, nos basta. No insistas más.

Sonó el teléfono interior y el abogado Eugenio Bustamante se sintió salvado por la campana:

—Dígame, Encarna…

El abogado colgó rápidamente y se dirigió a Evaristo.

—Ha llegado el Presidente del Grupo Espejo de Comunicación, hablaré con él. No te preocupes, Evaristo —le dijo el abogado dándole tranquilidad—. ¿Tengo tu sí para la campaña contra la Alarcón?

—Tienes mi sí, Eugenio —le contestó Evaristo.

Se apretaron las manos sellando el acuerdo y el periodista salió por una puerta accesoria para no encontrarse cara a cara con su jefe.

CAPÍTULO 7

—¿Cristina López Alarcón? —le preguntó un policía a Cristina invitándola a entrar en un despacho—. Siéntese aquí, estará mejor que en la otra comisaría. Ahora vendrá el sargento González y la atenderá. Un momento, por favor.

Cristina estaba destrozada y tenía frío. Había dejado libre su cabello y su cabellera espesa y pelirroja le abrazaba los hombros. Era una mujer espontánea, sin dobleces. Jamás había sido rencorosa. Algo en su interior se tambaleaba y la había dejado sin el debido punto de apoyo. Su madre ya no estaba con ella, la vio caer y todo lo demás perdió sentido de pronto. Ni siquiera quería venganza, quería que estuviera a su lado, que la abrazara y que le dijese lo mucho que la quería. «Mi querida mamá». Temblaba y se abrazó a sí misma con miedo. Su nariz afilada y sus labios finos le daban un semblante infantil pero ya no podría volver a ser jamás esa niña que se acurrucaba en el regazo de su madre, ya no podría ser jamás nada de nada. Cerró los ojos y, por un instante, quiso perder el conocimiento. Necesitaba que pasara algo que la hiciera reaccionar. «¡Qué sé yo, cualquier cosa!», pensó. Pero nada de lo que ocurriera podría cambiar su situación.

Se dejó caer sobre una silla frente a la mesa metálica llena de papeles de ese despacho interior. Estaba cansada, parecía imposible que hubiera tenido que recorrer todo Alicante para poderse sentar y explicar su caso. De una comisaría la trasladaron a otra y aún nadie había tomado nota de su versión de los hechos. Aquello era inaudito, fuera de toda lógica. Lo tuvo que explicar varias veces a distintas personas. Luego, llamadas de teléfono y órdenes y contra órdenes hasta llevarla a aquella comisaría. Parecía que fuera ella la que hubiera empujado a su madre en lugar de ser la testigo presencial de su asesinato.

Llegó el sargento González y se presentó. Escuchó pacientemente su versión —sin tomar notas— e incluso le ofreció un vaso de agua.

Le habló muy amable y condescendiente como si fuera el padre de una niña mimada y consentida que no entraba en razones, sobre todo cuando ella le habló de los dos hombres que aparecieron en su casa como por arte de magia y empujaron a su madre por el balcón ante sus narices.

Cristina no entendía nada de nada y ya no quería comprenderlo tampoco, quería dormir para despertarse siendo otra. ¿Dónde estaban aquellos policías eficaces de los culebrones de televisión que lo solucionaban todo y que perdían el sueño para recompensar a las víctimas?

El sargento González, muy serio y profesional, le hizo a Cristina entre otras las siguientes preguntas: «¿Estás segura de que empujaron a tu madre? ¿Has bebido, tomado drogas o tranquilizantes? ¿Te peleaste con ella por el escándalo en el que estaba metida? ¿Sabías si tenía enemigos? ¿Os llevabais bien? ¿Cómo entraron en casa los que la tiraron por el balcón?».

A Cristina le martilleaban en la cabeza esas preguntas como si se las preguntaran a través de un sueño.

Luego el sargento se giró y le acercó un montón de fichas policiales con la fotografía de algunos reincidentes y se las mostró. Ella no reconocía a ninguno mientras él continuaba con las preguntas: «¿Los viste de cerca? ¿Los reconocerías? ¿Te fijaste en algo que pudiera darnos alguna pista?».

—Conozco a uno de ellos —le dijo con falta de aire—, a Vicente. Fue el chófer de mi madre y supongo que es fácil de localizar.

—Bueno —le contestó el sargento—lo primero es comprobar todas las pruebas antes de empezar a detener a nadie.

Entonces Cristina cogió todo el oxígeno que pudo robarle al ambiente y le explicó la historia que tuvo con Vicente.

—¿Y no lo denunciaste? —le preguntó extrañado el sargento dando a entender que no comprendía su actitud—. ¿Te gustaba?

Cristina resopló, no tenía ganas de remover más el pasado anterior. Sí, Vicente intentó violarla y no lo consiguió. Ella lo apartó de su lado con un empujón pero antes le había dado algo de cancha. Sí, dejó que se acercara a ella. Se habían besado alguna vez, cuchicheaban muchas veces juntos. No se mantuvo firme con él. Era cierto. Tuvo curiosidad y luego se arrepintió, le dio repulsión su boca caliente en el momento de la verdad. Ahora él era un monstruo y el policía no parecía querer comprenderlo.

El sargento continuó con su investigación: «¿Dices que luego te persiguió por la calle y que nadie os vio? ¿Os detuvisteis y él levantó el arma contra ti, te apuntó y no te disparó después de haber sido testigo de su crimen? Todo es demasiado extraño.

Cristina no se podía sacar los ojos de su madre de su imaginación. Miraba a un lado y a otro, a las fotografías y al sargento y aquel gesto de su madre cayéndose al vacío no lo podía olvidar.

—Tendremos que repasar su versión de los hechos, señorita —le dijo el sargento que a veces la tuteaba y a veces la trataba de usted.

Cristina ya no podía más y le pidió al sargento González para ir al lavabo. «Debo ir a refrescarme sin falta», le dijo. Si hubiera podido habría desaparecido de allí, no podía aguantar más y necesitaba correr, correr y desaparecer para siempre.

El sargento muy amable salió con ella del despacho y le indicó la puerta.

—Al fondo del pasillo, señorita.

Cristina atravesó la oficina y pasó frente a varias mesas con policías trabajando, ordenadores y papeleos hasta llegar al lavabo. Entró y se lavó la cara, cogió de su bolso una toallita de papel y se relajó un poco observándose largo rato frente al espejo.

Al salir, caminó de regreso y vio al otro agresor de su madre hablando en susurros con el sargento González por un pasillo lateral, incluso le pareció que discutían. «¿Qué hace este aquí?», se preguntó sobresaltada. Tuvo la tentación de ir hacia ellos y de golpearle en el pecho, de insultarlo y de darle patadas hasta dejarlo tendido en el suelo pero se contuvo. Ese hombre apoyó su mano en el hombro del sargento y hasta le guiñó un ojo y se sonrieron. Aquello era alucinante. Tomó aire y respiró hondo. «No puedo seguir aquí. No puedo», se dijo. Y decidió salir cuanto antes de allí.

Fue caminando decidida hasta el ascensor. Como tardaba en llegar bajó por las escaleras, sólo tenía que descender un piso. Recorrió el vestíbulo de la entrada, saludó a los policías de la puerta y caminó unos pasos hasta la esquina. La dobló y echó a correr con todas sus fuerzas hasta que vio un taxi.

Subió y le dijo una dirección al azar, «cualquier sitio». Enseguida tuvieron que detenerse ante el semáforo. A Cristina le latía el corazón como una locomotora.

Vio salir al asesino de su madre de la comisaría como un torbellino y buscarla entre la gente mirando a todos lados. Se fijó en su taxi, ella agachó la cabeza pero demasiado tarde. Vio perfectamente cómo sus ojos se fijaron ella.

—Rápido —le ordenó al taxista estirada en el asiento— salga rápido, por favor...

Cuando el taxi salió disparado al ponerse verde el semáforo, el hombre llegó hasta ellos y golpeó el cristal de la ventana con la mano.

—Deténgase —les gritó—. Soy policía, deténgase.

Cristina le imploró al conductor que no le hiciera caso.

—Es un asesino y está loco —dijo enderezándose en el sillón—. Me persigue y no me deja en paz.

El chófer la observó por el retrovisor y la creyó, tenía todo el aspecto de una buena chica.

Cristina observó hacia atrás cuando el taxi salió de allí a toda prisa y vio a Emilio García tomar nota de la matrícula del vehículo.

La carrera de obstáculos que iba a ser su vida a partir de entonces había comenzado allí.

Capítulo 8

Cristina seguía en el taxi y llamó a sus abuelos, los padres de su madre. Como su madre enviudó siendo ella muy niña, no tuvo casi relación con su abuelo paterno que se enfadó con su madre por motivos que no vienen al caso. Su abuela paterna ya había muerto en esa época.

—Abuelito —le dijo Cristina al oír su voz—. Abuelito, han matado a mamá.

El abuelo primero no parecía creerlo y luego se derrumbó. Le rogó que fuera a dormir a su casa.

—¿Donde estás? —le preguntó—. Vente para aquí, debemos decírselo a la abuela. ¿Cómo ha sido?

Cristina respiró de forma entrecortada, los pucheros no le dejaban hablar. Le faltaba el aire y no sabía cómo coger fuerzas.

—He visto como dos hombres la tiraban por el balcón a la calle. Ha sido terrible, abuelito.

—Ven enseguida para aquí—le ordenó él.

Su abuelo le dijo que habían preguntado por ella.

—Un señor muy educado se ha interesado por ti, cariño —le comentó.

Eso hizo que ella se asustase y declinara la invitación de ir a su casa a pasar la noche. Empezaba a sospechar que la podían vigilar por todos los lugares a los que acostumbra a ir, a sus amigas más íntimas o a su padrino. Decidió actuar con inteligencia y cuidar sus acciones de ahora en adelante. Tomó aire y se sobrepuso.

—¿Han dejado algún recado? —le preguntó ella.

—Han dicho que volverían a llamar.

Se despidió de su abuelo con la promesa de llamarles en cuanto pudiera. Debía organizarse, le dijo, y no podía hacer otra cosa.

—¿Necesitas dinero o alguna otra cosa? Cuenta con nosotros, mi niña —le sugirió su abuelo.

—Ya os diré algo, gracias abuelito —le respondió ella comiéndose las lágrimas—. Supongo que vigilan la casa y prefiero no poneros en peligro. Dale un fuerte beso a la abuela.

—De tu parte, corazón.

Y colgaron.

Hizo detener al taxi y le pagó dejándole una buena propina. Supuso que su perseguidor podía estar localizando el vehículo a través de la emisora del taxi y decidió cambiar rápidamente de coche.

Empezó a pasear sin rumbo por la calle, había anochecido y estaban encendidas las farolas y las luces de los escaparates. ¡Cómo había cambiado su vida en un instante! De ser una chica cuyo mayor problema era su carrera y su futuro, de pronto, todo su mundo se había venido abajo y el presente era lo único que tenía. «¡Un presente de mierda!» Su padre murió siendo ella muy niña y estuvo bastante sola porque su madre se dedicó de lleno a su trabajo. Fátima, la criada mora que la cuidó desde su infancia hasta que cumplió los dieciocho años, la acompañaba en las tardes de soledad cuando salía del colegio hasta que llegaba su madre ya avanzada la noche. Luego, la chica dejó la casa porque se casó. Se habían visto alguna vez desde entonces pero les había quedado un cariño muy profundo entre ellas. El tiempo había pasado muy rápido y ya hacía unos años que no se veían. Recordaba haber ido a visitarla a su casa y pensó en pasar la noche allí. No tenía donde agarrarse, seguramente su padrino estaba vigilado y tampoco le apetecía verlo. Nunca le había caído demasiado bien ese hombre. Decidió recurrir a él más adelante. Por lo pronto iría en busca de Fátima y se lo contaría todo. Estaba segura de que ella la iba a comprender.

Cogió otro taxi y le dio la dirección de Fátima. No sabía la calle exacta pero sí el barrio. Recordaba más o menos la ubicación pero no su número. Entonces fue cuando le cogió la paranoia de ser perseguida. Por el máster de Derecho Procesal y por informaciones que comentaban entre abogados, sabía que se localizaba a la gente por sus móviles, sobre todo si tenían un Iphone, como tenía ella, y por los cargos de las tarjetas de crédito, que quedaban registrados al pedir la conformidad. A través de la policía, podían dar con el lugar exacto de la compra en tiempo real o su ubicación a través del móvil. Incluso le habían dicho que hasta podían escuchar las conversaciones de su móvil desde la policía. Esperó que aún no se hubiera puesto en marcha ese seguimiento, jugaba contra reloj, pero decidió apagar su móvil y sacarle la batería.

Hizo detener el taxi un poco lejos de la casa y empezó a caminar observando los portales. Dio alguna que otra vuelta hasta que encontró el lugar.

Llamó al piso desde el interfono de la calle y no contestó nadie. Esperó, volvió a llamar y tampoco. El edificio era viejo y se caía a pedazos, tenía sólo tres pisos de altura y el barrio se veía muy pobre y peligroso. Salió un vecino que la miró de arriba a abajo y pudo entrar en la escalera y subir. Al llegar al piso, la puerta estaba precintada por el Juzgado. Ella llamó insistentemente hasta que salió la vecina de al lado.

—Hace tres semanas que la han echado de aquí por falta de pago —le comentó—. Se ve que no pudieron pagar la hipoteca, tenían cinco hijos y el marido no trabajaba. Ella limpiaba pisos y a veces la ayudaba a ella con la casa hasta que se fue.

—¿Y cómo ha sido posible? —le preguntó—. ¿Y porqué no me dijo nada? — pensó.

—El banco les había puesto una demanda y, al final, los echaron por falta de pago. Fue horroroso. Vino la policía y el juez y los echaron por la fuerza. Los vecinos insultaron a la policía pero no hubo nada que hacer, ya era la tercera vez que venían y esta vez no se pudo evitar.

—¿Y donde están ahora?

La chica le dijo que no sabía nada de Fátima ni de su familia.

Cristina se derrumbó y se puso a llorar delante de la vecina.

Pidió un café y un agua con gas y los pagó en efectivo. Fue un momento al lavabo y comprobó que la puerta de atrás estuviera abierta. Sacó la cabeza y vio libre el callejón que daba a una calle principal. Se volvió a sentar en el taburete y abrió el móvil, le puso la batería y copió en un papel algunos números, el de su Padrino, el de sus abuelos y el de algunas amigas, lo revisó lo más aprisa que pudo con el corazón machacándole el pecho.

El hombre de su lado pagó y fue a salir del bar después de echarle una mirada de deseo. Ella hizo ver que se caía sobre él, «oh, perdone», y dejó caer su móvil en la bolsa que él llevaba en la mano.

Desde el interior de la barra vio llegar el coche oscuro justo cuando el desconocido salía por la puerta. Salieron sus perseguidores del coche con un aparato en las manos y Cristina bajó rápida del taburete y salió del bar a toda prisa por la parte de atrás.

Se tropezó con una mujer que recogía cartones por los contenedores y casi se cayó al suelo. Se enderezó y la mujer la miró asustada. Cristina se dio la vuelta y salió corriendo hacia la calle principal. Sabía que no podría permitirse tener ningún fallo.

CAPÍTULO 9

Cristina se despertó sobresaltada por la mañana en una habitación muy pequeña y desordenada. Abrió los ojos despacio para evitar que le cayera el techo sobre su cabeza y le pareció imposible todo lo que le había pasado.

Había montones de ropa por planchar sobre una silla y las paredes estaban despintadas y sin cuadros. Estuvo un buen rato dando vueltas sobre la cama y luego se levantó con el deseo de que todo lo sucedido fuera tan sólo una pesadilla.

Salió al pasillo y vio a la vecina de Fátima que salía de la cocina.

—Buenos días dormilona —le dijo sonriendo—. ¿Te acuerdas de mí, sabes dónde estás?

Cristina dudó por un instante.

—Esto es Alicante y yo soy Melania, la vecina de Fátima —se respondió ella misma.

—Lo sé, lo sé —dijo ella intentando abrir del todo los ojos.

Entonces Cristina miró su reloj, eran las once de la mañana. Había pasado allí la noche y tenía mucho que hacer, debía organizarse y solucionarlo todo.

Melania era ecuatoriana y tenía unos treinta años, compartía el piso con otra compatriota que estaba de viaje a Ecuador en esos días y ahora estaba sola. La vio tan triste llorando en el rellano delante de la puerta de Fátima, según le dijo, que se apiadó de ella y la invitó a entrar. Cristina le explicó más o menos lo que le pasaba, que había visto matar a su madre y que ahora la perseguían y ella la invitó a pasar allí la noche.

—Puedes quedarte aquí por unos días —le dijo enseñándole la habitación y dejándola sola.

Cristina comió una magdalena de pie en la cocina y Melania le sirvió café de una cafetera que estaba sobre un aparato calentador.

—Necesitaría pedirte un nuevo favor —le pidió Cristina.

—Lo que quieras, mi niña.

—Necesitaría que pidieras a tu nombre un teléfono móvil de tarjeta y me lo dieras. Yo pagaré los gastos y también te daré algo para ti.

La chica aceptó pero no quiso que le diera dinero por ello.

—Estoy muy acostumbrada a las mafias y sólo quiero ayudarte. Nada más.

Bajaron juntas a la calle. Cristina la acompañó hasta una casa de teléfonos móviles y esperó fuera a que ella saliera.

Mientras esperaba se detuvo ante un quiosco y vio la noticia de su madre en los periódicos: «La crisis se toma una nueva víctima. María Luisa Alarcón, la ex directora de la Caja de Ahorros de Levante, no ha podido resistir la tensión de verse implicada en el mayor escándalo financiero de las cajas de ahorros valencianas y se ha suicidado tirándose desde la terraza de su ático a la calle».

Entonces fue cuando pensó en Sergio Carrasco, aquel periodista del diario *El Mundo* que las perseguía insistentemente a su madre y a ella para sacarles información. Se apostaba en su puerta y las molestaba sin ningún pudor. Su madre una vez se encaró con él, le insultó y hasta le levantó la mano pero él no parecía inmutarse con nada.

Se compró el diario para tener los teléfonos de la redacción de Madrid, donde trabajaba el periodista. Quizá podría llamarle si llegaba el caso y así tener el recurso de contar su verdad si es que a alguien le interesaba.

Salió Melania de la tienda y le entregó el teléfono móvil de tarjeta. Cristina la invitó a tomar un café en un bar próximo y luego se despidieron. Ella le ofreció su casa por si la necesitaba y Cristina se emocionó y le dio las gracias.

Se sentó en un banco y recapacitó un momento. «Calma, calma —se dijo—, no te angusties». Tenía varios problemas inmediatos, debía poner en marcha su antiguo teléfono móvil, abrirlo y copiar algunos números importantes, sacar dinero de su banco sin molestar a sus abuelos y comprarse algo de ropa, un neceser y una bolsa de mano. Debía jugar con el tiempo de llegada de sus perseguidores y además comprobar si la seguían y por qué medios.

Cogió un taxi hasta el centro y buscó lugares con varias entradas, un bar con dos puertas, una delante y otra detrás, y alguna tienda grande de ropa y complementos. Descubrió El Corte Inglés, que tenía entradas a dos calles haciendo esquina y vio a lo lejos una sucursal de su banco. Estudió mentalmente la estrategia a seguir y se puso manos a la obra.

Primero entró en El Corte Inglés y escogió varias prendas, un neceser y una bolsa de mano. Las llevó a la caja más cercana a la puerta de la calle y le dijo a la dependienta que se las guardara un momento que enseguida volvería a pagarlas porque quería darse otra vuelta para escoger más cosas —en principio no quiso utilizar todavía su tarjeta de crédito—.

Salió de los grandes almacenes y se dirigió hacia su banco, al otro lado de una plaza, visible desde una de las puertas de entrada a El Corte Inglés. Entró en la sucursal y, cuando no hubo nadie en la caja, sacó casi todo el dinero que tenía en su cuenta, unos dos mil quinientos euros. Llevaba el carnet de identidad y no hubo problemas, no la retuvieron pero supuso que sus perseguidores estarían controlando la cuenta de alguna manera. Salió del banco a toda prisa y fue hasta los almacenes. Allí se apostó cerca de una de las puertas de entrada, desde donde observaba el banco sin ser vista. Así controlaría si llegaban a buscarla.

Esperó unos minutos y llegaron. Tardaron apenas nada. Un coche oscuro se detuvo delante de la sucursal y descendió Emilio García, uno de los dos asesinos de su madre. Ella lo reconoció enseguida. La comunicación telemática desde las cuentas corrientes del banco a la policía era inmediata. Lo controlaban todo. Tuvo suerte de que no la retuvieran en la oficina. Ahora le tocaba el turno a la tarjeta de crédito.

Se acercó a la caja y pagó con ella. Aceptaron su tarjeta y ella salió de la tienda por la otra puerta. Fue hasta la esquina por detrás y observó desde su nueva posición a los del coche oscuro aparcado frente al banco. En unos momentos, salió el chofer del coche a toda prisa y entró en la sucursal. Salieron los dos rápidamente y señalaron la tienda desde lejos. El chófer se metió en el coche y Emilio fue hasta la tienda corriendo y mirando hacia allí.

La sensación que tuvo Cristina fue la de sentirse del todo indefensa. Había sido más lista que ellos pero, ¿para qué? Toda la ciudad era un Gran Hermano vigilante. «Sólo somos números…», se dijo a sí misma. Una tristeza profunda se apoderó de ella y no la dejaba pensar. Ya no sabía si valía la pena correr y esconderse o dejarse ir, tarde o temprano la encontrarían. Estuvo un buen rato dando vueltas con un taxi hasta que recordó un lugar apropiado. Cuando estudiaba en la Facultad de Derecho iban a un bar que tenía una pequeña puerta trasera que daba a un callejón. Se entraba por una cristalera, con lo que se veía la calle desde dentro y, al fondo, al lado del lavabo había una pequeña puerta por donde el dueño del bar ponía las cajas vacías de las botellas de cerveza. Hizo detener el taxi y fue hasta allí caminando. Entró en el establecimiento, saludó al camarero y se sentó al final de la barra sobre un taburete.

CAPÍTULO 10

Emilio García era un hombre bruto y visceral pero tenía el atractivo de las personas que saben lo que quieren. A sus treinta y ocho años apenas si tenía vida privada pero la que tenía, la disfrutaba al máximo. Sabía vivir al día. Su tipo de trabajo estaba siempre pendiente de lo urgente y no podía organizar su tiempo libre más allá de su ocupación de apaga-fuegos. Buscaba encuentros rápidos con mujeres, muchas veces de pago y se acostumbró a vivir solo y sin compañía fija. Eso le daba un cierto orgullo y seguridad en sí mismo, bebía bastante pero aguantaba bien el alcohol y no tomaba drogas. Le gustaba lo llamativo, un reloj de oro o una pulsera nomeolvides de plata y las mujeres voluptuosas y extremadas.

Con Amparo se veían de vez en cuando y el hecho de que ella estuviera casada no le molestaba en absoluto. Al contrario, le daba tranquilidad y buen rollo. Se conocieron en Terra Mítica y después se hicieron amantes. Él la ayudó a ella y al imbécil de su marido y le gustaba sentirse su protector. Le ponía físicamente y le excitaba. La contrató en su empresa, le solucionó lo del piso y la operación de su hijo y, al final, ayudó a Vicente dándole un empleo. Ahora estaba un poco arrepentido de trabajar con él porque lo veía débil y sin sangre. «Un tipo blando, sin más.»

Estaban estirados con Amparo sobre la cama en una habitación de un hotel. Él estaba en calzoncillos y ella con una combinación de seda negra con puntillas.

Emilio acarició su pecho sobre la ropa interior y acercó su boca a su oreja.

—Estás muy buena, Amparo—le dijo sonriendo.

Ella abrió las piernas para que él las tuviera a merced de sus manos.

—Coge lo que quieras —le dijo mirándole fijamente a los ojos.

Él titubeó.

—Me encantas —le susurró mientras le alzaba la combinación con los dedos y quedaba al descubierto su pubis.

Emilio la besó en la boca mientras presionó la mano sobre su sexo. Ella apretó su cuerpo contra su mano.

Emilio no estaba seguro de querer follar con ella en ese momento, no sabía si era placer o interés lo que les había empujado a quedar. Aligeró la presión de su mano y Amparo se dio cuenta.

—¿Y que pasará ahora? —le preguntó ella cerrando un poco las piernas.

Emilio retiró la mano.

—Todo ha ocurrido por su culpa —le contestó—. Vicente no supo deshacerse de la chica y ahora todo el asunto nos puede salpicar. ¿Lo comprendes, Amparo?

Amparo se apartó de sus brazos:

—Alguna solución habrá, ¿no es así?

—Esto tiene muy mala solución.

Amparo se levantó de la cama y empezó a caminar por la habitación.

—Estate quieta, por favor —le ordenó Emilio García— me pones nervioso.

Amparo se puso frente a él. Tenía la piel muy blanca y eso a Emilio le excitaba. Observó el escote y la forma de sus pechos.

—Anda, ven —le dijo.

Ella se sentó a los pies de la cama.

—Debes ayudarnos, Emilio —le suplicó.

—Haré lo que pueda...

—Lo que puedas no es suficiente —le gritó ella levantándose de nuevo—. Ya conozco de sobras ese: «lo que pueda...».

Emilio también se levantó de un salto y se puso en pie:

—El fallo fue de Vicente, no mío.

Fue hasta ella y la cogió del cabello.

—Quiero follarte ahora —le dijo—. No veas cómo me pone verte semidesnuda y enfadada.

Amparo se desembarazó de sus manos.

—Hablemos primero, estoy muy nerviosa.

—También yo estoy muy nervioso y me aguanto. Aguántate tú.

Amparo no sabía que actitud tomar, si ponerse dura o si volverse una gata sumisa.

—Os he ayudado muchas veces y ahora no sé si podré hacerlo —insistió Emilio poniéndose los pantalones—. Por lo pronto, será necesario que Vicente se esconda.

Amparo comprendió que el papel de dulce mujer ya estaba fuera de lugar.

—Estamos juntos en esto, si cae Vicente caeremos todos —le dijo ella sobreponiéndose y empezando también a vestirse.

—¿Qué quieres decir? —le preguntó Emilio abrochándose el cinturón.

Amparo estaba punto de derrumbarse.

—No quiero decir nada. Sólo que debemos ir con cuidado.

—¿Quiénes debemos ir con cuidado? —le preguntó él acercándose a ella.

—¡Todos! Tú.

Emilio se empezaba a irritar.

—No te me pongas chula que por ahí no hay camino.

—Mira —le dijo Amparo sobreponiéndose y poniéndose la blusa—. Vicente no es ningún asesino y tú sí.

—Por eso mismo, ves con cuidado conmigo.

—Sé mucho de ti y te conviene arreglar este asunto —le dijo ya vestida del todo—. Si no quieres que diga todo lo que sé de ti...

—¿Qué? —le preguntó Emilio levantándole la mano.

—Ayúdanos.

Emilio le pegó una fuerte bofetada en la cara.

—Eres una puta, Amparo —le gritó rabioso— y no dejaré que me chantajees.

Ella se tambaleó y se enderezó como pudo.

—Mejor una puta que un asesino.

—Mejor una puta muerta y un marido muerto querrás decir.

Amparo fue hasta la puerta y lo miró con odio antes de irse.

—Eres un cabrón y no permitiré que destroces a Vicente. Antes lo envío todo a tomar por el culo...

Se dio la vuelta y salió dando un fuerte portazo.

—No te dejaré que me hagas chantaje —le gritó Emilio desde la habitación—.

Y acabó de vestirse y también se fue de allí.

CAPÍTULO 11

Cristina pasó unos pocos días escondida en casa de Melania, la vecina de Fátima, y al final decidió ir a casa de su padrino, el financiero Adolfo Martínez Carrión, por si él podía ayudarla de alguna manera.

Los Martínez Carrión vivían en un chalet individual en la mejor zona residencial de Alicante. Cristina se apostó una tarde frente a su casa, al otro lado de la calle, y la observó por si estaba vigilada. Primero había unos metros de jardín y luego se veía el edificio de dos pisos y buhardilla de ladrillo visto con las persianas blancas.

Llamó a la puerta después de esperar durante largo rato y le abrió la criada:

—Señorita —le dijo—. Menos mal que ha venido. Todos estábamos muy preocupados por usted...

La criada la conocía y la hizo pasar a la casa después de abrazarse a ella.

Enseguida, con las palabras de la criada, llegó hasta ellas la señora María, la esposa de Adolfo y la abrazó también. Cristina empezó a llorar...

—Mi madre... —dijo entre sollozos—. Mi madre...

—Lo sé, lo sé —respondió María, una señora bien vestida de unos sesenta años—. Estábamos muy intranquilos por ti, mi niña. Leímos lo del suicidio de tu madre...

—Mamá no se suicidó —respondió ella interrumpiéndola— la tiraron por el balcón.

—¿Quiénes? —preguntó la señora María escandalizándose—. ¿Quién pudo hacer una cosa así?

Cristina reflexionó de repente. ¿Quién podría creerla si ni la policía la creía?

—No lo sé —respondió sin demasiado énfasis—. Todo ha pasado tan de repente...

—Debes descansar y tranquilizarte... —le aconsejó la señora María—. Adolfo no tardará en llegar del trabajo y veremos lo que hacemos entre todos.

La hizo entrar en el salón de la planta baja y la acompañó hasta el sofá y luego salió.

—Debo ir preparando la cena —le dijo— y la dejó sola cerrando la puerta de cristal tras ella.

Cristina se relajó y se apoltronó en el sofá de tela de color marfil. Dio un vistazo a todo y aprovechó para llamar a sus abuelos por el teléfono de la casa que estaba sobre una mesita. Habló con su abuelito que le dijo que estaban los dos desconsolados y solos sin ella.

—¿Y aún no podemos vernos? —le preguntó él sin comprender del todo las razones.

Cristina le dijo que no y le preguntó si habían visto a alguien merodeando por su casa.

—Claro que no, hija. ¿Quién va a vigilarnos a nosotros?

Ella le pidió paciencia y él le pasó a la abuela que lloró desconsoladamente al otro lado del aparato.

—¿Cómo es que no podemos estar juntas? —le preguntó la abuelita sin comprender lo que estaba pasando—. Es todo tan complicado para mí, hija mía.

Cristina también se desconsoló. No podía hacer nada, estaba atada de pies y manos, cualquier descuido podría descubrirla.

—Os quiero mucho —le susurró a su abuela despidiéndose de ella—. Os llamaré en cuanto pueda.

Y colgaron.

Luego llamó decidida al periódico *El Mundo* tras pedir el número de teléfono al servicio de telefónica.

—¿Me puede poner con el periodista Sergio Carrasco? —le preguntó a la operadora.

Pasaron la llamada a su sección y una voz le volvió a preguntar de nuevo con quién quería hablar. La hicieron esperar unos minutos y después le dijeron que se acababa de ir, que no se encontraba bien y que quizá estuviera unos días de baja. «Hacía muy mala cara», le insistió la voz.

Adolfo Martínez Carrión abrió la puerta de golpe y entró en el salón hasta llegar a ella.

—Mi niña, ¿qué tal estás? —le preguntó acercándose y luego abrazándola.

Iba perfectamente trajeado y ni se arrugó el traje con el abrazo.

—No te preocupes, mi niña —le aconsejó susurrándole— te ayudaremos.

Le dijo que sentía mucho lo de su madre. «Ya sabes lo mucho que yo la quería», le insistió. Luego le dijo que la había estado buscando y que estaban desesperados por encontrarla.

—No contestabas el móvil ni sabíamos cómo dar contigo —le insistió.

Se sentaron los dos en el sofá.

Cristina le explicó lo que había pasado de una forma atropellada. Le dijo que estaba muy asustada, su antiguo chófer Vicente y otro tipo empujaron a su madre por el balcón, vio al policía hablando con ese tipo y ella huyó de la comisaría a toda prisa, dio vueltas por la ciudad perseguida por desconocidos y se escondió en casa de una amiga.

—Quédate con nosotros —le ordenó su padrino—. Te ayudaré. Conozco a altos cargos de la policía y conseguiremos que te escuchen.

Ella se puso a llorar en sus brazos.

—Tranquila —le dijo él— siempre os he ayudado a tu madre y a ti y voy a continuar haciéndolo.

Ella le dijo que había perdido a su madre y que no lo podía aceptar, que su vida había dado un vuelco definitivo.

—¿Cómo voy a vivir sin mamá? —le dijo ella—. No podré hacerlo, no podré.

Y se acurrucó en sus brazos.

Entró la señora María y la llevaron entre los dos a la cama, a la habitación de invitados en el piso de arriba. Luego la esposa de Adolfo le llevó un vaso de leche caliente con galletas y la dejaron sola. Ella no quiso bajar a cenar con ellos.

Adolfo, mientras tanto, se metió en su lavabo y llamó a escondidas al abogado Bustamante. Le dijo que la niña estaba en su casa, «la hija de la señora Alarcón», y que por la mañana debía deshacerse de ella de alguna manera. «Sin levantar sospechas, por supuesto», le ordenó. «Por supuesto —le contesto él—, ya veré la manera de hacerlo.»

Eugenio Bustamante le dijo que acababa de saber que Cristina estaba en su casa:

—Ha hecho desde allí una llamada a sus abuelos y la hemos localizado porque habíamos pinchado su teléfono.

Adolfo pareció no entenderle:

—Aquí está mi mujer, la criada, los vecinos..., y el asunto se ha de solucionar de una forma discreta y efectiva.

—Por supuesto —respondió el abogado— confíe usted en mí, señor. Haré que lo solucionen de inmediato.

Antes de colgar Adolfo Martínez le insistió:

—Hay que hacerlo discretamente pero debe usted hacerlo pronto, ¿comprende? —Bustamante respondió que sí—. Nos jugamos mucho como para dejarlo estar.

Y colgó.

Anocheció y Cristina se estiró sobre la cama. Se había tomado la leche caliente con galletas y apagó la luz. En la semipenumbra de su habitación, las ramas de los árboles golpeaban levemente el cristal de la ventana. Había descorrido las cortinas y la luna se veía a través de las ramas iluminando la habitación. El reflejo de las sombras sobre las paredes parecían enormes montañas en una cueva oscura. No se pudo dormir enseguida y se quedó mirando la ventana como hipnotizada con el resplandor de la noche.

Capítulo 12

El día amaneció con sol y la luz de la mañana atravesó la ventana y le dio directamente a los ojos. Cristina se levantó pronto, hizo la cama, se vistió, arregló la habitación sin hacer ruido y bajó a la planta baja.

—Buenos días, señorita —le dijo la criada al verla—. Tiene usted el desayuno en la mesa de la cocina.

Ella también le deseó buenos días.

—El señor ya se ha marchado a trabajar —le dijo la criada cuando ella se sentó frente a la mesa— y la señora aún no se ha levantado.

Desayunó unas tostadas con mantequilla y mermelada y un café con leche. Luego fue hasta el salón y miró por las ventanas fijándose en la gente que pasaba. No vio a nadie extraño alrededor, algún coche aparcado y personas paseando con perros o caminando. Dio una vuelta por el salón y observó las muchas fotografías enmarcadas en distintos tamaños sobre un aparador o colgadas en una pared. Todas llevaban un marco dorado, fotos de familia, hijos y fiestas. En una de ellas vio a Adolfo con gente en una recepción. De pronto, le dio un escalofrío. Estaban en la puerta de un palacete blanco tres personas de etiqueta, Fraga Iribarne, Aznar y su padrino. Detrás de ellos, varios guardaespaldas. Entre ellos, la imagen de Emilio García, el asesino de su madre, como protegiendo a su padrino, unos pasos atrás.

Cristina se puso a temblar. De pronto recordó que su madre le dijo una vez que sus problemas le venían en parte por su padrino y por los líos económicos de Adolfo. Respiró hondo casi sin creérselo y no supo qué hacer. Se había metido en la boca del lobo. De pronto vio el teléfono. Como última tabla de salvación lo levantó y marcó el número del periódico *El Mundo* que había anotado en un papel. Estaba nerviosa y casi se le cayó de las manos el papel y el aparato. Preguntó por Sergio Carrasco y no estaba. Le dijeron que había llamado diciendo que no iba a ir en todo el día pero ella insistió casi llorando y consiguió que un compañero le diera el número de su teléfono móvil.

Cristina colgó el teléfono y hizo una pausa intentando tranquilizarse. Llamó a Sergio Carrasco y no contestó. Volvió a marcar y, por fin le respondió. Ella le habló atropellada. Él se acordaba de ella y de su madre y había leído la noticia de su suicidio en un teletipo. Cristina le aseguró que no se suicidó, que la tiraron por el balcón a pesar de lo que afirmaran los periódicos, que ella fue testigo, que la perseguían, que seguramente querían matarla también.

—Necesito verte —le suplicó a Sergio Carrasco.

Le dijo que iría a Madrid si él la dejaba, que no tenía a nadie más en quién apoyarse, que le dijera que sí.

—Vale, te espero —le respondió él.

Y así quedaron.

Cristina le aseguró que iría a Madrid en cuánto pudiera y que ya le avisaría al llegar.

Sergio le dio su dirección y el número del teléfono de su casa.

—Por favor, llámame —le aconsejó para tranquilizarla.

Y colgaron el teléfono.

Entonces fue cuando Cristina subió a su habitación y recogió sus cosas. De vuelta, pasó por el salón y cogió la fotografía donde salían su padrino y Emilio. Después salió por la puerta de atrás, la de la cocina, intentando que no le viera la criada. Caminó unos pasos por el césped del jardín y salió a la acera por la puerta pequeña de hierro que estaba alejada de la principal.

Se puso detrás de un todo terreno aparcado y observó el alrededor. De pronto, vio el coche oscuro aparcado al otro lado de la casa. Era el que llegó al banco cuando ella hizo las maniobras de despiste. Respiró hondo y se fijó en las dos cabezas dentro del coche. No podía saber quiénes eran pero se puso nerviosa y casi le dio un ataque.

Esperó su oportunidad y aprovechando el paso lento de una furgoneta de reparto de una lavandería, cruzó al otro lado de la calle y desapareció de allí.

CAPÍTULO 13

En Madrid, en el edificio del financiero Raimundo Ramírez estaban reunidos su secretario personal y el abogado Eugenio Bustamante. Se habían citado para hablar del caso de la Caja de Ahorros de Levante y solucionar el tema de una vez.

A través de la gran cristalera detrás de la mesa de despacho se veía toda la ciudad. El secretario y Eugenio Bustamante se sentaron frente a la mesa. Al otro lado, Raimundo Ramírez observaba en silencio al abogado. Su bastón negro con la empuñadura de plata se apoyaba en una esquina de la pared.

—El asunto se os ha ido de las manos, Bustamante —aseguró Raimundo Ramírez con un tono severo de voz—. Hay que darle carpetazo ya.

El abogado tenía las piernas cruzadas en una posición tensa y no sabía cómo ponerse.

—Ha sido una sucesión inexplicable de malas circunstancias —respondió Eugenio excusándose— pero lo solucionaremos de inmediato. No se preocupe usted, señor Ramírez.

—Sí, nos preocupamos y mucho —intervino el secretario personal del financiero—. Han cometido ustedes un error tras otro y ya no les tenemos confianza. Deberán dejarnos trabajar a nosotros.

—Por supuesto —contestó el abogado.

—¿Cómo se llama el responsable? —preguntó Raimundo sin darle el menor respiro.

—Emilio, señor. Emilio García —respondió Bustamante— y es de absoluta confianza.

El abogado temió en ese momento por su empleado y por él mismo. Aquella gente era realmente muy peligrosa.

—A partir de ahora Emilio se entenderá directamente con mi secretario —le ordenó Raimundo Ramírez—. No quiero intermediarios en esto.

Hizo una larga pausa.

—Y a usted —le ordenó al abogado— ya le iremos dando las indicaciones de las actuaciones a realizar. Ni se le ocurra tomar la iniciativa sin comentarlo con nosotros.

Eugenio Bustamante se pasó la mano por su cabello engominado y tosió varias veces.

—No tuvieron medida, señor —añadió el abogado disculpándose— se enriquecieron y...

—La señora Alarcón y el propio Adolfo no tienen la menor excusa —interrumpió Raimundo Ramírez al abogado— administraron mal sus responsabilidades y no han sabido guardar la ropa. Invirtieron mal y demasiado vorazmente y tampoco supieron alejarse a tiempo de la burbuja inmobiliaria. Todo lo hicieron pésimamente. Ha llegado el momento del recambio y de pasar página.

El abogado aún no las tenía todas consigo.

—Yo intenté ayudar a Adolfo Martínez porque creí que esa era su intención, señor Ramírez —susurró Eugenio a media voz.

—Pues ya es hora de saber en qué bando se pone uno y a quién defiende. —le dijo el señor Ramírez enfadado—. No es usted tonto según creo y la inteligencia no se explica ni se justifica, se tiene.

—Usted olvídese de Martínez Carrión que ya nos ocuparemos nosotros de desprestigiarlo y de apartarlo del caso —le ordenó el secretario—. No pueden quedar cabos sueltos que nos relacionen con él. Si no se ha podido detener a la chica a tiempo quizá será mejor utilizarla en su contra. Ya veremos lo que hacemos pero usted calladito y a esperar nuestras órdenes, ¿comprende?

—Además, debió ser usted más cauto antes de difundir la noticia del suicidio de María Luisa Alarcón —le dijo Raimundo Ramírez malhumorado—. ¿En qué posición nos deja si al final se descubre que no fue suicidio, qué credibilidad tendremos?

El abogado Bustamante se sonrojó. No tenía defensa, la más mínima defensa.

—¿Cómo se llama el periodista que nos apoya? —le preguntó el Señor Ramírez a su secretario.

—Evaristo Gutiérrez Cuatro-Vientos —le respondió el abogado adelantándose al secretario.

—¿En qué posición lo ha puesto a él? ¿Entiende el problema, Bustamante? Si ese periodista pierde la credibilidad, ¿de qué nos va a servir entonces?

Raimundo Ramírez giró el sillón sobre su base y admiró por unos instantes el paisaje urbano de la enorme cristalera dando al espalda al abogado.

Fueron unos instantes muy largos para el abogado.

—Debemos presionar al Gobierno para que nos apoye, para que apoye a los bancos —les dijo girándose hacia ellos—. Es imprescindible que así sea por el bien de todos. Si han de disminuir los gastos sociales que disminuyan de una vez, ese no es nuestro problema. El tema no se nos debe descontrolar y cualquier error puede ser grave, ¿comprende? La ambición de algunos nos ha hecho replantearnos muchas cosas pero no podemos dejarnos arrastrar por esos impresentables. ¿Hablo claro, Bustamante? No se le ocurra equivocarse ni una vez más.

El abogado no sabía si debía responder o callarse. Al final escogió hablar, aunque bajito.

—Por supuesto —le dijo bajando la cabeza—. Esperaré sus instrucciones y no tomaré ninguna iniciativa si ustedes no me lo dicen.

—Pues la reunión ha concluido —ordenó el Señor Ramírez volviéndose a girar hacia el paisaje de su ventana.

El secretario acompañó al abogado Eugenio Bustamante hasta la puerta del despacho y lo despidió. Todo debía volver a su lugar, al lugar de origen, al de siempre, al de todo atado y bien atado. No iban a permitir que ocurriera lo contrario.

Cuando se quedaron a solas, Raimundo Ramírez le ordenó a su secretario que tomara personalmente las riendas de todo el asunto.

—El tema es demasiado delicado —le aconsejó—. Vigile a ese abogado y quíteselo de encima en cuánto pueda. No podemos permitirnos el estar en manos de incompetentes.

—A sus órdenes, señor —le contestó el secretario saliendo del despacho y dejando a su jefe a solas.

No estaban acostumbrados a cometer el menor error y eso les cogía por sorpresa.

CAPÍTULO 14

Emilio García entró sigilosamente en la casa de Vicente y Amparo mientras ellos dormían. La casa estaba en silencio, eran las cuatro de la madrugada y todo parecía en calma.

Emilio llevaba guantes y conocía perfectamente la casa porque había estado allí en múltiples ocasiones.

Caminó despacio iluminado por una linterna direccional que se puso en la boca, pasó por el comedor y entró en el pasillo de las habitaciones. Se oía la respiración de todos y también la de un niño en la habitación de al lado. Fue directo al cuarto del matrimonio donde los dos dormían plácidamente.

Vicente y Amparo estaban en su cama, eso es lo que pareció comprobar Emilio García al observarlos tan detenidamente. La ropa estaba desparramada en dos sillas y una de las dos puertas del armario no cerraba y permanecía entreabierta.

Con un aerosol anestésico les roció la cara a los dos y ellos se quedaron aún más dormidos. Se fijó en Amparo e hizo un gesto de pesar. «Si hubiera sido de otra forma...». Pero, no. No había otra forma posible de solucionarlo. Salvarla de la quema hubiera sido otro error y ya estaba bien de errores.

Amparo se dio la vuelta y se acurrucó en los brazos de Vicente.

Emilio movió la cabeza y salió de allí sin titubear.

Revisó todas las habitaciones por si había alguna ventana abierta y las comprobó personalmente una a una, abrió todas las puertas de par en par y cerró todas las ventanas. Vio al niño durmiendo en su cama y no quiso entretenerse observándolo de cerca.

Fue hasta la cocina y abrió la llave del gas, rompió la tubería del calentador y giró los mandos de los fogones y del horno.

Antes de salir encendió un cigarrillo y lo puso de pie sobre la mesa del comedor, a un paso de la cocina. Luego cerró la puerta de la calle y salió muy rápido de allí.

A las cuatro y diez de la madrugada, apostado en la esquina contraria de la calle, escuchó una gran explosión que derrumbó en parte el pequeño edificio y un enorme fuego se extendió rápidamente con unas llamas gigantes. Saltaron casquillos hacia todos lados y tuvo que apartarse para no salir herido.

Luego, encendió otro cigarrillo y se fue caminando lejos de allí.

Tercera parte:
Madrid, marzo de 2014

Capítulo 15

España entró en la inestabilidad más absoluta. Aquel día del mes de marzo de 2014, un mes antes de los dos asesinatos callejeros del estudiante Daniel Delgado y del periodista Evaristo Gutiérrez Cuatro-Vientos, era el día señalado para el inicio de la semana de huelga general organizada por los sindicatos, el 24-M, y todos los efectivos estaban preparados para contrarrestar los disturbios que se esperaban. La gente ya no podía más, la crisis económica los estaba exprimiendo, habían subido los impuestos, recortado los gastos sociales y todos los recursos disponibles se dedicaban al rescate de los bancos y del agujero financiero del Estado. El paro superaba los seis millones de personas, las empresas quebraban, las pensiones se anulaban, disminuían los salarios y la gente se veía impotente para reaccionar. El Gobierno no parecía querer solucionar el problema de fondo y dedicaba todos los recursos disponibles a ayudar a los poderosos que precisamente habían sido los responsables. No se exigieron responsabilidades y la desconfianza por un lado en los dirigentes y, por otro, la imposibilidad de soluciones reales provocaron la inestabilidad total. El Gobierno endureció las leyes y tan sólo parecía preocuparle el mantenimiento del orden público en lugar de la salud social del Sistema. Parecían tener la impresión de que si reprimían a la gente el problema disminuiría o se solucionaría en su totalidad.

Para evitar los desórdenes públicos, se creó la Unidad Mixta y Especializada de Vigilancia, la UMEV, formada por miembros técnicos e informáticos del ejército y de la policía que se encargaba del seguimiento, identificación y posterior localización de los activistas que instigaban las revueltas callejeras. La Unidad no se ocupaba de la represión pero si de la coordinación de los efectivos, de avisar a los mandos policiales de lo que se estaba cociendo en la calle y de comunicar la ubicación de los movimientos concentrados para cortarles el paso. Controlaban las cámaras de video instaladas en toda la ciudad y los helicópteros que oteaban a los manifestantes desde el aire, a los policías de paisano y a los apostados en las ventanas de los pisos francos o en las azoteas. Recibían la información de lo que ocurría y la comunicaban a los mandos apostados en los lugares estratégicos, fotografiaban a gente al azar e identificaban a los extremistas con el *software* de identificación visual.

Carmelo Fernández no era miembro de los antidisturbios ni del ejército ni tan siquiera un agente del CNI o de los servicios secretos y, sin embargo, los mandos le respetaban como si lo hubiera nombrado el mismísimo Ministro del Interior. Nadie sabía en realidad de dónde le venía aquella autoridad ni quién se la había otorgado pero todos contaban con él, lo obedecían y lo tenían en cuenta incluso con un cierto temor. Era alto y fuerte, con una cierta pinta de macarra, cabello castaño rizado y cejas abultadas y espesas. Vestía siempre igual, traje marrón con americana cruzada, camisa blanca con botones en el cuello y un pañuelo de seda en lugar de corbata. Su presencia imponía respeto y, a la vez, ganas de perderlo de vista.

—El asunto está que arde —le dijo el policía que estaba sentado frente a una de las muchas pantallas de ordenador vigilando la calle—. La gente se ha enloquecido y pide a gritos la sangre de los políticos.

—Usted siga enfocando a la multitud y sacando fotografías —le ordenó Carmelo apartándose de él y acercándose al teniente uniformado.

Carmelo Fernández acompañaba al teniente Benítez, el oficial al mando, e iban juntos de un lado a otro. La sala acondicionada en el Ministerio de Defensa, en el Cuartel General del Ejército de Tierra, era interior, muy grande y espaciosa, iluminada tan sólo por múltiples tiras paralelas de fluorescentes. Hileras de mesas de melamina marrón con patas metálicas y ordenadores encima, policías con auriculares en los oídos, sentados en sillas de madera y atentos a las pantallas del ordenador recordaban una clase multitudinaria en un laboratorio de idiomas. Dos soldados se encargaban del mostrador lateral de comunicaciones con teléfonos, radios walkie talkie y antenas y, de vez en cuando reclamaban al teniente a voz en grito: «mi teniente, el general; mi teniente, el ministro; el secretario o el comandante al teléfono» y le pasaban las llamadas siguiendo sus instrucciones.

—Si quieren saber cómo va la cosa, que lo sigan en los informativos de la tele. No te jode el ministro —dijo enfadado el teniente a Carmelo tapando el auricular con la mano y poniendo cara de fastidio—. Aquí se trabaja, coño. ¡Que nos dejen trabajar!

Carmelo Fernández y el teniente no tenían una mesa concreta donde sentarse y se paseaban por los pasillos por detrás de los guardias, se detenían ante alguna pantalla de ordenador, señalaban algo, atendían las urgencias y daban órdenes a los de allí, a los de fuera y a los pilotos de los helicópteros. Cuatro policías esperaban de pie, de dos en dos junto a las dos puertas de salida, por si eran reclamados para algún servicio.

Carmelo recibió una llamada a su teléfono móvil mientras el teniente hablaba con el ministro.

—No se preocupe, señor —contestó después de sacarse el aparato del bolsillo—. Todo marcha según lo previsto, señor.

Escuchó durante unos segundos.

—Le avisaré de inmediato en el momento en que ocurra. Por supuesto que sí —confirmó a su jefe—. Se lo he encargado a un profesional de absoluta confianza y tengo referencias de sus trabajos. No habrá imprevistos, señor.

Movió la cabeza varias veces asintiendo en silencio. Carmelo era muy eficiente en misiones como aquella, debía vigilar y proteger y, por otro lado, desestabilizar y cubrirse las espaldas. Tenía mucha experiencia en esos temas y no tenía amigos a los que decepcionar ni a quién confiarle confidencias ni obligación moral alguna más que las de cumplir con los mandatos de sus jefes.

Se cuadró al final de la conversación como si lo hiciera ante un capitán general.

—Señor, siempre a sus órdenes.

Y colgó observando sibilinamente a su alrededor por si alguien había estado atento a su conversación.

—Vamos a donde el cabo del fondo —le dijo el teniente llegando a su lado y señalando la mano levantada al final de uno de los pasillos laterales.

Carmelo se giró hacia el guardia y presintió algo grave, de pronto despertó su intuición que había estado dormida hasta ese momento. El rostro del policía estaba desencajado y a él le recorrió el cuerpo un malestar extraño como una premonición.

El cabo del fondo del pasillo lateral agitó aún más la mano en el aire y gritó:

—Teniente, mi teniente, venga aquí enseguida.

La pantalla del ordenador señalaba la causa.

—Los dos leones, señor... —les gritó asustado—. Las cabezas de los dos leones, señor, están... Están tiradas en el suelo.

Carmelo Fernández y el teniente Benítez se quedaron estupefactos detrás del cabo observando fijamente el ordenador.

—¿Y los dos policías de la puerta? —gritó el teniente totalmente descompuesto—. ¿Dónde coño están los dos policías de guardia? —insistió—. A esos me los cargo yo. Desde luego que me los cargo.

La cámara estaba situada al otro lado de la calle de la Carrera de San Jerónimo y el cabo había acercado el zoom hasta el objetivo. Enfocaba directamente a las escalinatas del Congreso de los Diputados y a los dos pedestales, uno a cada lado, que soportan los dos leones de bronce del Congreso.

Se veía mucha gente en la calle y manifestantes que iban llegando hasta allí increpando al edificio vacío, insultando a voz en grito a los políticos —no presentes en ese momento— y cantando todos juntos sus consignas. La táctica de los manifestantes que no seguían la marcha oficial era organizar varias manifestaciones al mismo tiempo en varios sitios distintos de la ciudad que aparecían, desaparecían y volvían a comenzar en lugares cercanos aprovechando la ocupación de los policías. Ahí estaban los elementos más controvertidos de la guerrilla urbana y eran los que quemaban contanedores, rompían cristales de establecimientos comerciales, de bancos y de empresas multinacionales y tiraban en el asfalto neumáticos encendidos haciendo barricadas. Cuando llegaban los Antidisturbios se enfrentaban a ellos y luego se disolvían automáticamente y desaparecían tras quedar concentrados en otro lugar.

Se había organizado una marcha oficial que venía de la calle de Alcalá, giraba por Cibeles y recorría el Paseo del Prado hasta llegar a la Plaza de Atocha, donde se había instalado un escenario con megafonía y pancartas para realizar los discursos y parlamentos de cierre. Los policías cerraban todas las bocacalles del recorrido por el Paseo del Prado y, por lo tanto, en la Plaza de Neptuno —encrucijada donde se cruzaba la Carrera de San Jerónimo con el Paseo—, los efectivos estaban de espaldas al Congreso controlando la manifestación oficial que pasaba por delante de ellos en ese momento.

—Retrocede la filmación —le ordenó Carmelo al cabo.

Al retroceder la filmación, aparecieron en la calle, frente a los dos agentes de guardia en el Congreso, dos chicas muy jóvenes y vestidas como clásicas colegialas, camisa blanca, chaqueta de lana y falda corta de cuadros con calcetines blancos. Llevaban dos pancartas antimanifestación y se paseaban por delante del Congreso sonriendo a los guardias. «Sin orden no hay futuro» y «El respeto se gana obedeciendo», decían cada uno de los textos.

—A ver, que coño hacen los dos polis de la puerta —gritó el teniente al verlos.

Enseguida aparecieron unos cuántos energúmenos que rodearon a las dos chicas insultándolas y empujándolas hasta tirar al suelo y patear las dos pancartas. Las chicas se escaparon como pudieron en la dirección contraria a las escalinatas del Congreso y los energúmenos corrieron tras ellas. «Os mataremos», gritaban, «pijas de mierda», «os vamos a violar», «no quedará de vosotras ni el menor pelo en vuestras cabezas».

—Seguro que caen en la trampa —aseguró Carmelo al teniente.

—Seguro que sí —contestó el teniente—. Esos malditos hijos de puta...

Se vio como los dos policías se miraron asustados, dudaron por unos instantes, observaron en derredor y fueron tras ellas para salvarlas. En un momento salieron todos del foco de la cámara.

Cuando el Congreso se había quedado sin protección, en la pantalla del ordenador aparecieron cuatro encapuchados con guantes en las manos, grandes mochilas en la espalda y cuatro mazas —una cada uno— y se dirigieron a los pedestales escalando hasta arriba. «Cojones, los leones», dijo Carmelo en voz baja. «Adiós a los leones», pensó el teniente y recordó la clase de la Academia Militar en donde les explicaron su significado: «Daoíz y Velarde, los leones del Congreso, representan la Equidad y el Derecho y son los símbolos vigilantes de la nobleza de los legisladores».

Los terroristas sacaron de sus mochilas cuatro aparatos tipo taladro y empezaron a perforar el cuello de bronce de los leones. Dibujaron una línea de puntos que se remarcaba con una luz roja como si fuera una cortadora de acero láser. Todo fue rápido, muy profesional. Carmelo y el teniente se miraron con desasosiego.

A la voz de «ya, vamos», se guardaron los taladros en las mochilas y cogieron las mazas. Como cuatro locos enfurecidos golpearon las cabezas de los leones hasta que cedieron y cayeron por las escalinatas con un gran estruendo. Luego saltaron de los pedestales y desaparecieron.

—Ponte en tiempo real, cabo —le gritó el teniente señalando la pantalla.

Empezaron a sonar los teléfonos de la mesa de comunicaciones todos a la vez y de forma insistente.

—Mi teniente —gritó uno de los dos soldados desde allí— dicen que han decapitado a los leones del Congreso. ¿Le paso la llamada, mi teniente?

El teniente estaba muy nervioso y no sabía lo qué hacer.

—Dejadnos en paz —les ordenó Carmelo a voz en grito.

El teniente les hizo a los soldados un gesto con la mano indicativo de que le hicieran caso a Carmelo y observó de nuevo la pantalla que ya filmaba en tiempo real.

La gente iba llegando y se apelotonaba alrededor de las dos cabezas. Saltaban, bailaban de alegría y se les veía contentos como si hubieran conseguido con ese acto todas las peticiones exigidas al Gobierno. «Qué tíos más gilipollas», dijo en voz alta Carmelo moviendo la cabeza con desaprobación.

Una cabeza de león quedó sobre la acera y un espontáneo la pintaba con pintura roja de spray. «Cabrones», parecía leerse en el texto. La otra estaba sobre la escalinata.

Se oyeron disparos de pelotas de goma y una alcanzó de lleno el hombro del que pintaba con spray que cayó de inmediato al suelo apretándose el brazo.

Enseguida llegaron unos cuantos antidisturbios a la zona y golpearon a la muchedumbre con sus porras largas para abrirse paso. Parecían guerreros de videojuegos con sus cascos puestos, sus escudos, el chaleco antibalas y sus uniformes acolchados en azul, levantando los brazos en alto con las porras y dejándolas caer sobre la multitud. Golpeaban y golpeaban mientras la gente se apartaba o se tiraba al suelo o sangraba, corría o les insultaba de lejos. A una señora de mediana edad la rodearon entre tres policías y la sacudieron los tres a la vez en la espalda, en los hombros y en los muslos. La mujer se tambaleó y levantó los brazos para protegerse hasta que un manifestante tiró de ella, la sacó de allí y se la llevó con él. Los policías recién llegados acordonaron la zona y se pusieron de espaldas a la escalinata del Congreso haciendo de cordón policial y poniéndose frente a la multitud.

—Da un vistazo entre la gente —le ordenó Carmelo Fernández al cabo.

El cabo dirigió la cámara hacia los manifestantes. Estaban enloquecidos con la explosión, sacaban fotografías con sus teléfonos móviles y provocaban con sus insultos a los agentes. Algunos periodistas enfocaban la escena con sus videocámaras y sus aparatos de reproducción, llevaban sus distintivos a la vista. Uno, delante de la multitud y en un extremo del cordón policial, se arrodilló con una pierna en la acera y accionó el motor de su aparato fotográfico. Desde allí el ángulo de visión parecía muy amplio y completo, se veía la cadena de policías con las porras en alto, una cabeza de león en el suelo y la otra en mitad de las escaleras. En los dos pedestales, presidiendo la macabra escena, se alzaban los dos leones decapitados, testigos mudos del inconcebible crimen.

—Identifique al periodista —le ordenó Carmelo Fernández al cabo.

El cabo ajustó el objetivo a su rostro y sacó varias instantáneas. Luego inició una búsqueda en el programa de reconocimiento facial. Las imágenes de los individuos parecidos a él iban pasando por la pantalla.

Carmelo se fijó con detalle en el periodista. Le sonaba, por eso al verlo le había ordenado al policía que lo identificara. Era una persona muy común, cabeza pequeña, frente prominente y labios finos, más bien bajo y con poco cabello. Vestía vaqueros gastados, un chaquetón de tela y una bufanda.

Se le acercó una mujer y le cogió del hombro. A Carmelo le recorrió un escalofrío al verla. La conocía y la reconoció, era Cristina, la hija de la señora Alarcón. Observó por la pantalla cómo el fotógrafo se giró hacia ella y le sonrió, le hizo un gesto cariñoso, protegió con una mano las dos máquinas de fotografiar que le colgaban del cuello y cogió con la otra a la chica. «Vámonos», pareció decirle. Carmelo observó cómo intentaban salir del grupo de manifestantes que presionaba a los antidisturbios delante de las escalinatas del Congreso.

—Haga una fotografía de la chica —le ordenó Carmelo al policía— e identifíquela también.

Carmelo Fernández enmudeció. Un súbito vacío en el estómago le recordó que fue ella precisamente la que provocó su más sonado error que casi le cuesta su puesto e incluso la vida. Su jefe le podía haber hecho matar perfectamente por su sonado fracaso pero no lo hizo. Incluso cambió de jefe y de puesto, ahora era mucho más importante y reconocido que entonces cuando era un simple matón. En eso le había ido bien pero en aquel momento todo pareció derrumbarse para él. Su jefe tuvo en cuenta sin duda su profesionalidad y su lealtad pero se vio obligado a modificar la operación para salvarles el culo a todos. Le obligaron a desaparecer por un tiempo y a cambiar de identidad, lo dieron por muerto y pasaron sus datos personales identificativos, huellas dactilares, foto y ficha, a los de Carmelo Fernández, un hombre sin familia de más o menos su edad que acababa de morir. No inscribieron su muerte en el registro, metieron el cuerpo del muerto en el coche de Emilio García, su verdadera identidad en aquel tiempo, y le pusieron objetos suyos identificativos en las muñecas, el reloj de oro y el grueso nomeolvides de plata. Luego incendiaron el coche y dieron por muerto a Emilio García. A partir de ese momento él fue Carmelo Fernández a todos los efectos.

Aquello fue tres años atrás y la chica había cambiado, se había hecho más mujer, parecía más alta, de huesos más anchos y su cabello pelirrojo se había oscurecido. Llevaba botas negras de media caña, leggins negros y una cazadora de piel. Tendría unos veintisiete años y su mirada se había endurecido hasta llegar a un cierto grado de crueldad, pensó Carmelo al observar sus ojos. Quizá se habría curtido al perder aquella ingenuidad de chica recién salida de la Facultad de Derecho. Pasó lo que pasó y ella fue la testigo presencial que lo jodió todo. Luego se les escapó de las manos, la persiguieron, se complicaron las cosas y, al final, el asunto se puso feo y tuvieron que cambiar de estrategia y poner tierra de por medio. El tema se hizo público y la orden fue de no dejar cabos sueltos, sólo él, pero él era de la casa así que cambiaron su identidad. Luego, una vez terminada la limpieza de pruebas y de implicados le ordenaron que abandonara el caso y que la dejara en paz a ella y a..., él.

Carmelo reconoció también el rostro del periodista. Recordó perfectamente su apellido, se llamaba Carrasco. Precisamente fue él quien destapó el escándalo en los periódicos tras haber conectado con la chica. En cierta forma fue ese periodista quien precipitó los acontecimientos al hacer públicas las implicaciones políticas y financieras del caso. Fue él quien informó a los medios y quién la convirtió en intocable y en peligrosa por lo mucho que sabía. La chica era de Alicante y el periodista de Madrid... «Se deben de haber hecho amigos con el tiempo», pensó.

—Envíe la fotografía de esos dos a nuestros agentes en la calle y que no los dejen escapar —le ordenó al cabo con urgencia—. Que los detengan de inmediato.

En ese momento Carmelo Fernández y el teniente recibieron una llamada telefónica cada uno. Mientras Carmelo sacaba su teléfono móvil del bolsillo para contestar a su jefe, el teniente derrumbándose ante él gritó con voz temblorosa:

—Un francotirador ha matado a un policía.

Se hizo un silencio aterrador que lo llenó todo del vacío de la nada.

—Le han disparado desde un tercer piso con un fusil de largo alcance.

Los policías empezaron a cuchichear y se hizo un murmullo general en la sala que fue creciendo y creciendo. Con esa simple noticia, el laboratorio de idiomas del Cuartel General del Ejército de Tierra se convirtió de repente en un cultivo de sedición contra la democracia, la justicia, la libertad y los derechos humanos adquiridos en los muchos años de lucha contra el totalitarismo. Justo lo que querían conseguir los que premeditaron meticulosamente el asesinato del policía.

CAPÍTULO 16

El periodista Sergio Carrasco cogió de la mano a Cristina López Alarcón y empezaron a andar entre la multitud que se manifestaba frente a las escalinatas del Congreso de los Diputados en la Carrera de San Jerónimo.

—Seguro que gano el Pulitzer con esta fotografía —le dijo Sergio sonriendo a Cristina que estaba como loca de contenta con el alboroto general y las cabezas decapitadas de los leones—. ¿A dónde vamos? —le preguntó.

—Vamos a Sol —le respondió ella.

Una nueva carga de los antidisturbios con disparos de pelotas de goma y arrestos hacía conveniente cambiar de lugar. El éxito de la jornada residía en moverse con agilidad y coordinadamente, la rapidez era esencial para anticiparse a la policía. Se pasaron la consigna de dirigirse a la Puerta del Sol y cada uno debía llegar allí por su cuenta. Una vez estuvieran todos, la nueva concentración tendría lugar y empezarían de nuevo las acciones.

Cristina y Sergio caminaban con dificultad entre la gente que se apelotonaba por toda la ancha calle. Sergio iba delante tirando de ella y Cristina chocó contra un manifestante corpulento que se disculpó enseguida con una sonrisa al verla balancearse con el golpe.

—Un momento —le dijo a Sergio— descansemos un momento.

Encontraron un claro algo más allá, en el cruce con la calle Zorrilla y se detuvieron.

Observaron instintivamente el alrededor y no les pareció descubrir nada fuera de lo previsible, gente manifestándose, policías, coches patrulla, periodistas y curiosos cerca de los portales de las casas. Ni se les pasó por la imaginación que en ese mismo instante todas las cámaras estuvieran vigilándoles precisamente a ellos dos. Desde los tejados, las cornisas, los balcones y las ventanas de los pisos francos les enfocaban directamente. Sus imágenes se estaban enviando a los ordenadores de los coches patrulla y a los móviles de los agentes para facilitar su seguimiento y posterior detención. El engranaje se había puesto en marcha y la escapatoria iba a ser muy difícil, prácticamente imposible. Toda la ciudad funcionaba como un penal de alta seguridad, sólo que ellos aún no lo sabían. O si lo sabían no pensaban que podía ser tan perfecto el control. ¡Pobres de ellos si se anteponían a los intereses de los dirigentes! Iban a ser aplastados sin compasión y sus restos se esparcirían por los callejones o se tirarían al cubo de la basura. Y, ¿quiénes eran aquellos dirigentes que tanto les odiaban? Una pirámide de relaciones jerárquicas dominaba el sistema de conexiones cuyo objetivo era hacerles perder la noción de los que tenían por encima. Todos formaban parte de un engranaje totalmente controlado y dirigido que los distanciaba de las decisiones fundamentales sobre ellos mismos.

—¿Crees que todas estas acciones de lucha sirven realmente para algo? —le preguntó Sergio apoyando su mano en el hombro de Cristina.

Ella era más alta que él y sus ojos estaban a la altura de la boca de ella. Cristina sonrió y Sergio admiró sus dientes tan blancos y su sonrisa. Ella llevaba su largo cabello pelirrojo recogido hacía atrás y le caían algunos mechones sueltos sobre la cara.

—Si no hiciéramos nada, aún serviría para menos —le contestó ella cogiendo aire—. Nadie te regala nada si tú no luchas por ello.

Cristina y Sergio se conocieron con el escándalo de la Caja de Ahorros de Levante en el 2011. Ella era muy joven y vivía en Alicante, el mundo se le acababa de derrumbar y fue a Madrid en busca del periodista y se encontró con el amigo. Ahora, casi tres años después, había rehecho su vida dejando atrás el trauma personal de la muerte de su madre que, en el fondo, aún arrastraba. Era abogada y se puso a trabajar en un despacho laboralista ligado al sindicato de UGT, escribía artículos de opinión en Internet y en varias publicaciones sociales. Formaba parte activa de movimientos antiglobalización, del colectivo ATTAC y aprovechaba cualquier oportunidad para luchar contra las injusticias.

—Es triste pero es así de crudo —continuó Cristina—. Jamás se ha conseguido nada sin lucha.

—Ni con lucha —le contestó Sergio.

—No debemos conformarnos. Hay que obligar a quién abusa de los demás a que ceda parcelas de poder.

A Sergio Carrasco le encantaba escuchar a Cristina. A pesar de haberse endurecido desde que la conoció, a pesar de ya no ser aquella joven frágil e indefensa que fue a su encuentro, aún mantenía esa inocencia e ingenuidad que a él tanto le atraían. Su actitud franca y clara le daba ese oxígeno regenerador que él tanto necesitaba para regenerar su opinión con respecto al mundo.

—Mira, Cristina —le contestó dubitativo— llevo muchos años informando sobre casos de corrupción y aún no ha llegado la hora de ver el final de tanto atropello.

—¿Y la solución según tú es no hacer nada, dejar que las cosas sigan como están?

A veces Cristina se desesperaba. ¿Iba a mantenerse el mundo así de injusto para siempre? Ella iba a intentar por todos los medios que cambiara. «No podrán conmigo», se decía. La muerte de su madre la mantenía en pie de guerra. «Debemos luchar por un mundo que no asesine impunemente», se decía. Entonces se entristeció al recordar a su madre en vida. Era terrible ser huérfana y estar sola y no poder luchar contra eso. «Me deben su compañía y sus mimos... Me lo deben todo». Respiró profundamente y se sobrepuso, no iba a dejarse vencer. En absoluto. Hasta las caricias que no tuvo de niña, cuando su madre trabajaba y ella tenía que refugiarse en sus abuelos, las imputaba en sus recuerdos a la acción de sus asesinos. «Ellos me la quitaron, deben pagar su deuda». Tenía mucho por lo que luchar. «No voy a tirar la toalla.» Pensaba seguir. «No retrocederé ni un paso, no podrán conmigo.» Aquello debía cambiar. Contaba con su fuerza y con la de los que luchaban con ella. «No conseguirán mantenerme a raya.»

—No sé cuál sería la solución —le contestó Sergio que la notó absorta en sus pensamientos y quiso sacarla de ellos—. Lo que sé es que tal como están las cosas, esa solución no existe.

Cristina se enfadó con su amigo.

—Pues hay que cambiar «esas cosas» y hacerlo ya, ¿a qué esperas? —se reafirmó Cristina haciendo un gesto con la palma de la mano y poniéndosela a él sobre la cara—. No te dejes comer, Carrasco. No te dejes comer por las razones de los que se mantienen en el poder.

—Estando cerca de ti eso es imposible —le contestó Sergio sonriendo.

—Venga, vamos a Sol —le dijo Cristina tirando de él y empezando a andar.

Sergio Carrasco trabajaba en el diario *El Mundo*, sobre todo en reportajes políticos y se había vuelto una persona incrédula y pesimista en lo que se refería a la raza humana. En realidad estaba quemado con el seguimiento informativo de la gran serie de casos de corrupción acontecidos en los últimos tiempos: Terra Mítica, el caso Gürtel, Francisco Correa y el tesorero del PP, los trajes de Francisco Camps; Carlos Fabra y el aeropuerto sin aviones de Castellón; el caso «Palma Arena» de Jaume Matas y la potencial intervención de Urdangarín; el escándalo de la Caja de Ahorros del Mediterráneo, de Caja Madrid y la nacionalización de Bankia; el 3 % de las obras de la Generalitat destapado en su momento por Pasqual Maragall; el escándalo de Millet, de la posible financiación ilegal de Convergencia Democrática y del Palau de la Música Catalana y el asunto de los ERES en Andalucía. La cultura del pelotazo había llevado a la economía española a un verdadero punto muerto en el que Sergio Carrasco ya no sabía ni sobre qué informar.

—Vayamos hacia abajo —ordenó Cristina al ver a muchos antidisturbios concentrados en la Plaza de Canalejas.

En la esquina, Cristina se topó con un policía antidisturbios que estaba golpeando a un chico joven indefenso que estaba en el suelo. El chico levantaba los brazos pero ya se le notaba exhausto y sin fuerzas. El policía golpeaba sin piedad su porra contra él y le golpeó la cabeza dos veces. Se oyeron dos golpes secos y su cabello castaño empezó a sangrar.

—Es usted un asesino —le dijo Cristina encarándose al policía y poniéndose entre él y el chico.

El antidisturbios tenía la mano levantada y la porra en el aire, en ese instante decorada de sangre en el borde.

—Máteme a mí también, ¿no disfruta matando? —le chilló manteniendo su mirada firme directa a los ojos del policía.

Sus ojos, dentro del casco, la observaron. Hubo unos instantes de tensión. Ella se mantenía en pie, insolente. El policía miró a Sergio, a sus cámaras fotográficas y a su cartel de periodista. ¿Qué iba a hacer?

Dijo un: «¡Bah!» y se dio la vuelta.

Cristina lo observó irse y se agachó a ayudar al chico a levantarse. Se abrazaron en plena calle y el muchacho le dio las gracias llorando. Luego, Cristina y Sergio retrocedieron rápidamente y caminaron con dificultad bajando por Echegaray. Decenas de ojos vigilantes los observaban esperando el momento de saltar sobre la presa. Llegaron a la calle del Prado y giraron a la derecha, hacia Santa Ana.

Al cruzar Príncipe un coche de policía se les echó prácticamente encima y abrieron las puertas y salieron cuatro policías a por ellos.

—Periodista —gritó Sergio levantando las cámaras al aire y señalando su distintivo en el brazo.

Pero como vieron que los policías no se detenían empezaron a correr.

Atravesaron la Plaza de Santa Ana corriendo pero de todos lados salían policías que los iban acorralando.

—Periodista —volvió a gritar Sergio levantando las manos y deteniéndose.

Un policía se echó sobre él y lo tiró al suelo. Luego otro le dio una patada en el estómago y entre los dos lo pusieron en pie. Sergio se retorcía de dolor agarrado por los hombros por los dos agentes.

Cristina corrió unos metros más hacia el centro de la Plaza y esquivó a un policía que casi la coge. Otro la agarró por la chaqueta y ella se resistió.

—Cabrones de mierda —gritó mientras forcejeaba con él.

Le pegó una patada en la espinilla y pudo liberarse de sus brazos. Aunque al salir corriendo se dio de bruces con el otro policía y la agarraron entre los dos. Ella se movía intentado escaparse y casi se escapa de sus manos.

—Estate quieta, zorra —le gritó uno de los dos, dándole una fuerte bofetada.

La cogieron fuerte entre los dos y la llevaron junto a Sergio, que estaba prisionero entre dos guardias junto al coche de policía con las puertas abiertas.

Estaban los dos de pie, entre dos policías cada uno. Sergio retorcido de dolor en el vientre y Cristina magullada en los brazos y con una señal sonrojada en el rostro. Unos cuantos agentes alrededor vigilaban la zona.

De pronto sonó la radio del coche patrulla y un cabo se metió dentro para contestar la llamada.

—Sí, señor, los hemos detenido —contestó inclinado sobre el volante—. Esperamos sus órdenes, señor.

Los agentes se miraron unos a otros, se quedaron paralizados a la espera de la decisión de los responsables. ¿Qué iban a hacer con esos dos tipos? Nadie se atrevía a hablar o a hacer bromas sobre el asunto, su experiencia les decía que podría pasar cualquier cosa.

Capítulo 17

Carmelo Fernández había contestado la llamada de su jefe, el secretario personal de don Gabriel Escuadra Marín, el actual Ministro de Economía, que primero debió felicitarlo por su acierto. Después acabaría dándole una bronca mayúscula por su desliz cometido por un exceso de celo.

Salió de la sala de ordenadores de la UMEV, la Unidad Mixta y Especializada de Vigilancia, con el teléfono en la mano continuando la conversación en el pasillo para no ser oído por el teniente ni por los guardias de la puerta. No había nadie alrededor y empezó a caminar arriba y abajo del corredor hasta llegar al rellano de los ascensores.

—Como sabe, señor —expresó pausadamente— la saeta ha sido cantada y el paso se ha detenido ante la Catedral.

Su teléfono era un móvil seguro y no podía ser rastreado ni interferido sin que él se enterara pero, aún así, su costumbre era no decir expresiones delictivas que pudieran comprometerle. El encargo del secretario había sido claro y contundente en su momento. Se debía realizar una acción desestabilizadora y, entre los dos, decidieron que la muerte de un policía al azar podría cumplir perfectamente con ese cometido. «Como sabe, Carmelo», le insistió el secretario del Ministro al ordenárselo, «la situación está muy mal y se necesita un fuerte golpe de timón para reconducirla».

—¿Así todo ha ido bien? —le preguntó su jefe queriendo expresamente que Carmelo se mojara y le asegurara el «sí»—. ¿Ya controla usted la situación, Carmelo?

—Totalmente, señor —contestó él intentando no demostrar su enfado por la desconfianza de su jefe. Aunque el hecho de que le encargara acciones y confiara en él ya era una prueba palpable de su valoración. Quizá fuera su modo habitual de hacer, los burócratas habían sustituido a los militares y Carmelo lo echaba en falta.

La economía era clave para todo, hasta ahí el propio Carmelo podía comprenderlo. Por eso don Gabriel Escuadra, el Ministro de

Economía, tenía tanto poder y necesitaba apoyos continuados. Él no lo conocía personalmente y siempre pensó que estaría a las órdenes más bien de Interior y no de Economía pero las batallas se libran en todos los frentes y él se había puesto a la completa disposición de quién lo necesitase sin hacer preguntas. Su lema era: «Si no solucionas el problema formarás parte del problema». Así que no ponía inconvenientes a los encargos que le realizaban por muy complicados que estos fueran. Por eso contrató al mejor francotirador y, por eso, todo había salido a la perfección sin testigos, sin fallos y sin errores.

—Ya sabe lo que hay que hacer ahora —le ordenó su jefe—. Póngase en contacto con Evaristo Gutiérrez Cuatro-Vientos, nuestro hombre en los medios y que machaque sin parar al Gobierno.

—Siempre a sus ordenes, señor —contestó Carmelo cuadrándose militarmente a las palabras de su jefe.

Estaba claro que se necesitaba cerrar el cerco sobre la población para que se pudieran implantar las duras medidas necesarias para salir con éxito adelante. La gente necesitaba mano dura para ponerse a tono y reaccionar, había que dar una vuelta más de tuerca para conseguirlo.

Todo empezó con el endurecimiento de las medidas antiterroristas del Presidente Aznar y la Ley de Partidos, eso dio pie a asimilar como a terroristas a todo el mundo. Ese fue el principio. El nuevo Derecho Internacional dio a unos países la potestad de intervenir militarmente en otros cuando no obedecían sus consignas. La intervención en Irak, en Afganistán, en Siria o en Irán fueron fehacientes pruebas de ello. Las cárceles sin juicio de Guantánamo o las matanzas indiscriminadas de palestinos en Gaza iban en esa dirección. El gobierno de Esperanza Aguirre de la Comunidad de Madrid intervino por una denuncia anónima y sin pruebas contra la eutanasia y contra el equipo médico del Hospital Severo Ochoa y favoreció la encarcelación de mujeres que habían abortado por la llamada necesidad psicológica o a médicos que practicaban abortos hospitalarios. Poco a poco, la opinión pública clamaba para aprobar unas leyes cada vez más duras.

El caso del juez Garzón y su inhabilitación fue crucial para advertir a los jueces que no debían autoproclamarse como los justicieros del mundo. El proceso iniciado fue irreversible. Felip Puig, el Consejero de Interior de la Generalitat Catalana, presentó en aquella época las medidas para combatir la violencia callejera que abarcaban desde multas cuantiosas hasta tácticas policiales más duras, nuevos antidisturbios más especializados, identificaciones preventivas, instalaciones de cámaras de videovigilancia en puntos estratégicos, prohibición de llevar la cara tapada en las manifestaciones, restricciones al derecho de reunión y manifestación y potenciación de la prisión provisional sin fianza y sin cargos. La retención indiscriminada en comisarías de personas con antecedentes que circularan en zonas de altercados aunque no intervinieran en ellos abría la puerta a la injusticia y la discrecionalidad. Favorecían la delación ciudadana y la defensa del uso de gases lacrimógenos y de fusiles de balas de goma prohibidos en muchos países democráticos.

En definitiva, se empezó a abrir la veda a la justicia preventiva y a la actuación policial que daba por hecho que una determinada persona iba a cometer un hecho delictivo incluso antes de realizarlo. Cualquier ciudadano quedaba ya bajo sospecha. Más tarde, a través de la intervención en el Congreso de los Diputados de Jorge Fernández Díaz, el Ministro de Interior en aquel momento, se inició la reforma al Código Penal que limitaba los derechos de convocatoria de manifestaciones por Internet o por teléfono móvil aunque fueran pacíficas. Se exhortaba a los fiscales a que pidieran penas de prisión provisional y a que se castigara la resistencia activa o pasiva incluso en manifestaciones no violentas. La no violencia dejó de ser una razón liberadora y se transformó en una causa de prisión.

Todo eso favorecía en el fondo el trabajo de Carmelo Fernández y la impunidad de sus acciones o la de algunos miembros de instituciones policiales o de servicios secretos. Podían cometer detenciones violentas, interrogar, torturar o hacer desaparecer a personas non gratas en aras de conseguir el orden público.

—No hay ninguna novedad más, señor —declaró Carmelo Fernández a su jefe mientras reflexionaba si comentarle o no lo de la orden de arresto del periodista y de Cristina López Alarcón—. Bueno...

—Bueno, ¿qué? —le preguntó nervioso el secretario.

Su jefe lo obligó a hablar y rápido.

Carmelo pensó en comentárselo como una buena noticia y le explicó lo del periodista y la chica como una casualidad que había sido muy bien aprovechada.

—¿A usted quién coño le ha dado el permiso para tomar esa iniciativa? —le preguntó alterado su jefe— ¿No ha visto las implicaciones del caso?

Carmelo dudó y se puso tenso.

—La chica es la hija de...

—Ya sé de sobras de quién es la hija, ¿me toma usted por tonto, Carmelo? Es usted quién parece no saberlo.

Carmelo Fernández se derrumbó.

—Ella es miembro de organizaciones terroristas y ese periodista sólo hace que informar sobre escándalos políticos del Gobierno. Me han entregado su informe policial y son gente peligrosa, señor.

El secretario suspiró al otro lado del teléfono.

—Suspenda ahora mismo la orden de arresto y déjelos ir —le gritó el secretario de una manera contundente—. ¿No se da cuenta de que abre un caso cerrado? ¿No se da cuenta de que usted mismo está en peligro si el periodista informa a la prensa de su existencia? Está usted loco, Carmelo. ¡Loco de atar!

—Son peligrosos, señor.

—Pues vigílelos de cerca y no los pierda de vista pero no sea tan estúpido como para iniciar un proceso contra ellos.

Carmelo comprendió su resbalón y se disculpó.

—Lo siento, señor. Ordenaré que los suelten de inmediato y los vigilaremos de cerca.

—Vigílelos pero no haga usted como el escorpión. No se mate usted mismo al clavar su veneno. Tenga en cuenta que después de usted venimos nosotros.

—No lo olvido, señor. ¡A sus órdenes!

Y el secretario colgó como si le pegara a Carmelo un bofetón en la cara.

Carmelo Fernández entró en la sala decidido a ordenar al policía que cesara en la búsqueda de los sospechosos o que los dejaran ir si los habían apresado. De todas formas, antes llamó a dos de sus agentes para que no les perdieran de vista en todo lo que hicieran.

Capítulo 18

Evaristo Gutiérrez Cuatro-Vientos pensó que aquel suceso traumático de la muerte del policía en el primer día de la huelga general le iba a dar el espaldarazo definitivo a su carrera. Le habían prometido dirigir la comunicación oficial del futuro Gobierno, la responsabilidad máxima de la relación con los medios y ser el portavoz de prensa del futuro Gobierno. Se imaginaba ejerciendo ese cargo con toda la pompa y el prestigio profesional del que era capaz. Tenían un plan y debía seguirlo a rajatabla. Su trabajo era desestabilizar y encabezar un movimiento mediático de acoso y derribo contra el actual Gobierno a partir de los hechos violentos que iban a producirse. Su influencia mediática era clara, dirigía un programa informativo de mucha audiencia en un canal de televisión de ultraderecha relacionado con la economía, participaba en un programa de radio fijo y escribía en el periódico de mayor tirada del Grupo Espejo de Comunicación. Machacaba una y otra vez las decisiones políticas de los dirigentes en el poder y en la oposición. ¿Sabría aprovecharse del asesinato de un policía y de los alborotos posteriores para sacar partido? Estaba seguro de que sí. Los dados ya rodaban sobre el tapete, los habían lanzado otros, otros cualquiera, no él, pero él personalmente iba a recoger los frutos. Había recibido esa misma mañana la visita de Carmelo Fernández que le informó del suceso y de la estrategia a seguir. Le comentó las circunstancias, los apoyos, los pormenores y todo lo demás debía ser cosa suya.

Llamó a su ayudante personal, al que acosaba a todas horas como si fuera su instrumento de tortura: «Prepara una entrevista con el Ministro de Interior para el programa de la noche... Pásame su biografía e investiga su vida privada, sus debilidades... ¡todo! Hazme un cuadro resumen por provincias de los altercados, huelgas, alborotos... Encuentra su punto débil... Concierta otra entrevista alternativa con Aznar, aunque sea por teléfono, quiero saber sus impresiones, sus recelos... Encontraremos motivos suficientes para hundir del todo a esa nenaza del Presidente del Gobierno que tenemos...».

Evaristo Gutiérrez Cuatro-Vientos era hiperactivo, analítico y muy metódico, se levantaba temprano, se acostaba tarde y pretendía que todos se adecuaran a sus costumbres. En realidad vivía carcomido por el miedo a caer y se apoyaba en el ataque directo para que no se le notara. No buscaba un mundo mejor sino un mundo peor que fomentara las oportunidades de enriquecimiento.

Llamó por teléfono a su amigo, el Padre Avelino, el secretario del Cardenal Arzobispo de Madrid y Presidente de la Conferencia Episcopal. Él personalmente administraba el patrimonio y los bienes inmuebles de la Iglesia española y era el administrador de un sinfín de sociedades interpuestas que desviaban fondos a través de multitud de intermediarios fiduciarios. Lo conocía de ir a misa, primero los domingos, y después casi todos los días. El sacerdote se había hecho famoso en la televisión por sus ideas radicales católicas y por su intransigencia, por pertenecer a un grupo activo de ultraderecha y por sus escándalos sexuales con jovencitos. Era calvo y tenía cara de niño imberbe pese a haber cumplido ya los cuarenta y cinco. Aún vestía a todas horas su sotana clásica negra de treinta y tres botones.

—¿Has visto la vergonzosa entrevista que le hicieron al Presidente del Gobierno en televisión? —le preguntó a bocajarro el Padre Avelino tan sólo con oír su voz—. Si seguimos por este camino acabaremos todos arrojados al mar.

—Al que tendremos que arrojar al mar sin pensarlo será a ese presidente de pacotilla que tenemos y a quienes lo apoyan —respondió Evaristo Gutiérrez—. Aunque creo que ya le queda muy poco tiempo de vida.

—¿Qué me dices?

—Es confidencial, por supuesto —le aseguró Evaristo a su amigo— pero estamos en ello.

—¿Quiénes?

—Otros muchos y yo.

Evaristo le dijo que tenían un plan perfectamente urdido para derrocar a la cúpula actual del partido atacando la credibilidad de su líder en los casos extremos que iban a acontecer.

El Padre Avelino le dijo que contaran con él.

—Para lo que sea —añadió—. Supongo que habrá algún cargo eclesiástico para mí en el nuevo Gobierno de la nación.

—Para los afines, por supuesto.

—Yo soy afinísimo, Evaristo —le respondió el sacerdote.

El partido conservador aglutinaba desde las posiciones de centro derecha y los liberales a la derecha más extrema. Y como la mayoría de afiliados eran de centro, unos acojonados descafeinados según ellos, habían elegido como secretario general a un timorato que no sabía plantarle cara a los enemigos así que debían cambiarlo.

—Y, ¿ya querrá nuestro profeta volver a liderar la patria? —le preguntó el Padre haciéndose eco de sus múltiples conversaciones conspiradoras.

—El tema es complicado amigo mío —le contestó Evaristo bajando la voz— hay demasiados intereses creados pero el camino se está allanando para que nuestro hombre se presente de nuevo y arrase en las urnas.

Al que llamaban cariñosamente: «nuestro profeta», no era otro que José María Aznar, un ex presidente del país que había sido de su partido. Había gobernado durante dos legislaturas seguidas, la última con mayoría absoluta, y gracias a eso pudo hacer su santa voluntad durante todo ese tiempo. Y su voluntad fue cargarse la concordia entre los partidos y fomentar el enfrentamiento de los territorios del centro con los de la periferia. Aglutinó la idea populista de una patria decimonónica y reaccionaria fomentando el odio entre regiones y consiguiendo el apoyo incondicional de los votantes de las provincias del centro, mucho más conservadores y más fundamentalistas católicos que, por miedo a la anarquía profetizada por él mismo, no estaban dispuestos a consentir que el futuro del país pasase por un Estado Federal más abierto y pluralista.

Así que Evaristo Gutiérrez Cuatro-Vientos, el Padre Avelino y tantos otros veían en la figura del ex presidente Aznar el retorno al poder de los valores tradicionales que tanto echaban en falta desde que se fue. Ninguno de ellos sabían, sin embargo, los verdaderos planes de quienes movían los hilos políticos y económicos del país que esperaban su oportunidad para tomar el poder desde la sombra.

Se despidieron, apagaron sus teléfonos y Evaristo Gutiérrez se sintió de pronto orgulloso y seguro de sí mismo. Era su momento, dominaba del todo su vida, todo se había puesto a su favor y, además..., además estaba enamorado. Se sonrojó y esbozó una pícara sonrisa. A su edad y con esposa e hijo, sí. No le daba vergüenza reconocer que aún estaba de buen ver y que tenía mucho que ofrecer a su querida Lucía. La chica era joven, de unos treinta años, y tenía un cuerpo exuberante y sensual. Vestía vestidos ceñidos, medias de color carne para sus interminables piernas y lo admiraba. Estaba seguro de ello, ¿quién podía no admirarlo?

Sus vidas se entrecruzaron y el azar jugó su oportuna baza de aproximación. Ella era camarera del bar al que él iba a desayunar cada mañana y la despidieron. Luego se encontraron por casualidad y ella confió del todo en él, le explicó su vida y sus penurias económicas y la pasión embriagó sus corazones. Después, él se ofreció para ayudarla y, a partir de ahí, el amor hizo su aparición y se entregaron el uno al otro. Empezaron a verse de escondidas y luego de una manera fija. Él debía ir con cuidado y eso hacía. Le vigilaban demasiadas miradas para tomárselo a la ligera pero él tomaba las debidas precauciones y nadie sospechaba hasta el momento. Ni su mujer ni su hijo ni nadie en absoluto. Una nueva vida le esperaba y Dios premiaba su perseverancia y su obstinación.

Capítulo 19

El Padre Avelino entró en la casa de la Muralla y le sonrió al joven que le abrió la puerta.

—Pase usted, padre —le saludó el joven cerrando la puerta detrás de él—. La señora le espera.

—No me llames padre, no me llames de ninguna manera, hijo —le reprendió el Padre Avelino mientras caminaban por el pasillo hacia el fondo de la casa.

Era una casa aislada de piedra en el barrio de Chueca. Largos pasillos y muchas habitaciones con techos altos. Al final de la planta baja había un pequeño patio con plantas y flores y un farolito rojo.

Eran las diez de la noche y la señora Encarna, la madame de aquel burdel le había avisado de que fuera a verla urgentemente.

«Ha entrado sangre nueva», le dijo la señora Encarna por teléfono y colgó en el acto.

El Padre Avelino estuvo todo el día nervioso esperando el momento de escaparse de sus labores pastorales y de buscar una excusa para pasar la noche fuera. «La evangelización tiene sus obligaciones…», dijo en voz queda.

El joven lo condujo hasta el pequeño patio y allí le esperaba la señora.

—Siéntese —le invitó sonriendo y señalándole un pequeño sillón de mimbre blanco—. Ahora mismo lo mando llamar.

Le sirvieron un Malibú con hielo, la bebida favorita del sacerdote, y se lo pusieron sobre una mesita. Él esperó impaciente la llegada de la sangre recién entrada que la habían prometido.

—Ha podido salir del orfanato gracias a un permiso —le dijo la señora al presentárselo—. Mire qué hermoso es.

La Iglesia católica regentaba dos orfanatos en la Comunidad de Madrid, uno de chicas y otro de chicos, siempre separados por sexos para evitar tentaciones. La Iglesia había cogido la responsabilidad de velar por la castidad de los jóvenes y esa era la semilla de la moral cristina de las futuras familias. El Padre Avelino tenía gran influencia en los padres priores que regentaban los dos orfanatos y hacían la vista gorda en las obligaciones de horarios de algunos internos.

El chico se acercó tímidamente.

—Sácate la camisa —le ordenó la señora.

Tendría unos quince años y era moreno y atlético, con el cabello corto y los ojos rasgados.

El Padre Avelino alucinaba y se le notaba excitado y nervioso.

El chico se sacó la camisa y le mostró su torso totalmente depilado y moreno.

—Quítate los pantalones —ordenó la señora.

El joven se desabrochó la bragueta de sus vaqueros ajustados y el Padre Avelino alargó la mano para tocarlo.

—Acércate al señor —le ordenó la señora al chico.

El chico se descalzó y se sacó los pantalones y los tiró al suelo, no llevaba calzoncillos y se quedó totalmente desnudo ante él. Era delgado pero tenía el culo salido y los muslos fuertes. Luego dio tres pasos al frente y se puso junto al sillón de mimbre en el que estaba sentado el Padre Avelino.

—¡Qué hermoso eres! —le dijo el Padre Avelino mientras le tocaba el sexo despacio. Lo sopesó con delicadeza con una mano y la otra se la metió en el bolsillo de su sotana presionándose el pene.

La señora se levantó y los iba a dejar a solas cuando sonó el timbre de la puerta y se encendió una bombilla de la pared.

—Ves a ver —le ordenó al joven de la entrada.

El Padre Avelino se levantó y se apartó hacia un lado cogiendo al chico y abrazándolo para protegerse con su cuerpo por si alguien entraba.

Se oyó la puerta y un fuerte ruido, unos gritos: «¿Dónde está ese cabrón?» y alguien señaló al patio y los pasos se acercaron.

La señora se puso recta y digna.

—¿Dónde van? —les preguntó chillando.

Y la apartaron de un empujón.

Dos hombres entraron en el patio, iban con pasamontañas y uno de ellos sostenía una pistola.

—Apártate —le ordenaron al chico—. Vete de aquí, huye —le dijo el de atrás señalándole la puerta.

El chico de unos quince años cogió su ropa rápidamente y salió corriendo de allí.

El Padre Avelino levantó las manos hacia ellos.

—No es lo que parece, lo puedo explicar —les suplicó—. Puedo daros dinero, haceros ricos. No seáis tontos, no sabéis quién soy.

—Sí lo sabemos, por eso estamos aquí —le dijo uno.

El de la pistola, el que estaba delante, apretó el gatillo y se oyeron dos disparos que reverberaron en toda la casa. El eco parecía no querer detenerse rebotando en la escalera y en las paredes hasta ensordecerles.

El Padre Avelino se apoyó en la pared mientras iba resbalando hacia el suelo. Dio un manotazo en la mesita y volcó la copa de Malibú que explotó al chocar contra las baldosas rompiéndose en pedazos y salpicándole de bebida lechosa y dulce. El disparo en el corazón lo tambaleó, lo tiró para atrás y empezó a salir sangre lentamente de su sotana desabrochada. El disparo de la frente lo remató y no tuvo tiempo ni de darles la bendición apostólica ni de perdonarles sus pecados.

Quedó tendido en el suelo en medio de una charco de sangre.

Los dos desconocidos salieron de allí rápidamente y se oyeron dos motocicletas que se alejaron a toda velocidad.

El grupo político de los Hijos del trueno habían actuado de nuevo. Empezaban a proceder de forma anónima y sus atentados, aunque todavía muy aislados, iban cobrando importancia mediática. Nadie los reivindicaba pero los políticos y los periodistas conocían la existencia de ese grupo que iría aumentando su participación en la vida pública a lo largo del tiempo.

La inestabilidad producía sus efectos.

CAPÍTULO 20

La vida de Teresa había dado un giro de ciento ochenta grados en muy poco tiempo. De hecho, le había salvado que siempre mantuvo la entereza de pensamiento a pesar de vivir anulada por su marido y por su entorno más cercano. No es que fuera una nueva mujer sino que había dejado fluir a la persona que siempre había sido. Tenía treinta y ocho años y era pequeña, morena y vivaracha. Toda su vida la había pasado bajo la capa de un grupo de la Iglesia Carismática y por fin se había liberado de ese fino yugo que la asfixiaba. Antonio, ahora su ex marido, sus padres ya muertos y todos sus conocidos habían construido una tela de araña a su alrededor con ella dentro. Parecía no tener escapatoria hasta que un buen día rompió su rutina y los plantó a todos.

Antonio había ido a su piso con la excusa de hablar sobre Rubén, el hijo de ambos y la estaba amenazando con el dedo:

—Te prohíbo que seas feliz —le dijo chillando—. Me has amargado la vida y no mereces rehacerte.

—¿Te he amargado la vida, yo? —le respondió Teresa con una pregunta—. Vaya visión más pobre que tienes de tu vida.

Antonio era un hombre tosco y gordo. Se había refinado con el tiempo gracias al dinero y a la televisión y vaya pobreza de refinamiento la suya. Aún no había podido comprender a la que fue su esposa ni su necesidad de independencia. Creyó que pagando sus gastos y los gastos de la casa y la educación de su hijo ya cumplía con sus deberes de marido y de padre. Un hombre ególatra y manipulador que se había enriquecido montando una financiera y dando préstamos caros a personas y a empresas con problemas. Si no pagaban ejecutaba las garantías y se había hecho con muchos bienes inmobiliarios a precios de usura.

Entró en su recibidor, cerró la puerta y la llevó unos pasos más allá hasta el interior del apartamento estudio. Había un solo espacio habitable, la mesa de comedor en el centro, una cocina encimera en un extremo con la pica de lavar los platos, una cama al fondo, un sillón, un armario, estanterías de libros y poco más, una puerta pintada de blanco escondía un lavabo y eso era todo.

—No conseguirás nada de mí —le dijo Antonio con rabia. Miró a su alrededor y puso cara de asco—. ¡Vaya mierda de casa tienes…!

—No quiero nada de ti —le respondió Teresa, encantada de la vida desde que lo abandonó después de más de dieciocho angustiosos años de matrimonio.

Sus ojos marrones miraron a Antonio, no con ira sino con lástima. En cierta forma por lástima a la mujer que ella había sido con él. ¿Cómo había podido vivir con Antonio tanto tiempo? Ni ella misma lo entendía. Se quedó embarazada muy pronto y una cosa le llevó a la otra. Los problemas constantes, el hijo que llegó y los amigos de la Iglesia que la amansaban consiguieron hacerla perder su dignidad. Entre todos construyeron una película sobre ella que la aisló del resto del mundo. «Era otra época y yo era una muy tonta —pensó—, y con él viví un verdadero síndrome de Estocolmo». La tenía raptada, le prohibió trabajar y debía ocuparse de la casa, del hijo y de él. «Nada más.» ¿Qué otra cosa podía querer una mujer honrada? Los sábados, los domingos y en las celebraciones religiosas iban juntos a la Iglesia, habían formado una comunidad muy cerrada que los protegía del mundo. A ellos los protegía y a ella la ocultaba.

Estaban de pie, el uno frente al otro, como dos pasmarotes:

—Y a Rubén déjalo en paz. Te prohíbo que lo veas… —le ordenó Antonio ya sin saber lo que prohibir para saciar su resentimiento.

Rubén, el hijo de ambos vivía con Antonio porque ella se fue de la vivienda familiar y primero vivió en una habitación alquilada y ahora en un piso muy pequeño y no tenía casi recursos. Tan sólo, su trabajo en la universidad como ayudante del profesor Enrique Aguilar, economista y escritor de tratados sobre la crisis económica. Con su hijo se veían a menudo, al menos, una vez por semana. «No conseguirás apartarme de mi hijo», pensó furiosa. Ella lo ayudaba en todo lo que podía, lo apoyaba, le daba fuerzas para enfrentarse a su padre y le aseguraba que, en cuanto pudiera, lo más pronto posible, lo iba a llevar a vivir con ella.

—No pongas a nuestro hijo en tu contra por una tontería —le dijo Teresa sin levantar la voz—. Nos hemos separado tú y yo pero seguimos compartiendo a nuestro hijo.

—De compartir contigo ni los buenos días —le contestó él muy enfadado.

El problema real es que ella lo había abandonado al volver de vacaciones, entre septiembre y octubre y, ahora, en marzo, después de transcurridos seis meses, Teresa aún no le había pedido perdón ni le había exigido dinero ni siquiera había intentado verlo ni, por supuesto, arreglar la situación. Al contrario, se la veía feliz y autosuficiente. ¿Cómo podía no necesitarlo? Antonio no lo podía comprender y de hecho todo este asunto le sobrepasaba.

Antonio se acercó a la mesa y empezó a jugar con una botella de plástico de agua de litro y medio casi llena.

—Debes rehacer tu vida sin contar conmigo —le dijo ella—. Los dos lo tendremos que hacer.

Antonio la miró con cara de odio.

—¿Rehacer mi vida? Tú me la has destrozado, tu eres la culpable, tus malditas ideas… Tu pecado.

—¿Cuál pecado?

Antonio cogió la botella con la mano y la levantó hasta el pecho como si quisiera beber a morro.

—No me digas lo que debo hacer o lo que no —le dijo Antonio de forma despectiva—. Tú no eres nadie para decírmelo. ¿Te han dicho que te han echado de la Comunidad? Hablé con el Pastor y me dijo que te lo dijera.

Sus amigas de la Comunidad siempre intentaban que ella aguantara y que no hiciera nada de lo que se pudiera arrepentir. «Ten paciencia —le insistían—, es un hombre honrado, una buena persona, tiene mal carácter pero es un hombre bueno». Toda la iglesia, los amigos, los familiares y hasta los conocidos le insistían en que su situación era lo normal, «el hombre es el hombre y tiene su papel en la sociedad… Las mujeres tenemos otro», le decían sus amigas, «cada una debe aceptar su rol con humildad y obediencia a las leyes del Señor».

—Eres una pecadora —le dijo Antonio con desprecio.

—No me vengas con rollos, que ya no me los creo. Busca a otra tonta que te crea —le contestó Teresa dándole la espalda y yendo hacia la puerta para abrirla y echarlo de allí.

Antonio se puso furioso.

—A mí no me humilles —le dijo—. No me van tus maneras de mosquita muerta.

Puso la botella sobre la mesa y luego, sin dejarla, la cogió otra vez con su mano y la levantó en vilo.

Teresa llegó hasta la puerta y la abrió.

—Vete —le ordenó dándose la vuelta hacia él.

—A mi tú no me ordenas nada, ¿lo comprendes?

Apretó la botella con fuerza y Teresa pensó que se la iba a lanzar a la cara. Él enrojeció y parecía que le iba a dar un ataque. La miró fijamente y murmuró unas palabras que Teresa no entendió, se dio la vuelta y lanzó la botella contra la pica.

Todo fue muy rápido. La botella chocó contra la pared de encima y rebotó, no se rompió y dio contra la fila de platos que estaba secándose junto a la pica. El estruendo fue tremendo, los platos cayeron al suelo y se rompieron en pedazos y la botella rebotó y cayó en el suelo, abriéndose el plástico y lanzando el agua por todo el alrededor.

—Vete ya —insistió Teresa—, lárgate de una vez.

Antonio fue como un energúmeno hacia ella. Se paró a unos centímetros de su cara y la cogió por la barbilla.

—Esto no se acabará aquí —le gritó reprimiéndose no pegarla—. Tendrás noticias mías.

Y se largó, dejándola con taquicardia y un suspiro de tranquilidad.

Teresa cerró la puerta rápidamente y entonces fue cuando recibió la llamada telefónica de Julia.

CAPÍTULO 21

A Teresa le gustaba la amistad que tenían con Julia Muñoz, de hecho era la primera amiga de verdad que tenía desde hacía mucho tiempo. Era alumna suya en el Máster de Economía Aplicada que dirigía Enrique Aguilar en la Universidad de Barcelona y, primero con preguntas sobre los textos y, después, con encuentros casuales en los pasillos o en el bar de la Facultad, lo cierto es que fueron viéndose cada vez más, algún café, un vaso de ginebra y, al final se hicieron amigas. Ella fue la que le encontró el pequeño apartamento en el barrio de Gracia con un alquiler muy barato y hasta habían dicho de hacer algún viaje juntas al llegar el verano. «Nada, unos pocos días», le había dicho Julia insinuándole que ella correría con los gastos. «Tan sólo será para relajarnos.» Y a Teresa le había encantado el proyecto.

Había sido una idea excelente organizar ese curso de economía aplicada de forma abierta para que pudieran participar no sólo los alumnos economistas. El nivel era muy bueno y las discusiones sobre la crisis, sus causas y las posibles salidas fueron muy interesantes. Era un Máster que duraba el año escolar y tan sólo quedaba un trimestre para que finalizara. Teresa aún no sabía lo que le iba a pasar con su vida al año siguiente, la universidad contrataba por obra y servicio y los profesores no numerarios siempre vivían de forma precaria.

—Ese tío es un mierda —le dijo Julia de Antonio después de que Teresa le explicara la situación—. ¿Quieres que vayamos a su casa y le demos un disgusto?

—Él mismo se encarga de hacerse infeliz, no malgastes tus esfuerzos —le respondió Teresa—. A veces hasta me da pena, se le ve tan fuera de lugar, tan alejado de su sitio…

—Ni se te ocurra volver al síndrome de Estocolmo, ¿eh, cariño?

Teresa sonrió. Estaba clarísimo que no tenía ni la más mínima duda de volver hacia atrás. El paso que dio hacia delante había sido definitivo. Su vida había cambiado para bien y estaba encantada de haber tenido la fuerza y el tesón de romper con su pasado y empezar de nuevo.

—El problema es Rubén, nuestro hijo —le dijo en confidencia—. Si no fuera por él y por no perderlo, no querría volver a ver nunca más a Antonio. Nuestros mundos se han distanciado del todo.

—¿Quieres que vaya a verte? —le preguntó Julia.

—¿No has quedado con Enrique?

Julia tenía un personalidad muy arrolladora sin necesidad de ser extrovertida. Al contrario, era más bien reservada y medía muy bien sus actos pero atraía a todo el mundo, a profesores y a alumnos sin necesidad de esforzarse. Era muy atractiva, rubia, estilizada y de movimientos felinos y llamaba la atención sin casi pronunciar palabra. Su sola presencia, su talante autosuficiente y autónomo y, el hecho de no parecer necesitar a nadie, hacía que todos la necesitaran. En cinco meses se había hecho con toda la Facultad. El propio profesor encargado del curso, el catedrático de economía Enrique Aguilar, parecía estar totalmente abducido por ella. Fue como con Teresa, primero se trataron por asuntos académicos, luego algún café o comida o cena y, después, loco perdido. Julia iba a su aire pero el profesor Aguilar condicionaba todos sus horarios y casi toda su existencia a poder estar con ella.

Julia hizo una pausa, se lo pensó y luego respondió a la pregunta de Teresa.

—¡Ostras, es cierto! He quedado con Enrique —le contestó dando un suspiro—. Pero si tú me necesitas mi querida Teresa cancelo la cita y en paz.

Julia había quedado con Enrique que pasaría por su casa aquella tarde. No se acostaban demasiadas veces, quizá una o dos por semana y casi nunca Julia se quedaba la noche entera en su casa. Acostumbraba a tener muchas cosas que hacer, muchas actividades durante el día y la noche y además, no le gustaba estar encadenada a una relación agobiante, así que iban combinando los encuentros como ella marcaba en sus espacios libres. Teresa lo sabía porque tenía mucha confianza con Enrique y él se lo había comentado a menudo. Lo veía sufrir y a Teresa no le gustaba verlo de esa forma tan en manos de su amiga. Ese era el único argumento que Teresa tenía en contra de Julia, la manera como trataba a Enrique. Él la había ayudado mucho y ella se sentía en deuda con él, se conocieron en octubre, justo cuando Teresa se separó y la contrató como ayudante de cátedra en el máster. Ella era economista también, acabó la carrera en la Universidad a distancia y había seguido estudiando de escondidas sin que su marido lo supiera, incluso había publicado algún artículo en revistas especializadas. Enrique la contrató y enseguida se hicieron amigos, comían de vez en cuando e iban juntos al cine. Poco a poco, a Teresa le fue gustando su carácter, su manera de ser y su físico. Era alto y grande como un osito de peluche, una persona franca y honesta, generoso y de buenos sentimientos. Quizá, Teresa lo veía demasiado desencantado de los políticos y de las ideas, pero estaba segura de que tenía la semilla de la crítica dentro suyo. Era inteligente y compartían muchas cosas, la economía, la literatura y el mundo de la cultura. Después de haber estado encerrada en su casa, con su ex marido tanto tiempo, el hecho de salir con él y de que le presentara a gente le hacía estar francamente agradecida. Y, además… «Además, me gusta», pensó Teresa. Se sentía atraída por Enrique y sentía celos de que estuviera tan encoñado de Julia y de que a ella tan sólo la viera como a una colaboradora o una buena amiga.

—Prefiero que no vengas y que vayas a casa de Enrique —mintió Teresa que prefería que Julia desapareciera del mapa en ese momento y que Enrique la llamara para salir—. Tengo la casa echa un desastre y me dedicaré a ponerla en orden y a pasear un rato sola. Tengo que comprar unas cosas y telefonear a mi hijo.

—De acuerdo pero con sólo que quieras verme, lo dejo todo y voy a tu lado, ya lo sabes —le insistió Julia—. Ya sabes que eres la persona más importante para mí.

—Anda, anda —le respondió Teresa.

Estuvieron unos momentos en silencio y Julia le preguntó a bocajarro:

—¿Quieres venirte conmigo a Alemania?

—¿A Alemania?

Julia se entusiasmó:

—Ya sabes —le dijo—. Estoy haciendo una serie de artículos sobre anarquistas vivas que han luchado por la justicia y la libertad en estos últimos años y me he apasionado con el proyecto. Viajo de un lugar a otro para poder entrevistarlas y quizá estaré unos quince días en Bremen porque quiero ir en busca de Susanne Albrecht, una ex miembro de la banda alemana Baader Meinhof, ¿por qué no me acompañas?

En realidad, con la excusa de escribir los artículos sobre anarquistas vivas, Julia recorría los lugares conflictivos socialmente y tomaba contacto con las líderes de facciones extremistas internacionales. Su interés era profundizar en sus ideas, abrir una discusión sobre ellas y analizar las acciones que emprendían contrastando los resultados alcanzados. Pretendía encontrar las estrategias efectivas que realmente sirvieran para conseguir las cosas.

Teresa le dijo que no, que no podía ir con ella a Bremen, tenía clases y tampoco tenía dinero. Julia le insistió y ella no se dejó convencer. Tenían que preparar con Enrique los exámenes del trimestre y organizar las tesinas de los alumnos. Tampoco tenía demasiadas ganas de hacer un viaje con Julia y de dejar a Enrique allí, sabiendo que iba a obsesionarse con la ausencia de Julia y que estaría llamándola a ella a todas horas para saber lo que la otra estaba haciendo.

—Imposible —concluyó Teresa—. Ya encontraremos nuestra oportunidad en el verano.

—Seguro que sí —le respondió Julia.

Y se despidieron.

Julia iba a pasar la tarde con Enrique y Teresa se dedicaría a arreglar el desastre que había organizado Antonio en su casa.

Capítulo 22

Enrique Aguilar tenía prisa y caminaba rápido por las calles de Barcelona. Se le había retrasado una reunión y llegaba tarde a su cita con Julia. Estaba inquieto, nervioso. La había llamado a su móvil pero ella lo tenía apagado, hasta era posible que ni se presentara en su casa. «Julia es imprevisible», pensó. El corazón le iba a mil por hora y las piernas no corrían lo deprisa que él hubiera deseado. «Tener un cuerpo grande te retrasa», pensó y decidió hacer deporte más adelante o algún tipo de dieta. Tampoco es que estuviera gordo, simplemente sus huesos eran grandes y le pesaban demasiado.

Fue por la Gran Vía de las Corts Catalanes hasta la calle Balmes. Al pasar frente al edificio de la Seguridad Social, el tráfico estaba totalmente parado y chillidos, pitos y cláxones callejeros le sorprendieron en su caminar. Cientos de parados se apiñaban en tiendas de campaña frente a la institución y gritaban sus consignas a voz en grito. Los conductores se salían de los coches y la Guardia Urbana ya no sabía qué hacer. Enrique se abrumó y subió por la calle Balmes sorteando a la gente hasta la calle Aragón. Cierto que había crisis, cierto que los más necesitados eran los que lo pasaban peor, cierto que había que solucionar todo aquello, pero con violencia y con gritos e insultos seguro que no se solucionaba. «Tiene que haber un consenso general de los partidos y un estar todos unidos contra la recesión», pensó. Había que tomar medidas eficaces y todos arrimar el hombro. «Lo demás, tiempo perdido y esfuerzos tirados a la basura.» La gente debía comprender que no eran momentos de desunión sino de esfuerzo conjunto.

Enrique Aguilar era doctor en Economía y tenía un Máster de Harvard en Economía Aplicada. Escribió todo tipo de artículos en revistas de economía hasta que fue catedrático de la Universidad de Barcelona. Entonces prefirió dedicar sus esfuerzos a publicar libros sobre sus teorías sobre la crisis del capitalismo y el ocaso del sistema financiero tradicional. Eran libros de divulgación en los que explicaba la situación real de la economía, el por qué de haber llegado hasta allí y las posibles soluciones a la crisis. Le entrevistaban a veces en periódicos, radio y televisión y la gente empezaba a conocerle y a leer sus libros.

Recorrió la calle Aragón hasta Paseo de Gracia y decidió coger un taxi al llegar a la calle Valencia. Iba en dirección a la Sagrada Familia y allí le fue fácil encontrar uno, toda la aglomeración de Gran Vía había dejado libre el Paseo de Gracia. Llegó a su casa en unos minutos y en el portal no estaba Julia. Eso lo mosqueó, la finca no tenía portero así que debería estar allí, en la calle esperándole, si es que no se había arrepentido. Volvió a llamarla por teléfono y nada, su móvil seguía apagado. Se resignó y entró en su escalera y caminó despacio por el vestíbulo.

Subió en el ascensor y, al abrir la puerta metálica que daba a su piso, descubrió en el suelo el bolso grande de Julia que parecía estar lleno. Cerró la puerta y, en el rellano, sentada en las escaleras que subían al piso de arriba, le estaba esperando Julia. Al verlo, se puso en pie y Enrique se fijó en que iba descalza.

—Lo siento… —le dijo él y…, ella le interrumpió poniendo el dedo en sus labios pidiéndole silencio.

Enrique se calló y se la quedó mirando.

Julia llevaba puesto un vestido largo de algodón blanco y lo dejó caer sobre sus pies. Se quedó totalmente desnuda. Tenía la piel muy blanca y todo el cuerpo depilado de arriba abajo, el largo cabello rubio le llegaba hasta los pechos pero no le tapaba los pezones. Enrique se quedó inmóvil sin saber qué hacer. No podía dejar de observarla.

—Coge el bolso con mi ropa —le ordenó ella con una voz muy seca— abre la puerta y déjala sin cerrar. Deja el bolso en tu habitación y espérame desnudo sobre la cama, con los pies y las manos en cruz y los ojos cerrados. Y nada de hablar, calladito.

Enrique no se lo podía creer. La obedeció al pie de la letra, se estiró sobre la cama y abrió sus extremidades hacia los extremos. Julia se tomó su tiempo y tardó en llegar, los minutos se le hicieron a Enrique eternos y sentía su pulso golpearle en el interior de sus muñecas. Intentó escuchar sus pasos por la habitación, le pareció que ella cogía alguna cosa de su bolso y la notó a su lado. Julia se sentó en la cama, le levantó la cabeza con brusquedad y le ató una venda en los ojos. Luego se levantó y le ató los tobillos y las muñecas a las patas de la cama. Sintió unos pañuelos de seda enroscarse en su piel y notó un nudo y otro nudo apretarse a él hasta quedar inmovilizado. Estiró sus miembros y no podía desatarse.

Julia puso su cuerpo desnudo sobre él y se restregó despacio sobre su piel, suavemente, desde los pies a la cabeza. Enrique notaba su contacto y no podía tocarla sólo sentirla. Julia se detuvo en su boca y le acercó los pechos para que él pudiera besarlos. Enrique se entretuvo largo rato con ellos y se emborrachó con su propia saliva mientras notaba la piel suave de los pechos de Julia en su boca. Ella le agarró de pronto del cabello y le tiró la cabeza hacia atrás. Enrique inclinó obligado su cabeza y tiró con fuerza de las ligaduras de sus manos y sus pies. Se retorció mientras ella lo tenía en sus manos. Luego Julia descendió por su torso y su vientre hasta llegar a su sexo. Enrique sintió sus manos y luego su boca. No podía más, estaba totalmente excitado. Todo su cuerpo grande y su piel extensa dependían de ella, de lo que ella quisiera hacerle. Estaba encantado y volaba con ella. Tiró de nuevo de sus muñecas y de sus tobillos y no pudo escaparse, tampoco quería hacerlo. Cuando parecía que aquello se iba a acabar, Julia se puso entonces encima de él a horcajadas y le hizo penetrarla. En realidad, fue muy fácil, sólo un ligero movimiento y él entró dentro de ella como si fuera un gran desahogo. Julia se movía sobre él como si ella lo penetrara. Se sintió utilizado y un objeto del que ella se servía pero le gustó. Julia le cogió fuerte los brazos con sus manos y se inclinó sobre él besándolo en la boca. Un largo beso y otro y el movimiento acelerado iba en aumento. Julia chilló, levantó la cabeza y chilló. Movió la cintura en círculos concéntricos intentando que el contacto fuera total, profundo y penetrante. Lo consiguió. Él se movía desesperado y también chilló, más bajo pero chilló. Fueron unos susurros que se unieron a los gritos de ella y que les fundieron a los dos en uno. Julia se abrazó a él y se quedó quieta, muy quieta, respirando profundamente.

Cuando se repuso, Julia se levantó de la cama y se empezó a vestir. Enrique no sabía qué hacer ni qué decir, no sabía si era mejor hablar o seguir en silencio.

—Debo irme —le dijo— ya quedaremos otro rato.

Enrique no dijo nada.

Antes de salir de la habitación le desató una mano.

—El resto lo debes de hacer tú —le dijo— y salió de la habitación a toda prisa antes de que Enrique tuviera tiempo de sacarse la venda de los ojos y verla.

Capítulo 23

Al cabo de unos días, al otro lado del Atlántico, cuando en los relojes de Washington D.C., marcaban las nueve a.m., en punto, Raimundo Ramírez en persona atravesó la gran planta de oficinas de uno de los edificios más majestuosos del distrito financiero de la ciudad. Llevaba un sombrero de fieltro en la mano izquierda, un bastón con empuñadura de plata en la derecha y bien podría pasar por un millonario americano del petróleo si no fuera por su orgullo de ser madrileño de origen vasco, alto, elegante y con el cabello canoso peinado hacia atrás. Tendría unos sesenta años bien llevados y dejaba a su paso un olor agradable a colonia francesa, vestía un traje impecable de Gales, camisa blanca, corbata de seda y el único rasgo sobresaliente de su cara era su enorme nariz de boxeador. Iba solo y parecía saber perfectamente a dónde tenía que ir.

Se detuvo frente a la gran cristalera que separaba la zona de oficinas y enseguida acudió una secretaria con un traje chaqueta beige a buscarlo. «Bienvenido señor Ramírez», le dijo en un buen castellano cargado de erres. Caminaron por un largo pasillo con guardias armados y se detuvieron ante una puerta que la empleada abrió marcando una clave de seguridad en un mecanismo adjunto en la pared.

Antes de entrar un guardia le pidió educadamente que le entregara el teléfono móvil y las llaves y le pasó un detector de metales por el contorno del cuerpo. Luego los dos se quedaron fuera y lo invitaron a entrar cerrando la puerta tras él.

La reunión ya había comenzado y le esperaban cuatro hombres trajeados de edad similar a la suya sentados alrededor de la gran mesa rectangular de juntas de un despacho interior enmoquetado, sin ventanas e iluminado tan sólo por lámparas de pie y sobremesa. Le esperaban dos americanos: uno de cara redonda y gafas de pasta y otro pelirrojo con el rostro inundado de pecas; y dos ingleses: uno delgado y elegante y el otro, más envejecido, más alto y enjuto. No había ayudantes ni ordenadores ni teléfonos, sólo botellas, refrescos y una bandeja con sándwiches sobre una mesa auxiliar en el fondo de la enorme sala forrada de madera.

—¿Has visto el periódico? —le preguntó en inglés el que ocupaba la presidencia de la mesa alargándole el *New York Times* y luego dejándolo caer—. Es una fotografía muy impresionante desde luego.

—No podía ser más oportuna —respondió Raimundo Ramírez también en inglés, sentándose junto al que estaba solo, a la izquierda de la presidencia—. Es importante que se transmita un clima de terror para que la gente reaccione.

Quedaron los cinco hombres cómodamente sentados en los sillones de piel en el extremo más alejado de la puerta, dos a cada lado del presidente. Todos tenían más de sesenta años y vestían impecablemente trajes caros, camisas de seda y la fragancia de sus perfumes se mezclaba con el olor del cuero, la madera y el dinero.

La fotografía del periódico que le mostró el que presidía la reunión, un americano de cara redonda, bigote espeso, gafas grandes de pasta y calvo, había dado la vuelta al mundo y era la que tomó Sergio Carrasco en el primer día de huelga general, los leones decapitados frente a las escalinatas del Congreso de los Diputados en Madrid.

Los cinco hombres se fijaron en la impresionante fila de policías con cascos y las dos cabezas de bronce de león en el suelo. En lo alto de los pedestales, algo más arriba, los cuerpos descabezados de los leones eran como dos estandartes macabros que se alzaban desafiantes en lo alto.

—Todo el jaleo que se armó no parece haber sido suficiente —insistió el que presidía la reunión—. Hay que ser más efectivos y conseguir que la gente exija gobiernos más severos.

—Ahora o nunca —dijo el de la derecha de la presidencia frotándose las manos, un americano pelirrojo, con la cara inundada de pecas y las pestañas transparentes— no podemos esperar más. Es el momento.

Los cuatro hombres, dos americanos y dos ingleses, representaban todo el poder financiero de Occidente: los Rockefeller, los Morgan Stanley, los Warburg, los Rothschild, los Goldsmith y, a partir de ellos, todo un sistema de relaciones subordinadas y piramidales de poder y de influencia. Goldman Sachs, la Reserva Federal Americana y el Fondo Monetario Internacional, los Bancos Centrales, la Standard Oil Company y el petróleo mundial, las grandes constructoras y farmacéuticas, las compañías aseguradoras, de inversiones y las industrias de armamento. Ellos eran la parte sumergida del iceberg y el extremo más alto de la pirámide que se extendía implacable hasta llegar a todos los niveles de la sociedad. Ellos tenían el poder de controlar las tasas de interés, de expandir o contraer el crédito, de hacer subir o bajar la Bolsa, de poner más o menos moneda en el sistema, de producir inflación o deflación, de adquirir materias primas a terceros países a un coste ridículo o de explotarlos con guerras interminables. Los demás, el resto de la civilización, todos eran sus esclavos trabajando para poder pagar sus créditos incrementados por los intereses de los intereses.

Raimundo Ramírez representaba a esas familias financieras en España y su obligación consistía en salvaguardar sus inversiones, en maniobrar en la oscuridad y en presionar para que se consiguieran sus objetivos de la manera que fuera.

—Murió un policía tiroteado por los extremistas —afirmó Ramírez mostrando una falsa seguridad a las insinuaciones de sus jefes—. No hay mayor revulsivo que la muerte de un policía en manos de los terroristas.

Todos conocían los beneficios de la teoría del *shock* para desestabilizar a los ciudadanos con la sensación de pánico.

—Pues no ha sido suficiente —repuso el de su lado girándose hacia él, un inglés delgado y elegante, con un traje oscuro a rayas y la nariz aguileña.

—Los grandes desastres han servido para hacer que la gente reaccione a favor de nuestra política —le dijo el de la presidencia directamente a Ramírez—. Hay que saber servirse de ellos y aprender de nuestros maestros.

El de la presidencia de la mesa se refería sin duda a la utilización de catástrofes provocadas y atribuidas a un enemigo muchas veces inexistente —el efecto denominado como Falsa Bandera—. Había que generar rabia y así conseguir el apoyo popular a las actuaciones públicas inaceptables. Jugadas de ajedrez en un tablero macabro.

—La utilización de la crisis es también una buena razón para unificar las voluntades —dijo el de enfrente suyo con ironía, un inglés alto y enjuto, con la piel muy blanca que parecía ser el más envejecido—. La clave es mencionar la unión de todos y el sacrificio de todos. El claro mensaje ha de ser: «Unión contra los enemigos».

—Lo sé, lo sé —dijo Raimundo Ramírez con calma—. Ya se ha producido el rescate de los bancos y del Estado español, tenemos la sartén por el mango. No dejaremos escapar nuestra oportunidad de salir reforzados de esta crisis.

—Pues por ahora no lo parece en absoluto —dijo muy secamente el americano pelirrojo de la derecha de la presidencia de la mesa.

Raimundo Ramírez hizo un gesto de desaprobación con la boca y lo miró frunciendo el ceño.

—Somos perfectamente conscientes de que estás realizando en España un estupendo trabajo —le dijo el americano del bigote de la presidencia sacando con dificultad un pañuelo de su bolsillo y limpiándose el sudor—. Pero debes utilizar más el poder del miedo. No podemos permitirnos el lujo de ser débiles.

—La inseguridad de perder sus trabajos, su casa y sus pensiones se ha de utilizar a favor nuestro —remató el inglés de enfrente de Raimundo—. Hay que encontrar el revulsivo que los una a todos bajo una sola bandera.

—La nuestra —concluyó el inglés de su lado ajustándose al cuerpo su americana oscura a rayas blancas.

—Hay que buscar a un enemigo que sea aterrador y volver a todo el mundo en contra de él —aconsejó el inglés envejecido—. Hay que unificar las voluntades en torno a la rabia contra los terroristas o contra quién sea.

Raimundo Ramírez se arrellanó en su sillón y asintió con un movimiento de su cabeza. Era lógico que quisieran prever las cosas y reconducirlas, él también compartía sus mismas pretensiones. Había que permanecer alejado emocionalmente de los daños colaterales, no podían albergar dudas, era consciente de lo mucho que se jugaban todos.

—¿Habéis leído el informe? —les preguntó Raimundo.

—Todos hemos leído el maldito informe y por eso estamos aquí —respondió el presidente guardándose el pañuelo en su bolsillo—. Es el momento de dar la definitiva vuelta de tuerca y de dominar la situación. Precisamente es eso lo que nos ha traído hasta aquí, debemos acercarnos a nuestros socios de China para invertir conjuntamente con ellos en España en negocios estratégicos y en la nueva puesta en marcha de la energía nuclear. El Gobierno necesitará alta tecnología y enormes fondos de dinero que podremos prestarles como algo extraordinario y generoso por nuestra parte. Los tiempos han cambiado y el dinero se ha desplazado a Extremo Oriente, los chinos están invirtiendo en terrenos, en empresas y en materias primas en los países del tercer mundo y no podemos quedarnos al margen. Por eso el informe recomienda la asociación con China en esas inversiones en España pero antes hay que dominar del todo el marco de actuación, la política, las leyes y tener el control absoluto del territorio y de la opinión pública. Los chinos nos deben ver fuertes para negociar, no podemos permitirnos el lujo de estar en una posición débil ante ellos.

—Hay que cambiar al Presidente del Gobierno y cambiarlo ya —sentenció el americano pelirrojo que estaba a la derecha de la presidencia.

—Debes buscar los apoyos necesarios —le sugirió el inglés de su lado.

Raimundo Ramírez aspiró profundamente e intentó tranquilizarlos.

—Estamos muy bien posicionados, señores —les contestó—. Nuestro hombre principal está en el Consejo de Ministros y tenemos mucha influencia con el actual Presidente del Gobierno y con muchas personas importantes de su entorno. Os aseguro que no habrá sorpresas desagradables en este caso.

—Necesitamos la absoluta seguridad de que se aprobará por ley la vuelta a la energía nuclear —le insistió el presidente—. A partir de la crisis hemos puesto a nuestros hombres importantes al frente de las instituciones, de los ministerios importantes y de los gobiernos de toda Europa y de Estados Unidos, no queremos dejar cabos sueltos. Antes nos conformábamos con estar en la sombra, ahora no. Queremos el control directo. Necesitamos ese control.

Personalidades implicadas en el fraude de los bancos que provocaron la crisis económica eran los que detectaban los cargos importantes. Luis de Guindos, por ejemplo, el anterior Ministro de Economía nombrado por Mariano Rajoy, fue el antiguo director del Banco de Lehman Brothers en España donde estuvo hasta su quiebra y bancarrota. Lucas Papademos, el primer ministro griego, el ex vicepresidente del Banco Central Europeo, fue uno de los que tergiversaron las cuentas griegas para negociar su rescate. Mario Monti, el primer ministro que ocupó además la cartera de Economía en la Italia tras Berlusconi, fue un miembro señalado del club Bilderberg, donde trabajó con David Rockefeller y fue asesor de Goldman Sachs —entidad financiera involucrada en el origen de la crisis de las hipotecas *subprime* del 2008, que recibió como premio a su oscura gestión más de 10.000 millones de dólares del programa TARP del mismo Gobierno americano que los había cuestionado—. Richard Parsons, Steve Case y otros tantos asesores económicos de Obama así como muchos de los Ministros de Economía Americanos durante los mandatos de los últimos presidentes, estuvieron relacionados con el Grupo Rockefeller, Goldman Sachs, Citigroup y otras muchas Entidades Financieras fraudulentas, como Morgan Stanley o Merrill Lynch, causantes de la quiebra del sistema financiero en 2007 y 2008 en todo el mundo. Precisamente las ayudas entregadas a los bancos por los gobiernos para su rescate fueran administradas y decididas por miembros asesores de esos mismos bancos a los que se les ayudaba.

—Tenemos la dirección del mundo y no la queremos perder —concluyó el que ocupaba la presidencia de la mesa—. Hemos llegado hasta aquí con mucho esfuerzo y abnegación y no podemos detenernos.

—Tenemos el control directo en casi todo el mundo libre, en Alemania, Francia, Inglaterra y Estados Unidos —dijo el americano de las pestañas transparentes—. No vamos a contentarnos con sólo tener influencia en el Consejo de Ministros español.

Todo el sistema funcionaba a través de la generación de deuda. El dinero es deuda y la deuda poder. Los Bancos Centrales ponen en circulación el dinero a través de préstamos a los bancos privados con un interés pactado. La deuda producida más los intereses acumulados jamás podrá pagarse, por lo que la economía en general está en la más absoluta de las quiebras. Ni los gobiernos tienen el control sobre el dinero generado ni sobre la tasa de interés ni sobre la expansión o contención del crédito ni sobre la inflación o deflación porque son las mismas instituciones financieras, el Banco Central Europeo, el Fondo Monetario internacional y la Reserva Federal Americana los responsables de controlarlo en última instancia. El Banco Central de Inglaterra no fue público hasta el año 1946 y la Reserva Federal Americana, la responsable de emitir el dinero y la encargada de la política de contención o de expansión del crédito en los Estados Unidos, está en manos privadas desde 1913. En las épocas de contención —como en las crisis de 1919, de 1929 o la actual— las Instituciones Financieras obligaron a devolver los préstamos vencidos en un momento en que se acumulaban las pérdidas. Con la debacle bursátil y la escasez del crédito, las empresas multinacionales y los grandes bancos pudieron adquirir empresas rentables o bancos independientes a precios irrisorios. Una vez limpiada la economía, se abrió de nuevo el crédito y la gente volvió a comprometer sus patrimonios y a endeudarse.

—Ha llegado el momento de dominar la política y, con ello, a la gente —exclamó el inglés enjuto de enfrente—. La nuestra es una guerra entre el dinero y la supervivencia. Entre nuestra supervivencia y nuestro dinero. Están los vencedores y los vencidos... Estamos nosotros y todos los demás.

El americano que ocupaba la presidencia de la mesa resopló y se dirigió directamente a Raimundo:

—Debemos actuar con sabiduría y organizar a nuestra manera el mundo.

Raimundo Ramírez dudó por un instante:

—¿Con sabiduría, dices? —le preguntó sin entender del todo sus palabras.

—Los vencidos tienen a su favor la fuerza de ser víctimas —contestó el presidente— sólo eso les da fuerza. Debemos canalizar su miedo y darles algo de esperanza. Mucho miedo pero no demasiado y algo de esperanza pero sin pasarse. Necesitamos una victoria continuada más que una derrota definitiva.

Algunos miembros importantes de las familias poderosas y de otras muchas instituciones públicas, personas influyentes y organismos internacionales de todo tipo habían deseado desde siempre cerrar el círculo de poder y añadir el control político y social al puramente financiero y económico.

—Ahora es el momento —sentenció el presidente de la mesa.

Para ellos era muy fácil, tenían todos los medios a su alcance y los ases en su manga. De esta manera, el Club Bilderberg, como organización supranacional e influyente, abogaba por el nacimiento de un estado policial global que sometiera a la población llevándola a una fuerte situación de inseguridad. Desde siempre ese había sido su sueño más recurrente: dominar el mundo. Pusieron en marcha un proceso irreversible y demoledor que iba a cerrar el cerco a las libertades individuales hasta convertir a la población en marionetas asustadas por la situación de precariedad. Leyes cada vez más restrictivas, reducción de derechos civiles, guerras preventivas, utilización del terrorismo como excusa para el control personal y convencer al ciudadano de la imposibilidad de cambiar el actual estado de las cosas. Ese mismo ciudadano pedirá la intervención de las fuerzas estatales para sentirse mínimamente protegido por ellas.

Se han cumplido cincuenta años desde su creación y el Club Bilderberg alberga a presidentes, a reyes, ministros, a altos cargos políticos, religiosos y a importantes personalidades del mundo financiero. Cada vuelta de tuerca representa un avance más en su idea final de control absoluto de las voluntades.

—La gente en el fondo nos odia —insistió el americano pelirrojo de la derecha de la presidencia— necesitamos su odio y su temor. No nos aceptan como los organizadores del mundo y el mundo se transformaría en un caos si no fuera por nosotros. Odian nuestro American Way Of Life y es precisamente esa forma de vida la que los sostiene.

Los presentes se iban emborrachando a sí mismos con sus palabras.

—Ya hemos instalado la inestabilidad política en la sociedad —dijo el inglés del traje a rayas que estaba al lado de Ramírez—. El ambiente es ya más que propicio para nuestros intereses. Ahora toca mover pieza y actuar de manera radical, provocar una catástrofe y culpar a las fuerzas resistentes de provocarla.

—Es usted un superdotado, señor —le dijo Ramírez un poco cansado de la conversación—. ¡Un superdotado!

Entre todos le insistieron en la necesidad de provocar una situación catastrófica para hacer saltar al Presidente del Gobierno y colocar a sus hombres de confianza en primera línea. Necesitaban un drástico cambio de leyes para que el American Way Of Life siguiera manteniéndose intacto. Era importante financiar al Gobierno español en su carrera hacia la energía nuclear más puntera.

—Va a ser una catástrofe muy sonada y de gran transcendencia —le ordenó el que ocupaba la presidencia de la mesa—. Niños, abuelos, enfermos, médicos y un gran estruendo... Un hospital... Un gran hospital, ¿comprendes?

—Sí, señor —contestó Raimundo bajando la cabeza.

—Mírame —le ordenó el presidente.

Raimundo le miró a los ojos.

—Luego..., una crisis del partido en el poder y un gran escándalo —continuó el de la presidencia—. Los de su propio partido le acusarán de debilidad ante la fuerza de los antiglobalización y le sustituirán. Algo interno, ¿comprendes?

Raimundo asintió con la cabeza.

—Tampoco nos interesa un cambio de partido —insistió—. Se cambiará al Presidente del Gobierno y se endurecerán las leyes. Será necesario el sacrificio de todos para conseguirlo pero todos confiarán a ciegas en el nuevo líder. Prometerá: «Sangre, sudor y lágrimas» y todos estarán encantados con la consigna. A partir de ahí será un camino de rosas convencer a la gente que la energía nuclear es lo más barato y más limpio para emprender el nuevo camino hacia el futuro. ¿Comprendes, Ramírez?

Raimundo asintió de nuevo de una forma definitiva y el tema quedó zanjado. Debía atravesar el Atlántico y poner en marcha el plan previsto sin la más mínima tardanza pero antes debían estudiar entre todos el informe presentado y preparar la negociación con sus futuros socios chinos con respecto a las inversiones estratégicas y nucleares.

Los cinco se pusieron manos a la obra.

Cuarta parte:
Londres, octubre de 2018

Capítulo 24

Soy Enrique Aguilar y estamos en octubre del dos mil dieciocho. Hemos vuelto a España después de varios años y me parece imposible haber regresado precisamente a este lugar de la Costa Brava donde pasamos el verano de 2014 todos juntos. Fue una experiencia feliz y, a la vez, perturbadora, terrible. Me juré que no volvería jamás pero ahora sé que necesitaba pisar este lugar para recuperar lo que sentí y lo que me quedaba pendiente de solucionar. Estoy de pie en el centro del salón de la misma casa que alquilamos y observo el paisaje que se ve a través de los ventanales, la montaña, el mar y los acantilados que descienden bruscamente. Son las once y media del mediodía del jueves y estoy a la espera de ir con Teresa a tirar al mar las cenizas de Cristina. Los recuerdos cercanos se superponen a lo que realmente ocurre y ya no es fácil de distinguir lo que pasó de lo quisimos que pasase. Con el tiempo, los deseos forman parte de los recuerdos.

Todo este lío comenzó para mí con la llamada de Jacqueline a mi casa de Londres, justo cuando la televisión daba las noticias de la noche. Teresa y yo acabábamos de cenar y habíamos encendido el televisor como un simple acompañamiento. La casa estaba en calma, nada extraño fuera de lo común y yo, al contestar con desgana al teléfono, aún no sabía la importancia de aquella noticia ni las consecuencias negativas que provocaría en mi futuro y en el de los que aún quedábamos con vida. Iban a salir a flote todas aquellas experiencias que compartimos juntos en el verano del 2014, cuatro años atrás, cuando nos resistíamos a dejarnos vencer por los efectos negativos de la crisis económica. El sistema estaba caduco y, por un momento, nos pareció que iba a regenerarse. Se produjeron disturbios, asaltos a bancos, huelgas salvajes y manifestaciones violentas, ocupaciones de casas, agresiones a políticos, insultos y movimientos de indignados desplazándose internacionalmente de un lugar a otro. O se reestablecía un sistema más justo en el que se solucionara la precariedad o salían unos gobiernos fuertes que aplastarían las revueltas y reconducirían la situación. Se escogió lo segundo y se instauró la ley y el orden como única solución al malestar generalizado. La respuesta al miedo no fue solucionar sus causas sino manejar de forma interesada sus efectos. Aquella llamada de teléfono de repente me alertó. Puso de nuevo ante mí todo lo que había vivido unos años atrás, cuando dependió de tan poca cosa el que se solucionaran los problemas de una forma distinta.

—Soy Jacqueline, la compañera de Cristina... —me dijo su voz a bocajarro y sin preámbulos— la compañera de Cristina López Alarcón, ¿la recuerdas?

No sabía quién era esa tal Jacqueline y habían pasado más de cuatro años desde que alguien me nombraba a mi amiga pero enseguida supe de quién se trataba sin necesidad de una mayor explicación.

—¿Su compañera? —le pregunté haciéndome el sorprendido.

—Su mujer desde hace dos años —me respondió cortante.

Me levanté de la silla y con la mano le indiqué a Teresa que bajara el volumen del televisor.

Entonces se hizo el silencio, un silencio de pálpito.

Cuando me relacionaba con Cristina era heterosexual o, al menos así me lo parecía. Supongo que viví como sonámbulo por aquella época y me encerré demasiado en mí y en mi obsesión por Julia, nuestra compañera en aquellos días. Cristina, Teresa y Julia fueron mis camaradas en el proyecto que vivimos juntos en aquel trascendente verano. Averiguar lo que en realidad pasó podría ser para mí como levantar una sábana y que todo quedara al descubierto. Lo peor de la verdad es aceptar que no tiene remedio y la última persona que persiste en el error es aquel que lo comete, por eso me asusté y temí lo peor al escucharla.

Una mala intuición me recorrió de arriba a abajo el cuerpo justo al oírle pronunciar mi nombre: «¿Eres Enrique Aguilar? —me preguntó asegurándose—, te llamo desde Port de la Selva...». ¿Cómo olvidar ese pueblo de la Costa Brava que había intentado no recordar nunca más en los últimos cuatro años? Si me llamaban después de tanto tiempo sin recibir noticias suyas es que algo grave pasaba.

—Cristina se ha suicidado y ha dejado una carta para ti —añadió apenas sin cambiar el frío tono de su voz—, te la entregará personalmente el notario de Llançà en cuánto llegues.

Eso era lo que pasaba, que Cristina estaba muerta y que uno de sus últimos deseos había sido comunicarse conmigo, cosa que no hizo Julia, nuestra amiga común de entonces, cuando murió en idénticas circunstancias —me refiero al suicidio— y en el mismo lugar mucho tiempo atrás.

La historia tristemente se repetía.

Empecé a deambular por el comedor con el teléfono en la mano poniéndome por delante de Teresa y no pareció importarle demasiado mi cuerpo alto y corpulento moviéndose nervioso por delante suyo. Recuerdo que estaba especialmente guapa esa noche, con la blusa negra de gasa que se compró en Camden Town y el sujetador sin tirantes que se transparentaba. Me miró. Observé su cabello castaño en media melena y sus hombros a través de la fina gasa. Alzó la cabeza preguntando qué pasa: «¿Tienes para mucho?». Yo levanté los hombros: «Ya ves». Y continuó con la mirada perdida más allá de la televisión, ojos marrones lejanos y una mirada fulminante.

Teresa se levantó de la mesa y me hizo un gesto con los dedos indicando que iba a la cocina a buscar el café. Yo la sonreí y, justo al verla salir, me cogió un fuerte dolor en el vientre. ¿Cómo podía estar muerta mi querida Cristina? Imposible creer que también se hubiera suicidado. Parecía perseguirnos la maldición de los profanadores de tumbas. Ni Julia ni ella eran personas que yo pensara que pudieran suicidarse jamás, las dos tenían decisión y una gran fuerza interior, eran personas activas, lúcidas, luchadoras y con objetivos que ambas defendían hasta el final. No nos habíamos visto en los últimos años pero sin duda su forma tan decidida de ser seguía muy presente en mí. De hecho, Julia, Cristina, Teresa y aquel verano en el que compartimos casa todos juntos en Port de la Selva fue para mí algo que me marcó especialmente y que aún arrastro.

Recuerdo que apareció todo aquel pasado de pronto ante mí mientras escuchaba la voz metálica de Jacqueline.

Me detuve, tuve que detenerme obligado por un fuerte vacío en el estómago. Me quedé inmóvil sin poder respirar. Mi querida Cristina… ¿Cómo había sido posible? De pronto me di cuenta de lo mucho que la había echado de menos en esos últimos años.

—Además, la policía quiere hacerte unas preguntas en cuánto abras la carta —añadió su voz a mi silencio.

Tuve que escuchar de forma detallada su versión de los hechos. Me explicó que habían abierto una investigación entre familiares, amigos y ex amantes para averiguar si su suicidio fue inducido o si alguno de sus allegados conocía con anterioridad la posible causa. La sociedad se había convertido en un ente paranoico y agobiante.

—Como sabes —le contesté enfadado— hace mucho que no sé nada de Cristina. No entiendo qué pueden esperar de mi testimonio.

—No veas los problemas que he tenido yo —me dijo sin comprender mi sorpresa— la policía me ha interrogado varias veces como si fuera su asesina.

En el verano del año 2014, cuando Julia se suicidó, aún no existía la vigilancia generalizada que se impuso más tarde, con el avance de la presión policial sobre los ciudadanos. De la importancia de esa diferencia fui consciente enseguida, al escuchar su explicación sobre lo que me esperaba. Ya se intuía por aquel entonces un irreversible control sobre las conductas pero aún no estaban del todo desarrollados los mecanismos de prohibición. La policía nos vigila y nos ha hecho sus prisioneros, la libertad que perdimos entonces la perdimos para siempre. En cambio, la conciencia de estar vigilados nos ha hecho temerosos y más conformistas. No lo supe ver entonces y ahora lo sufrimos para siempre, ¿cómo es que no hice nada para evitarlo? Supongo que la inercia de la vida cotidiana me adormiló. A la justicia ejercida sin libertad se la llama opresión. Y ahí seguimos todavía.

—Tú vivías con Cristina —le dije después de recordar todo ese pasado— yo no. Es lógico que te interroguen a ti y no a mí por si tú la indujiste al suicidio.

Hubo un nuevo silencio en el que la oí respirar profundamente.

—Mira —me dijo después de expulsar el aire con fuerza— yo ya he cumplido dándote el encargo. Si haces caso o no es cosa tuya.

El suicidio de Julia fue lo que nos separó definitivamente a Cristina y a mí. Actuó como la muerte súbita de un hijo para sus padres, algo insoportable y difícil de superar. Después de eso, ya no nos volvimos a ver, ni Cristina se puso nunca en contacto conmigo ni yo hice nada especial para acercarme a ella. La muerte de nuestra amiga fue una bofetada en nuestras dos mejillas. Si no lo pude soportar entonces, ¿cómo superar dos y, en cierta forma, encadenados a través del tiempo?.

Teresa entró en el comedor con una bandeja, la cafetera y las tazas de café. La televisión seguía en marcha y se sentó. De pronto, apareció un visible alboroto en las noticias, un gran despliegue de medios. Teresa me hizo una señal para que me apartara a un lado y observara la pantalla. La gente estaba revolucionada, había habido otro asesinato. De un tiempo a esta parte se sucedían crímenes violentos cometidos por gente anónima en apariencia sin vinculación entre sí. Teresa subió el volumen de la voz con el mando a distancia. El muerto estaba tapado por un mantel blanco ensangrentado y la sangre roja salpicaba el suelo, la mesa, las paredes y a varios comensales que se habían sentado a su lado. El reportero lo explicaba detalladamente ante el micrófono. En el restaurante Simpson's-in-the Strand, uno de los más prestigiosos de Londres, ¿quién no conoce el famoso *roast beef* de Simpson's-in-the Strand,?, pues en uno de sus lujosos salones privados ocurrió lo inevitable. Al dueño del restaurante se le veía desconcertado y triste frente a la cámara. El Secretario del Ministerio de Economía cenaba con otros altos funcionarios cuando entró en la sala una mujer joven, de unos treinta años, rubia, con el cabello largo hasta los hombros y se acercó decidida hasta él con un bloc de notas abierto en sus manos. El reportero explicó que el maître en persona le había dicho que esa mujer estaba cenando sola en la sala general y que se había levantado varias veces al lavabo en cuya trayectoria se hallaba dicho salón privado. Al coincidir con la puerta abierta, quizá por un descuido de algún camarero, la chica entró, se dirigió directa hacia el Secretario del Ministro para preguntarle algo según declaró un testigo presencial —el Secretario comía el famoso *roast beef* acompañado con puré de manzana y pepinillos— y ella se puso a su lado. El Secretario la miró como exigiéndole que dijera lo que le había llevado hasta allí y ella cogió sin más un cuchillo que estaba sobre la mesa —el testigo remarcó que podría ser el del comensal de la izquierda— y le cortó la yugular introduciéndolo en su garganta hasta el fondo. Luego, lo sacó ensangrentado del cuello, se lo clavó con fuerza en el vientre y decidida salió de allí sin dar tiempo a que nadie reaccionara. Ninguno de los asistentes se atrevió a sacarle ese cuchillo del cuerpo por si aportaba alguna prueba irrefutable y, cuando le pusieron el mantel por encima después de tumbarlo sobre la moqueta, ese cuchillo ondeaba en el aire como el mástil de la gran vela blanca y roja de un barco fantasma. La chica desapareció y el reportero se preguntaba si ese asesinato podría ser imputable al colectivo Sons of Thunder o Hijos del trueno, un grupo indeterminado de individuos cuyos miembros de base, dispersos por el mundo, se comunicaban anónimamente por Internet y actuaban como francotiradores en atentados indiscriminados contra personas que detentaban cualquier tipo de poder económico y político.

Teresa observaba atentamente la noticia. Apoyó su codo derecho en la mesa y su barbilla reposaba en su mano. No parecía perderse detalle. De un tiempo a esta parte se había incrementado el número de ese tipo de asesinatos, lo habíamos comentado juntos más de una vez y no nos habíamos puesto de acuerdo. «Es ilógico utilizar la violencia…», concluía yo. Y Teresa me observaba con incredibilidad. «Es una guerra contra el mal uso de la energía y del poder económico

—decía ella—, el Gobierno ha reimplantado la energía nuclear y olvidado la energía libre… Y eso es de miserables.».

El tema era de locos y esa era la principal tesis en la que se apoyaba el movimiento de los Hijos del trueno para justificar su lucha. Existían múltiples instrumentos que requerían para su funcionamiento una cantidad ínfima de energía comparada con la cantidad de energía que eran capaces de generar. La energía libre podía ser gratuita y ausente de residuos, cosa que tiraba por tierra la dependencia del petróleo y de la energía nuclear, todas ellas en manos de los grandes monopolios. Se había vuelto a defender por ley a las centrales nucleares y, a más de cien años de la invención del primer motor de energía libre y de los descubrimientos de Nikola Tesla —el científico de origen croata que desarrolló un motor electrostático que generaba energía por sí solo—, aún hoy se seguía sin utilizar ese descubrimiento. Los Hijos del trueno perseguían que todo eso saliera a la luz y que la gente dispusiera de energía gratuita y limpia para sobrevivir a la crisis.

Yo seguía con el teléfono en la mano.

—Enrique, ¿me oyes? —me preguntó Jacqueline al otro lado del aparato—, ¿estás ahí?.

Me había olvidado de ella.

—Ah, sí, perdón… —le dije disculpándome—. ¿Cuándo dices que es el entierro?

—El jueves próximo tiramos sus cenizas al mar —me contestó sin dar demasiado énfasis a sus palabras. De hecho, demostró con su tono tosco de voz que yo le sobraba en esa íntima ceremonia.

—¿Ya la habéis incinerado? —le pregunté.

—Bueno, se lanzó con el coche sobre unos acantilados y se incendió y su cuerpo quedó irreconocible. Le hicieron la autopsia a sus restos y después acabamos de incinerar lo poco que quedó de ella. El jueves próximo tiramos sus cenizas al mar tal como Cristina hubiera deseado.

Y colgó después de darme su número de teléfono sin concederme la posibilidad de preguntarle la razón de haber tardado tantos días en decírmelo. Entonces aún no sabía que los acontecimientos se iban a precipitar tan rápidamente.

Me quedé allí colgado durante un buen rato con el aparato entre las manos sin pronunciar palabra. Teresa no me miró enseguida, estaba más absorta a las noticias del televisor que a mí y a lo que yo pudiera explicarle.

Después, al acabar, llamé su atención y se lo conté a bocajarro, con una cierta rabia por su visible desinterés. Pareció titubear pero se quedó pálida, consumida. De pronto, se derrumbó. «¿Cristina se ha suicidado? No puede ser... Imposible. No me lo puedo creer... La han asesinado».

—¿Por qué dices eso? —le pregunté sorprendido—. ¿Acaso sabes algo que yo no sé?

Teresa se puso en pie arrugando con rabia una servilleta con sus manos, retorciéndola como si le sacara el agua que impregnara su interior.

—Han ido a por nosotras, ¿no lo comprendes?

Me extrañó verla así. De hecho me pareció algo excesiva su reacción sobre todo porque Teresa ocultaba siempre sus sentimientos y esa vez no los reprimió y sobre todo porque hacía cuatro años que no sabíamos nada de nadie de aquella época.

—¿Quiénes sois vosotras? —le pregunté— ¿Julia? ¿Cristina? ¿Tú? ¿Qué quieres decir con que han ido a por vosotras?

Empezaron a saltarle las lágrimas y, al darse cuenta de que la observaba de manera directa, como esperando una respuesta, dejó caer la servilleta y salió del salón sin ni siquiera mirarme. Luego, oí un fuerte portazo y se encerró en la habitación sin darme la más mínima oportunidad de seguirla. A partir de ahí, el más absoluto silencio.

Teresa y yo decidimos desplazarnos desde Londres a Port de la Selva y acompañar a Jacqueline a tirar al mar las cenizas de Cristina. Quizá la carta que me escribió podría aclararme ciertas cosas y estaba dispuesto a descubrirlas. Al menos, me iba a obligar a enfrentarme a mí mismo y a lo que nos ocurrió después, cuando los hechos se precipitaron con el suicidio de nuestra amiga Julia.

Ahora estamos de nuevo aquí y nada del pasado parece estar todavía resuelto.

Capítulo 25

Llegamos en avión a Barcelona el miércoles por la tarde, alquilamos un coche y fuimos a visitar a nuestro antiguo amigo Sergio Carrasco que se había puesto en contacto con nosotros. Fue una sorpresa para mí su llamada, habló por teléfono con Teresa y le insistió para que pasáramos por su casa antes de desplazarnos a Port de la Selva. Él no podía ir al funeral de Cristina y quería aprovechar la ocasión de nuestro viaje para vernos. No habíamos sabido nada de él desde aquel verano que pasamos juntos cuatro años atrás.

Teresa, en principio parecía no querer verlo pero algo le dijo él que la convenció. Vivía en la Barceloneta, un barrio muy popular en el sur de la ciudad Condal, antiguo distrito marinero que limita con las playas y el puerto, la Estación de Francia y el Puerto Olímpico.

Barcelona parecía más sucia y más dejada que la que recordábamos. Era una ciudad de edificios más oscuros y tristes, muchos de ellos deteriorados, con grietas y desconchados en las fachadas. Llegamos desde el aeropuerto por las Rondas y el Paseo de Colón y nos sorprendió ver a bastantes parejas de policías armados vigilando las calles. Vimos muchos comercios cerrados y tiendas vacías a nuestro paso, largas filas de taxis sin clientes, un autobús parado con los pasajeros fuera a los que unos policías les pedían las tarjetas de identificación y carteles viejos de: «Se traspasa» o «Se alquila» por todas partes. La sensación fue de estar ante un panorama de gran desolación y precariedad.

Entramos por el Paseo de Borbón, que bordea el puerto con el mar a la derecha, e intentamos meternos en el barrio de la Barceloneta con el coche.

Una pareja de guardias nos detuvo:

—¿Nos entregan su tarjeta de identificación? —nos dijo uno de ellos. El otro permanecía a un metro de distancia.

Se las dimos y las pasaron por su aparato manual que llevaban con una correa atado al cuerpo. Se oyó un ruido agudo: tic, tic, tic, y el guardia asintió con la cabeza.

—Veo que viven ustedes en Londres, ¿a qué vienen aquí?

—A visitar a un amigo —le dijo Teresa que conducía.

—¿A quién?

Le dimos el nombre completo y lo buscaron en su aparato portátil.

—Pueden entrar —nos ordenó.

Los policías estaban frente a una barrera que cerraba una gran valla de reja de gallinero como si fuera un campo de concentración. Todo la Barceloneta parecía estar encerrada dentro. Dos guardias más allá, a ambos lados de la barrera, vigilaban armados con ametralladoras.

—Tendrán que dejar el coche aparcado en el parking exterior —y nos dio un comprobante para poder dejar el vehículo en el aparcamiento—. Es allí, detrás suyo —nos señaló—. Tendrán que dar la vuelta.

—¿No hay parking en el interior? —le preguntó Teresa algo contrariada. Estábamos cansados del viaje y no queríamos tener que caminar demasiado hasta su casa.

—Para ustedes es mejor que no lo haya —nos respondió el guardia que había estado callado hasta el momento—. Sólo los que viven aquí dentro tienen la posibilidad de aparcar sus coches. Cada dos por tres queman alguno y lo dejan para chatarra.

—Esto es una zona vigilada, ¿no lo saben? —nos dijo el que nos había hablado primero—. Están en una zona de peligro. Es una zona de miserables...

Y se giró hacia su compañero.

—Los señoritos de Londres no conocen quiénes son los miserables, ¿que te parece?

El mundo entero había cambiado y nosotros formábamos parte de él y yo no me había dado cuenta del todo. No era sólo que la sociedad en su conjunto hubiera tenido que bajar su nivel de vida para adaptarse a la escasez de recursos sino que, además, se condenó a grandes grupos de personas a la pobreza más absoluta y a sobrevivir en condiciones infrahumanas. Si el estado del bienestar transformó en su momento la llamada «clase baja» en una clase media con aspiraciones, el asentamiento de la crisis económica hizo resurgir del fondo de la sociedad a los llamados «miserables», la clase social aún más baja que la baja porque carecía de futuro y no tenía ninguna salida.

—Me parece que se van a sorprender del barrio —dijo riendo el policía.

—Les aconsejo que vayan con cuidado —nos dijo el otro—. Hay mucha vigilancia pero de vez en cuando se les cruzan los cables, saltan las chispas y esos miserables destrozan lo que encuentran a su paso.

Teresa y yo nos miramos y ella me hizo un gesto de tristeza, de impotencia. Entre todos habíamos permitido la aparición de bolsas de población sin recursos y sin salida. Todos éramos responsables. Zonas empobrecidas, guetos estrechamente vigilados en barrios marginales y en suburbios periféricos que nadie quería ver.

—Gente que malvive buscándose la vida y trapicheando, ladrones de poca monta, timadores, camellos, putas, macarras y drogadictos...

No había excusa para nosotros, para mí. Gente sin apenas derechos civiles, acosada con redadas continuas, chivatazos y persecuciones. Había triunfado el miedo y habíamos perdido la dignidad.

—Escoria, señores. Yo les aconsejaría no entrar —concluyó el policía mientras nos señalaba el camino para la maniobra de marcha atrás.

Después de salir del parking y caminar un buen trozo tuvimos que volver a mostrar las tarjetas de identificación a los policías de la puerta de peatones para entrar al recinto enrejado.

Llevábamos la copia de un plano bajado de Internet con las calles y la dirección de nuestro amigo. El barrio estaba muy sucio y olía fatal, a humedad y a basura. Eran algo más de las siete de la tarde.

—Mira los faroles —me dijo Teresa señalándome uno—, están rotos a pedradas...

Un grupo de seis policías armados nos observaba desde una esquina, pasamos a su lado. Había paseantes desocupados que nos observaban al pasar.

—Estamos rodeados de radares —le dije yo levantando la vista hacia los edificios.

Enrejados como protección, las cámaras de los radares estaban por todas partes a la altura de los primeros pisos. Edificios bajos con olor a sal por la proximidad del mar. Un hombre mayor, vestido con harapos, revolvía los restos de un contenedor de basura volcado sobre la calle. Ni siquiera nos miró al pasar.

Caminamos por las aceras estrechas y nos topamos con tres muchachos de unos veinte años que venían hacia nosotros chillando.

—¿Acaso os habéis perdido, pringaos? —nos preguntó el más alto levantando el puño a la altura de su cabeza.

Giramos hacia la izquierda y corrimos. Por fin llegamos hasta la casa de nuestro amigo y subimos por la escalera.

Después de esperar ante la puerta nos abrió y, en principio nos quedamos detenidos en el recibidor sin saber qué decir.

Sergio rompió el maleficio:

—Coño, pasad de una vez.

Y me abrazó en la misma puerta.

Una vez dentro los dos, se quedaron Teresa y él, la una frente al otro, sin acabar de decirse nada.

Al final se besaron en la mejilla.

—Anda, Teresa, no me mires así.

—Vives en un barrio terrible —le dije mientras íbamos hacia el comedor.

Era una casa pequeña y mal iluminada.

—Me echaron del periódico al hacer los recortes económicos y ahora soy *free lance* —nos dijo invitándonos a sentarnos en el sofá—. Malvendo mis artículos y hago lo que puedo para sobrevivir.

Teresa prefirió sentarse en una silla junto a la mesa del comedor.

—No podemos quedarnos mucho rato —dijo apartando la silla y sentándose—. Nos vamos a Port de la Selva al salir de aquí y no quisiera llegar muy tarde.

—¿Un vinito rápido? —nos preguntó Sergio.

—Un vinito. Perfecto —respondí yo sentándome también alrededor de la mesa.

—Estar aquí me va bien para palpar la cruda realidad del gueto —nos dijo mientras abría la botella y nos servía el vino—. El éxito de nuestra sociedad es que haya desigualdades y aquí son del todo patentes. Los miserables somos imprescindibles para hacer de contrapunto al sistema de interrelaciones. Sin la desigualdad no sería posible nuestra sociedad.

Observé el salón y la vista era bastante triste y desolada. Muebles viejos, una estantería con estantes torcidos y muy pocos libros llenos de polvo.

Sergio levantó su vaso:

—Por nosotros —y nos invitó a brindar.

—Por nosotros —respondimos Teresa y yo aunque a Teresa casi no se la oyó.

Luego, el silencio se hizo muy largo.

—Tenía ganas de veros después de tanto tiempo —nos dijo sonriendo.

—Ya nos has visto —sentenció Teresa—. Y, ¿ahora qué?

Sergio encendió un cigarrillo.

—¿Queréis? —nos ofreció. Y cogimos uno cada uno.

El ambiente estaba tenso y pensé que quizá Sergio querría decirle alguna cosa a Teresa, quizá algo relativo a Cristina o qué sé yo. Lo cierto es que yo nunca tuve demasiada confianza con él así que no era lógico que quisiera hablar conmigo. Me levanté y le pregunté por el lavabo, estaba al final de un corto pasillo. Fui hasta allí despacio, haciendo tiempo, me lavé la cara y me observé largo rato en el espejo. Todo parecía tan irreal... Una película futurista, oscura y angustiosa como *Blade Runner* no sería peor que aquello. Me sequé la cara con la toalla y salí sin hacer ruido.

Mientras caminaba por el pasillo los oí cuchichear, hablaban rápido y de forma entrecortada.

«Lo siento, lo siento...», escuché que decía Sergio.

«Vete a la mierda», respondió ella.

Luego Sergio empezó a levantar la voz:

«Te crees perfecta, ¿no es así? Pues no lo eres. Todos hemos cometido errores y tú también. ¿Quieres que te recuerde los tuyos?».

Llegué hasta el umbral de la puerta del comedor y escuché perfectamente a Teresa.

—Si descubro que tu eres el traidor que denunció a Cristina, te mataré. Te juro que te mataré.

Tragué saliva e hice ruido con mis zapatos.

—¿Estáis locos? —les pregunté—. ¿Qué coño os pasa?

—Ya ves —dijo Sergio—. Diferencias de opinión.

Nos miramos unos a otros. Yo observé a Teresa y ella se encaró conmigo.

—No te metas, Enrique. No sabes de qué va.

—No lo sé porque tú no me lo dices —le dije enfadado—. Ya iría siendo hora de que lo hicieras...

—Vámonos —ordenó Teresa recogiendo sus cosas—. No quiero estar ni un minuto más aquí. Ya hablaremos —me dijo mirándome fijamente— pero no ahora.

Nos despedimos con un adiós que yo dije en voz alta y nadie me respondió. Bajamos las escaleras y salimos a la calle. Ya estaba oscuro y nos fuimos guiando como pudimos hasta salir fuera de aquel campo de concentración. Luego cogimos el coche y no hablamos en todo el camino.

Capítulo 26

Han pasado más de cuatro años desde entonces y estamos de nuevo en Port de la Selva como en aquella época en la que estuvimos aquí todos juntos. Llegamos ayer por la noche y me siento raro en este lugar. Quise volver a hospedarme en la misma casa que alquilamos por semanas en aquellos meses de julio y agosto y ahora, de pronto, me fastidia haberlo hecho.

Son las once y media del mediodía del jueves y estoy de pie en el centro del salón a la espera de ir a tirar al mar las cenizas de Cristina. Doy la espalda a la gran mesa rectangular del comedor y observo el paisaje a través de los ventanales que dan a la calle. La casa está elevada en la falda de una de las colinas que forman la cordillera que cierra el Parque Nacional del Cap de Creus por la costa, a igual distancia entre Llançà y Port de la Selva. Creí haber olvidado esta vista impresionante sobre la gran bahía que viene de Francia pero al verla de nuevo me doy cuenta de que simplemente estoy comparando las dos versiones, la guardada durante años en el disco duro de mi cerebro y la de ahora. Y, casualmente, se superponen. Recuerdo las horas en las que me sentaba frente a esa mesa a escribir y levantaba la cabeza y observaba el mar por cualquiera de los grandes ventanales de las tres paredes exteriores del salón. Luego entraba cualquiera de los de la casa y la habitación inanimada tomaba vida de pronto. La sensación de inicio de algo se relaciona siempre con las personas con la que se comparte.

Me acerco a la ventana y observo el exterior desde arriba, el alrededor de la casa. Desde el ventanal se ve la entrada, la verja metálica, la calle mal asfaltada y el resto de casas con jardín que descienden hasta la carretera. La urbanización está solitaria en este mes de octubre y muchas de las residencias parecen deshabitadas, letreros viejos de «se alquila» o «se vende», jardines desatendidos y paredes desconchadas.

Me fijo en el camino de acceso a la casa y, de repente, me da un escalofrío. La silueta de un hombre detenido frente a la casa me hace fijarme en él. Un extraño nos observa. No hay nadie más por los alrededores, la zona está bastante dejada. El hombre es moreno con el cabello ondulado y va vestido con un traje marrón, camisa blanca y un pañuelo estampado en el cuello. Levanta la cabeza y me ve, cruzamos nuestras miradas. Su aspecto duro me produce un escalofrío. Apoyo mi mano en el cristal y él se da la vuelta y camina hasta la primera bocacalle, cuesta abajo. Se detiene a unos pasos y se gira hacia mí antes de desaparecer. Me quedo observando y ya no aparece más. Me doy la vuelta y vuelvo hasta la mesa.

Hicimos un experimento sociológico ese verano, alquilamos esta casa entre Julia, Teresa, Cristina Sergio e invitamos a nuestra gente a venir. La idea fue compartir la casa con los que quisieran venir por unos días a visitarnos: alumnos, amigos y colegas que escogían sus fechas en un *planning* logístico perfectamente coordinado por Cristina. Venían, pasaban una corta temporada, se iban y las experiencias volvían a empezar con la llegada de los nuevos. ¿Qué es lo que nos unió? Quisimos demostrar la posibilidad de una convivencia libre entre personas independientes. Organizamos tertulias, seminarios y mesas redondas y nos apoyamos los unos en los otros para concienciarnos de la situación y emprender las acciones oportunas. La casa es grande, tiene multitud de habitaciones y espacios distintos donde poder instalarse. Nos podíamos mover a nuestro aire sin molestarnos, formar grupos y dar algún paseo por el pueblo o bajar a bañarnos a la playa. Al final, fue una experiencia impresionante donde corrió el alcohol y la alegría hasta altas horas de la madrugada. En ese tiempo todos nosotros teníamos la necesidad de ser felices y de demostrárselo al mundo y, como aún no estaban del todo asentadas por aquel entonces las prohibiciones de los horarios públicos, aquella fue quizá la última vez en la que tuvimos la oportunidad de relacionarnos libremente y a nuestro aire sin tener que preocuparnos por la regulación de las actividades colectivas que el Estado legisló después con una gran meticulosidad.

En ese tiempo, casi todos estábamos preocupados por la situación de crisis estructural por la que pasábamos e intentamos encontrar soluciones superando la amenaza constante de un progresivo endurecimiento de las leyes. Gabriel Escuadra Marín, nuestro actual Presidente de Gobierno y Ministro de Economía por aquel entonces, prometió al ser elegido que se mantendría firme en sus políticas de dureza. Prometió paz y seguridad y los sacrificios los debía poner la gente. El control y la vigilancia fueron el chantaje que utilizaron como respuesta al miedo que había impregnado todas las instancias de la sociedad.

Entra mi mujer en el salón por detrás de mí:

—Enrique, date prisa —me dice abrazándome por la espalda—. Empieza a ser tarde para la ceremonia. No te despistes, por favor.

Teresa teme precisamente que me pase lo que me está pasando: que me quede hechizado en «la memoria de lo hermoso» y quede preso del bucle del «quizá debí hacer otra cosa». Yo mantenía en ese tiempo con Julia una relación, digamos, especial desde hacía varios meses. Nos veíamos de vez en cuando y hacíamos el amor pero no salíamos juntos de una manera oficial y continuada. De profesor-alumna habíamos pasado a amigos-amantes siguiendo un proceso lógico de intimidad compartida. Era ella en realidad quién me llamaba para quedar o la que venía a mi casa a verme y cerraba a su aire por dentro el pestillo de mi habitación. Era ella, en fin, quién marcaba el ritmo de los encuentros y esa sensación de provisionalidad en cierta forma me desquiciaba. Julia se mantenía hermética con respecto a sus emociones y con respecto a todo lo suyo y sabía envolverse de un halo de misterio que no supe romper por más que lo intenté una y otra vez desesperadamente. Tenía treinta años y, en el fondo era descarada y dura, una roca inquebrantable, tenía un tipo delgado y las rodillas huesudas y todos queríamos tener su favor y sentirnos cerca suyo sin saber exactamente lo que eso significaba. Ella fue quién nos encontró la casa en Port de la Selva. «Mi familia es de Port —nos dijo un día al conocer nuestro proyecto—, os encontraré algo a buen precio que sea un paraíso.» Y así fue como fuimos allí ese verano. Cristina, Teresa, Sergio y yo nos instalamos de forma fija en la casa pero Julia no quiso hacerlo bajo ningún concepto. «Así estaremos más independientes...». Alquiló para ella sola un apartamento frente al mar y venía a vernos cuando quería, a veces a mi habitación y otras muchas, no. De hecho creo que su presencia fue, en gran parte, la que hizo posible el éxito social del proyecto.

Teresa se pone delante de mí y me atusa el cabello canoso con la mano:

—Enrique, no entiendo que quieras revivir lo mucho que sufriste aquí —me dice poniéndose de puntillas y colgando sus brazos en mí nuca—. ¿No tienes bastante con lo que te hago sufrir yo cada día?

Teresa es pequeña y vivaracha, con unos ojos marrones muy vivos y una mirada fulminante.

—Los hombres no descansamos nunca, ¿no lo sabes aún? Siempre queremos sufrir y sufrir más y siempre con otras personas...

La abrazo y la cojo por el culo y la levanto en vilo:

—Ya sabes que necesito mi dosis diaria de sufrimiento para subsistir...

—Confórmate conmigo. ¿No te sirvo yo para cubrir tu dosis de
dolor?

Mis manos gruesas la devuelven al suelo, parece una muñeca con
ese cuerpecito pequeño que se adapta del todo a mí y esos pechos re-
dondos que se acolchan en mi pecho. Soy alto, grande y atlético aunque ahora no practique deportes, supongo que el alcohol que he
bebido me ha mantenido en salazón. Ahora ni siquiera bebo ni siquiera salgo con otras mujeres y ni siquiera tengo amigotes que me
desvelan hasta altas horas de la madrugada.

—Creo que ha llegado el momento de enfrentarme a mi pasado
—le digo esperando su comprensión— llevo demasiados años esqui-
vándolo y la muerte de Cristina creo que ha sido la señal.

—¿La señal? —me pregunta sorprendida—. ¿De qué narices
quieres que sea la señal?

Sé que este tema la saca de quicio.

—He intentado olvidar lo que pasó, lo sabes de sobra —le digo—
pero el pasado reclama su sitio.

—Entérate, Enrique. No hay nada que resolver porque ya está
todo resuelto. Fin. Caput. Acabado. ¿Comprendes? Ni entonces dependió de ti ni ahora puedes hacer nada para cambiarlo, así que dale
carpetazo de una vez a tus «recuerdos» —y levanta los dedos haciendo el gesto de poner comillas a la palabra—. Además, me pones
de los nervios con este dichoso tema —y se va de mi lado a recoger
el jersey que tiene sobre el respaldo de una silla.

Me giro hacia el exterior y respiro hondo. Observo el callejón
por si está ese hombre de antes y no, no se ve a nadie. Me había
quedado intranquilo pero ahora lamento mi estupidez, como si
nadie más pudiera caminar por esta zona. Me doy la vuelta y voy
hacia Teresa.

Me mira como si yo fuera un extraterrestre.

—Aún eres aquel niño travieso que necesitaba respuestas rápi-
das... —me dice agitando mi cabello con sus dedos—. Mi querido
osito de peluche…

Me siento atacado por sus ojos.

—Anda —le suplico— ayúdame, anda.

Primero mueve la cabeza mostrando desaprobación y después me
da un corto beso los labios.

—Haz lo que tengas que hacer... —me dice tirando de mí—.
Venga, tenemos prisa.

Salimos del salón y vamos por el pasillo hacia la salida. La puerta del despacho está cerrada con llave y me la quedo mirando de nuevo. Es una habitación pequeña totalmente interior y sin ventanas que la utilizábamos como trastero. La agente inmobiliaria le dio un montón de llaves a Teresa pero no estaba la de esa puerta y me extrañó. «¿Habrán encerrado algo?», le pregunté. «No seas paranoico», me contestó. Teresa incluso se enfadó cuando le insistí en que la buscara y la abriéramos. «Tampoco necesitamos esa habitación —me dijo—, la casa es excesivamente grande para nosotros.» Lo cierto es que la casa había cambiado de dueños según nos dijo la agente pero los muebles seguían siendo los mismos que entonces. No había polvo sobre los muebles y estaba limpia, pero me pareció extraño que no la hubieran reformado. Tampoco se veían indicios de estar habitada normalmente.

Cerramos de golpe la puerta y vamos hacia el jardín, el porche, la escalera de piedra y llegamos al parking. Todo es tan extraño y, a la vez, tan próximo, tan familiar. Cogemos el coche y salimos de casa. Es como si no hubieran pasado los últimos años y hoy, en vez de ser el funeral de Cristina, fuera el día en que me enteré del suicidio de Julia. Pasamos frente a la bocacalle y sí, de pronto aparece de nuevo el desconocido en el fondo del callejón.

Observo a Teresa descubrirlo por su rabillo del ojo y, de repente, frenar de golpe. Mi cuerpo me lanza hacia delante. El individuo está de pie en el callejón con un aire cínico y desafiante. Teresa lo mira descarada. Cruzan sus miradas y yo los observo al uno y al otro alternativamente. Los ojos de él son marrones y duros, empequeñecidos por sus cejas abultadas y espesas. Sonríe y saluda a Teresa con la mano. Observo perfectamente que es a ella a quién dirige su gesto. Teresa hace un aspaviento con la boca: «¡Bah!», acelera y sale disparada de allí. El seto recortado de una cerca me lo oculta y miro hacia adelante. Giramos rápidamente por el camino mal asfaltado que desciende hacia la carretera y lo dejamos atrás.

Recuerdo que sentí una rabia tremenda cuando sacaron su cuerpo del mar y supimos que se había tirado desde las rocas de la playa de la Tamariua. Ni una nota, ni un indicio, ni una señal. Nada. Los buzos la sacaron y la vimos toda azul, azulada, y yo no pude ni escuchar el testimonio de algún bañista ocasional que explicaba en voz alta a la policía que la vio saltar al mar sin titubear. Estaba en una camilla portátil con ruedas altas y tenía el cabello enganchado a la cabeza, los ojos cerrados, aplastados por dentro contra los párpados, y una sonrisa extraña en los labios. Tenía un fuerte golpe en la cabeza y el forense nos dijo que quizá se había dado un golpe con las rocas. Un gesto incluso bello, relajado y dulce, a pesar de haberse ahogado a primera hora del día. Todavía puedo ver ese gesto en mis sueños cuando cierro los ojos, todas las noches desde hace años. ¿Cómo pudo no decirme nada de su dolor, de sus intenciones? Fue un duro golpe para mí. Me encerré en mí mismo y no quise averiguar la razón ni los motivos ni nada de nada. Me enfadé con el mundo, nos discutimos con Cristina y ya no podíamos ni mirarnos a la cara. «Nada más me faltas tú haciéndote el ofendido», me dijo. Ella sabía cosas de Julia que yo ignoraba y eso me sacaba aún más de quicio, así que me aparté de todo y me fui. Y todavía sigo ido. Un ido raro, un medio ido que disfruta de sus éxitos como si le ocurrieran a otra persona. Es difícil de explicar, incluso de entender. Cuánto más éxito tengo, más popular soy o mi mujer más enamorada parece de mí, más ajeno me siento y a un lugar más lejano quisiera retirarme y desaparecer. La sensación que tengo es de que escribo como defensa aunque no tenga en realidad de qué defenderme. Busco desesperadamente el motivo contra el que enfadarme pero no lo descubro por muchas vueltas que le doy. De hecho, nadie me ataca más que mi propio cinismo. Quisiera que me atacaran, que fueran a por mí y que me destrozaran, que no quedara de mí ni un sólo resto para poder decir: «Yo tampoco existo». «Como vosotras dos, como Julia y Cristina, yo tampoco existo.»

Nos fuimos todos de la casa tras la muerte de Julia y aquello fue una diáspora general, una desbandada. Cristina se quedó en Port de la Selva a vivir y Teresa aprovechó para venirse conmigo a Barcelona. ¿Los demás? Jamás me importó saber lo que hicieron los demás, ni lo sé ni quiero saberlo. Sólo me dolió desconocer los motivos que tuvo Julia, su porqué y, por supuesto, la razón de no contármelo. Por ella misma y por mí, me duele su silencio por los dos, por lo que pudo ser, por lo que no fue y por no darme la oportunidad de ayudarla. ¿Acaso no fui nunca importante para ella? Me hubiera sentido tan bien si me hubiese pedido ayuda... Quizá no quiso sincerarse para que no intentara quitárselo de la cabeza, quizá no quería que nadie la hiciera dudar. Pero, ¿qué le pasó? ¿Cómo pudo escondérnoslo? Me gustaría saberlo, de hecho me es imprescindible para sobrevivir. Las huellas del tiempo no se borran hasta que el viento no limpia lo más profundo, lo más agarrado a nosotros y se puede por fin volver a respirar. Eso es lo que quiero, respirar de nuevo ese aire puro que ya ni recuerdo como es. Y, mientras tanto, lo más profundo sigue ahí, esperando su turno. Debo averiguarlo como sea, por eso he vuelto a esta casa, por eso quiero quedarme unos días aquí hasta desenmascararlo. Si Cristina viviera quizá podría explicármelo, ahora la escucharía, pondría mis cinco sentidos en comprenderla. Visitaré su casa y le pediré a Jacqueline que me deje revisar sus escritos, debo buscar entre sus cosas la respuesta a mis preguntas. Cristina publicó varios libros de ensayos políticos en este tiempo, textos todos muy interesantes que no he podido evitar leer. Quizá encuentre en su casa alguna pista esclarecedora de lo que pasó, por eso estoy aquí, para averiguarlo.

Aquel verano aprendí sobre todo dos cosas, que la vida es lo que es, sin más, y que luchar contra lo que no tiene sentido puede hacer que esa lucha tampoco lo tenga. Aprendí que la alegría son momentos de felicidad que desaparecen y la tristeza, estados de ánimo que quedan.

Capítulo 27

Vamos en coche y recorremos los cuatro kilómetros de la estrecha carretera de curvas que llega hasta Port de la Selva. Son una preciosidad las calas sobre el mar que vamos dejando a la izquierda, conduce ella y puedo observar con más calma los recodos del camino que pasan en contra del sentido de la marcha. Viajamos en silencio y, en realidad, me da mucha pereza llegar, presentarnos, conocer personalmente a Jacqueline y tirar las cenizas de Cristina al mar en la playa de la Tamariua. Seguro que el pueblo estará desierto, como siempre en esta época, un jueves solitario de finales de octubre con el otoño moviendo las olas al ritmo de la Tramontana, y nosotros dos en medio de la gente sin saber demasiado qué decir.

Teresa enciende el aparato de radio del coche y cambia de emisora con los botones del volante. Encuentra una en la que ponen música antigua un tanto pasable. De vez en cuando la veo mirar hacia atrás por el retrovisor y observar la carretera en un rápido vistazo achinando los ojos. «Nadie nos sigue» y se tranquiliza. Luego, vuelve su mirada hacia delante.

A la izquierda un pequeño bosque de pinos, el letrero de un camping y un camino de tierra que baja hasta la lejana caseta de información. La estructura de andamios que me sostiene cada vez es más ligera y oscila con más fuerza, los movimientos de tierra son demasiado profundos y los cimientos no aguantan las embestidas. ¿Estaré preparado para lo que tenga que venir? A la derecha, un grupo de casas blancas con terrazas al sol, persianas azules bajadas y puertas atrancadas de madera. Nadie a la vista. El ir en coche me hipnotiza, el cuerpo avanza y la mente queda rezagada. La línea intermitente del centro de la carretera nos guía, un giro a la izquierda y dos ciclistas nos detienen hasta que nos dejan pasar. Se ponen en línea y salimos de nuevo hacia delante. Es imposible acelerar, las carreteras están repletas de radares y los controles de tráfico son muy estrictos, de repente aparece un motorista agazapado tras cualquier curva y te obliga a apartarte del camino. Hay aparatos electrónicos en los coches que envían los datos a los centros de control y es peligroso pasar de ellos. Íbamos a treinta por hora y quizá nos hemos puesto a cincuenta.

Un rayo de sol le da a Teresa en la cara y hace un guiño con los ojos, baja la visera del coche con un gesto automático y vuelve su mano al volante. El paso del tiempo la ha hecho más atractiva, más ella misma. Se le han asentado los rasgos y está realmente hermosa.

Cojo aire y le hablo:

—Debiste decirme todo lo que sabías de Julia —le digo mientras conduce— seguro que en la nota que te entregó aquella noche había alguna pista de lo que después le pasó.

Teresa no comprende mi insistencia en este tema y se desespera visiblemente, aprieta los labios con fuerza y agita la cabeza a un lado y a otro.

—Julia se suicidó hace cuatro años, ¿comprendes? ¡Cuatro! —me responde sin apartar la vista de la carretera—. Y lo hizo sola. ¡Sola! ¿Qué más te dan a estas alturas sus motivos?

Le pongo la mano izquierda en la nuca y ella baja un poco el volumen de la radio.

—Y, ¿tú? —le pregunto mientras juego con su melena—, ¿los supiste tú?

—Nadie los supo —me responde mientras siento el escalofrío de mis dedos en su nuca—. Si no nos los dijo entonces es que no quería que los supiéramos.

Dejo de acariciarla y observo de nuevo al frente, a la carretera.

—Julia confiaba en ti... —le digo.

—¿Y qué pasa si éramos buenas amigas? —me pregunta irritada.

Respiro hondo y desisto:

—Anda, déjalo. Me rindo.

—¿Rendirte tú? No me hagas reír.

Teresa ha afianzado su carácter con el paso del tiempo y ha cogido poso y mucha fuerza interior. La educaron para obedecer como mujer en el seno de una comunidad cristiana pero ella se reveló. Le enseñaron a posponer sus deseos para adaptarse a los del hombre, el que fuera, al padre, al marido, al jefe o al propio pastor de la iglesia. Esa fue la mochila que llevaba Teresa a cuestas cuando la conocí y de la que se quiso liberar de un día para otro para empezar su nueva vida desde cero. «No tengo tiempo que perder», me dijo encendiendo un cigarrillo al salir de la primera reunión de profesores a la que asistimos juntos, «es hoy cuando empiezo a vivir...», insistió, «¡tengo tanto por recuperar...!». Y me guiñó un ojo insinuando que yo y, sobre todo mi sexo o el sexo en general, podríamos ser parte importante de eso que, tan aprisa, debía recuperar justo empezando a vivir a sus treinta y tantos años. ¿En qué momento todo lo que nos enseñan se vuelve contra nuestros propios maestros? ¿En qué instante lo aprendido carece de pronto de valor? Fue un proceso paulatino y, al final, un corte brusco con lo que le habían inculcado. Se fue de casa, abandonó a su marido, a su hijo y a sus amigos de siempre, cogió una habitación en un piso compartido, recuperó sus estudios y se buscó la vida dando clases en la universidad. ¿Cómo iban a saber ellos que iba a acabar así, tan lejos de su acoso y de sus consejos? No tuvieron la menor idea hasta que, de pronto, desapareció.

La observo conducir y es como si la estuviera viendo cuando la conocí, con su expresión vivaracha, sus enormes ganas de vivir y esa sonrisa pícara de quererse comer el mundo.

—Eres demasiado obsesivo, Enrique —me dice, esta vez algo más tranquila—. Le das demasiada cancha a tus obsesiones.

—Han sido demasiados años dándole vueltas a lo que ocurrió —le digo—. No puedo pasar a lo siguiente sin haberlo resuelto. Ya sé que el problema es mío.

—No te quepa la menor duda, corazón. El problema es sólo tuyo.

—¿Crees que Julia se suicidó tan solo para joderme? —le pregunto con ansia después de salir de una curva cerrada.

—¡Cómo sois los hombres, por favor! Se suicidó por ella. ¡Por ella! No por ti.

El suicidio es una de las grandes palabras de la humanidad, como el aborto, la democracia, la libertad o la justicia. Son tan frágiles esas grandes palabras que siempre están a punto de romperse.

—Estar enganchado a algo es en el fondo un descanso —le digo excusándome—. Tengo hasta miedo de desaparecer si olvido todo ese pasado que arrastro. Por si no valgo nada sin él.

—Debes curarte de ti mismo, Enrique. Estás enfermo de ti.

Después de eso, se hace de nuevo el silencio.

Veo a Teresa observar por el retrovisor y hacer una mueca de fastidio. No me dice nada pero, de pronto, la noto intranquila. Se sienta mejor y se pone tensa, aprieta las manos al volante. No le digo nada, tan solo observo hacia atrás por el retrovisor exterior de mi derecha y descubro a un Audi oscuro a unos metros de distancia.

—¿Ocurre algo? —le pregunto.

—Nada, ¿qué va a ocurrir?

Teresa observa hacia adelante y hacia atrás y calcula rápidamente las distancias sobre la marcha.

—¡Tío, no me vas a fastidiar! —dice en voz alta.

De pronto, cambia rápidamente de marcha y acelera, se mete por un estrecho camino a la derecha girando bruscamente el volante. La aceleración me tira la cabeza hacia atrás. Ascendemos unos metros por un estrecho sendero y giramos de nuevo, las ramas de los arbustos rozan la carrocería.

—No me preguntes nada —me dice sin mirarme—. Déjame conducir.

Llegamos al jardín de una vieja casa de piedra y saltamos con los baches de la explanada de hierba.

Imposible averiguar si el coche oscuro nos sigue pero mi corazón bombea como si lo tuviéramos justo detrás. Cruzamos un pequeño riachuelo con piedras redondas que saltan con la fuerza de las ruedas y llegamos a un cobertizo de piedra y paja. Teresa detiene el coche frente a la puerta de madera vieja, se baja y abre las dos hojas con dificultad. La observo correr y apresurarse. Sube al coche y me hace un gesto apretando los labios.

—Enseguida lo despisto, no te preocupes.

Entramos en el cobertizo y detiene el coche a un metro de la pared del fondo. Hay herramientas de labranza oxidadas y la luz del sol se filtra por los múltiples agujeros de los muros y el techo. Se baja y cierra la puerta detrás nuestro con una balda de hierro. He girado la cabeza hacia atrás y he visto el coche a lo lejos que entraba en el jardín.

—¿Y ahora qué hacemos? —le pregunto.

Teresa empuja la pared de madera del frente y cede como si fuera una puerta trasera. «Es otra puerta.» Entra rápida en el coche.

—Espera y verás —me dice.

Recorremos unos metros de un pequeño túnel cubierto de paja y salimos al otro lado. Detiene el coche, baja de nuevo, corre hacia atrás y cierra la doble puerta de madera con otra balda de hierro que está por fuera. Corre y se sienta al volante. Las ruedas crujen con la velocidad que imprime al salir disparados pisando el acelerador hasta el fondo.

—Parecemos agentes secretos —le digo observando hacia atrás y cerciorándome de que ya no nos sigue el Audi oscuro—. Ha sido alucinante.

Vamos a campo a través por la montaña, descendemos y torcemos a la izquierda por un camino aparecido de pronto, un pequeño puente, un tramo recto bajo los árboles y una explanada. Detrás de un terraplén el camino gira bruscamente y entra de nuevo en la carretera. Teresa acelera al entrar y endereza el coche.

Suena el indicador de velocidad. Tic, tic, tic. Del panel del cuadro de mandos sale un mensaje: «Ha violado la velocidad permitida». Tic, tic, tic, «recibirá la multa en su correo electrónico y se le ha cargado el importe en su cuenta bancaria». Tic, tic, tic, «no acumule infracciones. Sólo le quedan tres puntos para cumplir condena de servicios sociales». En ese mismo momento sale un recibo de la pequeña impresora del panel y se apaga el mecanismo. La cámara web que apuntaba al conductor camuflada detrás de una luz roja en el interior del retrovisor se apaga y vuelve la calma. Han unificado las cuentas bancarias y los ingresos y cargos entran automáticamente, apenas se utiliza efectivo y el Estado tiene el control de los movimientos. También se han unificado las tarjetas de crédito, se verifican con el saldo de la cuenta corriente y el Estado autoriza las operaciones a través de un programa informático.

—Ya me explicarás lo que ha pasado —le digo—. Todo esto lo tenías preparado por si acaso. No me harás creer que te has encontrado la casa de pronto.

Teresa está nerviosa y enfadada.

—No lo aguanto más, te juro que no los aguanto —me dice fuera de sí—. Están por todas partes, nos controlan, no nos dejan en paz. Puede ser cualquiera. ¡Cualquiera! Es una sociedad de mierda.

Hemos hablado de este tema muchas veces pero es la primera vez que tenemos un motivo palpable y cercano. La verdad es que me he quedado estupefacto con la persecución y, sobre todo, con la casa preparada para huir y para despistar a los posibles perseguidores.

—El desconocido te ha mirado y te ha saludado a ti. No me negarás que os conocíais.

Teresa respira hondo.

—Tú podrías hacer algo, moverte, ¿qué se yo? —me dice atropellándose sin dejarme hablar—. Eres un economista conocido, ¿no es así? Pues debería notarse...

—Mis escritos reflejan lo que creo —le respondo—, pero esto que ha pasado me ha superado del todo.

—A ti todo te supera según veo. Despierta de una vez. Tienes que hacer algo de verdad, mojarte...

Teresa intenta atacarme para despistar.

—¿Me vas a contar de una vez lo que pasa? —le pregunto.

—Ya deberías saber por ti mismo lo que pasa. Lo que yo te diga o no te diga no debería tener la más mínima importancia.

Su hermetismo me pone de los nervios.

—Mira, dejemos aquí lo que ha pasado —me dice reduciendo de marcha al coger una curva—. He creído que un coche nos seguía y he tomado un camino a campo a través por el bosque. Soy una mujer paranoica, eso es todo.

—La lucha continúa, ¿no es así? —le pregunto.

—¡Qué tonterías dices!

Cristina, Julia y Teresa tenían por aquel entonces un mundo propio ajeno al mío. Me sentía a parte sobre todo con Julia y ahora me pasa con Teresa. Sé que si por ella fuera, en aquel verano de Port, después de que los indignados acamparon en las plazas de las grandes ciudades y de que la gente se tirara a la calle y protestara, de que hubieran disturbios, huelgas y represiones, después de que aquellos días fueran el principio y el fin de la lucha de los pueblos contra sus gobiernos, ella hubiera cogido un fusil y se hubiera tirado a la calle. Seguro que hubiera querido que yo lo hiciera también. Por un tiempo me alentó a hacerlo y luego se calmó, se retrajo y empezaron ellas solas con Sergio Carrasco a reunirse en secreto con otros. La situación pedía reformas inmediatas y se necesitaba presionar pero yo no hice nada. Pensé que los esfuerzos de todos iban a ser en vano. Los que produjeron financieramente el desastre fueron los que al final se pusieron al frente. La indignación popular ante algunos atentados, en particular las bombas que explotaron en el Hospital Gregorio Marañón de Madrid, fueron decisivas para el apoyo ciudadano a las fuerzas del orden. Hasta se suplicó la intervención pública en la vida privada y una mayor dureza en la leyes. El no a la violencia de los gobiernos consistió en utilizar la violencia para acallar los gritos de justicia.

Observo a Teresa cómo mueve las manos al volante y cómo está atenta a la carretera.

—Lo siento —me dice— pero no quiero hablar más del tema. ¿Te importa?

—Dejémoslo estar —le digo dejándole a ella con su mundo—. Ya hablaremos en otro momento.

Teresa se gira hacia mí, sonríe de agradecimiento y vuelve su vista a la carretera. Las ruedas chirrían, quizá los neumáticos estén gastados o las curvas no tengan los peraltes convenientes.

De pronto interrumpen la emisión de música de la radio para dar una noticia de última hora. El último asesinato de los Hijos del trueno ha conmocionado de nuevo a la opinión pública. El locutor cambia el tono de su voz por uno más lúgubre y circunspecto. Ha sido a media mañana, en pleno casco judío de la ciudad de Girona. Un hombre y una mujer vestidos de enfermeros, aparcaron una ambulancia en una de aquellas calles estrechas y la bloquearon frente a la casa del Concejal de Urbanismo del Ayuntamiento de la ciudad. El conocido político sufría un ataque nefrítico desde hacia varios días y a nadie le extrañó la aparición de la ambulancia frente a su casa. Al abrir la puerta los guardaespaldas, los asaltantes les dispararon a bocajarro, entraron rápidamente en la casa y mataron a tiros al Concejal. Luego salieron a la calle, subieron al vehículo y desaparecieron a toda prisa.

El locutor entrevista a un alto cargo policial cuando Teresa cierra la radio con un gesto de disgusto.

—¿Ya no te interesa el tema? —le pregunto—. Hasta hace bien poco te afectaba.

—¿Acaso no ves que todo es mentira? —me dice—. No puedes hacer caso ni a los informativos. A esos menos que a nadie.

—Las muertes están ahí. Al menos eso es cierto.

—Pero, ¿quién las ordena? ¿A quién le interesa que sigan produciéndose? Nunca sabrás lo que ocurre realmente.

Parece haber cambiado de actitud en pocos días con respecto a esos atentados. Quizá la súbita muerte de Cristina la haya hecho cuestionarse su posición.

—Todos somos conscientes del engaño —le digo— y seguimos ahí.

—Pues que triste.

Nuestra democracia es la del bravucón que se mete con el gordito de la clase. Nosotros somos ese gordito y el bravucón necesita un escarmiento público que no vamos a poder darle porque es en realidad quien manda.

—¿Es que no te das cuenta? —insiste—. Vivimos en una trampa y no queremos ni salir de ella. Tú sobre todo. Aceptas lo que hay, te has encerrado en tu urna de cristal y no quieres ni siquiera que se rompa. Mírate.

Se la ve enfadada y rabiosa.

—Nos dejamos vencer y nos vencieron —le digo—. Somos un pueblo vencido.

—No te engañes. Nunca fuiste un luchador. Tus ideas eran teóricas y nunca pensaste en que se podía cambiar la situación.

—¿Cuándo fue que perdimos la fe en nosotros mismos y tiramos la toalla?

—De todas formas aún confío en que algún día lleguen a solucionarse las injusticias.

—¿Negociando?

—Sí, ¿por qué no? Negociando.

—¿Negociar con los que tienen la fuerza? Si tú supieras…

—¿Qué es lo que tendría que saber?

Se queda callada por unos segundos…

—No tienes ni idea de la fuerza que tienen…, de los recursos que mueven. ¿Pretendes que cedan su poder sin más, sin que nadie les obligue a cederlo? Estás loco, Enrique.

—Y, ¿qué podemos hacer? ¿Apuntarnos a los Hijos del trueno y empezar a matar gente?

Teresa resopla.

—No bromees con lo que desconoces. No tienes ni idea de lo que pasa…

El movimiento de los Hijos del trueno, empezó como una rabieta de gente maltrecha y desesperada. Al principio, los periódicos los apoyaron porque alguien debía alzar la voz en medio de tanta injusticia. Luego, sus miembros se multiplicaron y se extendió el miedo contra ellos. Los organismos oficiales se asustaron y los medios informativos empezaron a tomarlos como a auténticos monstruos. La derrota de los movimientos sociales de protesta fue total, definitiva. El fantasma de la violencia callejera convenció a los indecisos y los medios de comunicación remataron la faena, ¿quién podía confiar en unos descamisados que no tenían credibilidad ni tan siquiera un discurso intelectual homogéneo y de base? Los movimientos de masas siempre habían nacido estructurados, con líderes visibles e ideas aglutinantes, era la primera vez que surgían espontáneamente como respuesta individual a un malestar común. Para la gente fueron tan solo unos incultos desarraigados sin organización que perdieron porque, ¿cómo iban a ganar? Pero, para algunos, el movimiento de los Hijos del trueno fue la semilla de una lucha permanente que iba a erosionar, como la gota malaya, a una de las estructuras más básicas de la sociedad: «a sus líderes». Hijos del trueno nació como la guerra personal de la sociedad contra sus líderes.

La mañana se ve preciosa desde aquí, en el coche. A través del cristal del parabrisas observo el horizonte y veo cómo forman un camino difuso las dos líneas rasantes del cielo y del mar.

—Julia y Cristina fueron personas valientes que nunca se rindieron —me dice.

—¿Es acaso de valientes suicidarse? —le respondo.

—Vivimos una experiencia muy fuerte aquel verano, no seas injusto —me dice Teresa con lágrimas en los ojos—. Todas nosotras salimos muy marcadas de aquello.

Teresa jamás me había hablado así.

Y se retira con la punta de sus dedos la humedad de sus mejillas.

—Son las personas como tú las que sostienen el mundo —le digo apretándole suavemente la mano contra el volante—. Teníais una unión muy fuerte entre las tres. Sergio os llamaba: «Los tres granos en el culo». ¿Lo recuerdas?

Teresa cambia la cara al oír el nombre de Sergio Carrasco.

—A Sergio ni lo nombres. Hicimos mal en irlo a ver, me pone de los nervios.

—¿Acaso lo has seguido viendo en este tiempo?

Yo ya no sabía qué pensar de Teresa.

—Es así y punto.

Sergio Carrasco era de Madrid y fue destinado a Barcelona por su periódico después de que explotaran las bombas en el Hospital Gregorio Marañón. Se esperaba una gran represión policial y vinieron juntos con Cristina a Barcelona. Julia me los presentó y Teresa ya los conocía de cuando fueron con David Delgado a Madrid a la gran manifestación que hubo después del atentado del hospital. Teresa vino muy cambiada de allí, más introspectiva, más recelosa y más rabiosa. Supuse que por la muerte de David Delgado pero nunca hablamos de ello.

—No entiendes nada, Enrique… —me dice Teresa algo más conciliadora—. Y es mejor que sigas sin entenderlo.

A veces le pegaría una bofetada y la estamparía contra la pared.

—La realidad política nos sobrepasa —me dice mirándome por un momento con sus ojos profundos y volviendo la vista hacia delante—. Ni sabemos quiénes son nuestros aliados ni quiénes nuestros enemigos. Las cosas ocurren, simplemente. Posicionarnos es difícil y menos saber lo que en realidad no favorece o los que nos perjudica.

—¿Como los movimientos violentos? —le pregunto queriendo dar por cerrada la discusión.

—Así es —me dice concluyendo.

El proceso revolucionario seguido por el colectivo: «Hijos del trueno» fue el siguiente: Primero, los movimientos de redes sociales articularon la lucha de los individuos para evitar su exclusión de la sociedad. No lo consiguieron. Más tarde, se crearon los movimientos de *hackers* informáticos que atentaban contra los ordenadores y pretendían desajustarlos y sacar a la luz informaciones políticas secretas de importancia. No tuvieron nada que hacer y los gobiernos no les dieron la más mínima cancha. La policía se organizó, se profesionalizaron en departamentos y los servicios de inteligencia iniciaron una campaña pública en su contra utilizando toda clase de acciones de desestabilización. No parecía que hubiera nada que hacer. Contra eso nació Hijos del trueno, como respuesta a la situación de desánimo creada. Dijeron que cuando no había nada que perder llegaba el momento de las soluciones suicidas. Y así fue. ¿Qué alternativa le quedaba a la gente si no les habían dejado otra alternativa? Decidieron atacar el sistema en su propia base, en la debilidad personal de sus líderes. No se organizaron como grupo político ni montaron una estructura piramidal, tan sólo iniciaron una red social a través de Internet para comunicar sus propuestas y dar a conocer su lucha. Informáticos especializados trataban la información cada vez desde distintos portales y, a través de ordenadores públicos elegidos aleatoriamente. Su mensaje era claro y conciso: «Busca la oportunidad de ir contra los que tienen el poder y aprovecha la fuerza de ser un desconocido». «Mézclate, distráeles y descúbrelos», ese fue el eslogan con el que se identificó a los Hijos del trueno a partir de entonces: «Mézclate, distráeles y descúbrelos». Los servicios de inteligencia de los países avanzados los perseguían de manera obsesiva y, de vez en cuándo cogían a alguno o entorpecían alguna comunicación, pero sin saber cómo las acciones continuaban.

Teresa me mira de reojo, sonríe y acaricia mi mano con la suya. Rápidamente la vuelve al cambio de marchas.

—Estamos llegando a Port —me dice al coger la última curva antes del cartel que indica el nombre del pueblo.

Dejamos a la derecha la estrecha carretera que asciende hasta el pueblo de Selva de Mar y vemos, al frente, la ancha playa a la izquierda que precede a las casas. La carretera se bifurca en este punto y entra directa en la población.

Entramos en Port de la Selva.

CAPÍTULO 28

Recordé que entonces mi mundo se desplomó cuando Julia abrió se-midesnuda y despeinada la puerta de su casa y me dijo antes de ce-rrarla en mis narices: «No estoy sola, ya hablaremos».

Me quedé inmóvil y deshecho frente a su puerta hasta que me lanzó su definitivo: «Vete, por favor. No te quedes aquí».

Quise decirle algo rápido, dudé, me costaba respirar y la observé sin dar crédito a la situación pero ella inflexible insistió: «Vete».

Y cerró la puerta.

Bajé los escalones de dos en dos y salí a la calle como una exhalación. Entonces, al girar la esquina, recordé la nota que Julia le había entregado a Teresa ante mí la noche antes. Fue después de presentarse el exmarido de Teresa en la casa y de montar un escándalo mayúsculo con la excusa de venir a recoger al hijo de ambos. ¡Menudo energúmeno el ex marido! Aquella fue la última noche que estuvimos juntos Julia y yo y, antes de entrar en mi cuarto, vi como le daba la nota a Teresa y como le cogía la mano e insistía para que ella se la guardase. ¿Le explicó que estaba enamorada de otro y no de mí? ¿Le contó que me iba a abandonar y la posibilidad de suicidarse? Teresa no ha querido nunca ense-ñarme ni explicarme el contenido de esa nota. Me dijo y, a veces me repite cuando lo hablamos, que tan solo fue un comentario de apoyo por lo que la vio sufrir aquella tarde con su ex marido, nada más.

El marido de Teresa entró por la tarde en la casa como un loco desesperado. Nos pareció que se había equivocado de manicomio.

—¿Dónde está Teresa? —nos preguntó abriendo la puerta de par en par y dirigiendo su mirada asesina hacia Julia y a mí.

Primero oímos abrirse la puerta de la calle y ya nos pareció ex-traño el ruido que se formó. Abrió de golpe la puerta del comedor donde estábamos escribiendo Julia y yo con los dos ordenadores por-tátiles abiertos sobre la mesa.

—Esto es un pocilga y quiero sacar inmediatamente a mi hijo de aquí... —nos dijo.

—¿Quién eres tú y quién es tu hijo? —le preguntó Julia sin levantarse de la silla apartando con su mano el mechón rubio que le caía por la frente.

Rubén, el hijo mayor de Teresa, de diecisiete años, estaba pasando unos días con nosotros en la casa. Había hablado con su padre por teléfono y le detalló entusiasmado el fantástico ambiente que encontró en ella, las canciones, las noches, la playa y los preciosos ojos de una chica alemana estudiante de poesía de la que se había quedado prendado.

—Rubén es mi hijo y yo soy su padre —nos dijo chillando—. No quiero de ninguna manera que siga aquí con vosotros… No sois un buen ejemplo para él.

Estábamos allí, Julia y yo un poco turbados ante el marido de Teresa, cuando Cristina entró en el salón al oír el ruido de voces. Eran las seis de la tarde y venía de un corto baño en la playa, se había duchado y salió del cuarto de baño con una toalla enrollada en la cabeza y con otra en las manos que la utilizaba para secarse.

—¿Pasa algo? —preguntó apartando literalmente al marido de Teresa para poder entrar en el comedor.

Al ver al extraño en nuestro salón, Cristina intentó taparse el cuerpo con la pequeña toalla sin conseguirlo. Al final, desistió y se la anudó a la cintura dejándola caer sobre sus muslos y dejando al aire el ombligo, su torso, sus hombros y sus pechos. Era un pedazo de mujer, pelirroja y sensual, y él parecía atontado por la visión de sus pechos aparecidos de pronto como una escultura en el espacio.

—¿Podéis avisar a mi hijo Rubén? —balbuceó sin atreverse a chillarle a Cristina—. Soy Antonio, el ex marido de Teresa —y le alargó la mano para presentarse.

Yo pensé que Cristina en vez de alargarle la mano le ofrecería un pecho por cómo se los miraba él, pero no. Decidida salió de allí sin devolverle el saludo y pasó por su lado sin mirarle tan siquiera:

—Voy a avisar a Teresa…

Y caminó dejando con sus pies descalzos un reguero de humedad y parte de sus huellas en el suelo.

En esa época éramos muy ingenuos y aún creíamos que teníamos un control total sobre nuestras conductas. Algunos se sentían capaces de salvar la sociedad y de transformar el mundo. Pusieron a los gobiernos en alerta pero no consiguieron llegar hasta el final, se manifestaron, hicieron asambleas muy hermosas, acampadas de varios días, huelgas, manifiestos y declaraciones, pero todo eso no sirvió para nada. Creían que ganar o perder era cuestión de poseer la verdad pero estaban equivocados. Tenían la razón y perdieron. Ahora somos prisioneros y no nos podemos quejar. El control es nuestra mazmorra.

Cuando entró Teresa en la habitación, Antonio ya se había repuesto del estupor de ver a Cristina.

Julia y yo ya nos habíamos puesto en pie.

—Avisa a Rubén, que nos vamos... —le ordenó su marido con desprecio.

Teresa estuvo imponente. Caminó despacio delante de él sin demostrar nerviosismo y no se alteró para nada.

—¿De pronto tienes un hijo? —le dijo a bocajarro y sin titubear— bienvenido al mundo real «superpapi».

Supongo que Antonio se sentía incómodo con nosotros alrededor, estaba cada vez más furioso y hacía claros signos de contenerse.

—Vuestra frivolidad me da asco —le dijo a Teresa dando un paso hacia atrás.

—¿Te refieres a tu mirada de baboso sobre Cristina? —le preguntó Julia moviendo la cabeza con desaprobación—. No, no, no... Eso no está bien.

Yo sonreí y levanté las cejas...

—Pobrecito, Antonio —le dijo Teresa mirándolo con condescendencia—. Tú en cambio a mí sólo me das una gran pena.

Lo que Antonio jamás calculó cuando se casó con ella fue que aquella semilla de rebeldía llegara tan lejos. Durante mucho tiempo Teresa le tuvo miedo y él se aprovechó de esa superioridad. Le reñía por cualquier motivo y la angustiaba con sus órdenes y sus reproches. Se ponía tan pesado y tan insistente que ella acababa pidiéndole perdón sólo por calmar los ánimos. Él, crecido, tardaba varios días en hablarle, en dar su brazo a torcer y en perdonarla. Siempre quedaba latente ese: «qué pecadora eres» y ese: «menos mal que me tienes a mí para señalarte el camino...». Al fin y al cabo, él era quién tenía la razón absoluta y quién debía hacérselo ver a ella por su bien. La estrecha unión que había entre los fieles de su comunidad les servía para vigilarse estrechamente. «Recuerda, hija mía, lo pecadora que eres y menos mal que nos tienes a nosotros para velar por ti y señalarte el camino», le decían, «ten paciencia con él, es tu marido», sin preocuparles el daño que le pudiera estar haciendo vivir cautiva de un maltratador sicológico. «No sabes lo bueno que es, lo preocupado que está por las necesidades de la iglesia y lo mucho que ayuda a los demás...». Era tan buena persona ese hombre siempre enfadado que le hacía la vida imposible, que nunca entendía nada de nada y al que le pesaba en exceso la responsabilidad que el mundo le había asignado sobre ella, que necesitaba en todo momento hacérselo pagar.

En aquel momento Teresa ya era libre y Antonio seguía sin saberlo.

—¿Avisas a Rubén o quieres que lo busque yo entre tanto libertinaje como tenéis aquí?

Las palabras de Antonio nos sonaron huecas a los tres, ¿hasta dónde puede estar equivocada una persona? Nos pasamos la vida descubriendo los terribles errores que cometimos entre los que creímos que fueron nuestros aciertos.

Antonio miró a Teresa con rabia y le ordenó que fuera a buscar a su hijo.

Teresa no se movió y lo observó con condescendencia.

—O es que ser libertina también te hace sorda —le gritó Antonio fuera de sí.

Teresa se mantuvo muy digna y en su lugar:

—Creo que es mejor que te vayas..., pero solo —le contestó sin querer entrar en más discusión.

Antonio no sabía cómo reaccionar.

—Que te vayas —le dijo Teresa alzando la voz—. Hablas con Rubén por teléfono y que haga lo que quiera, que se quede o que se vaya contigo pero lo haces desde la calle.

Antonio se acercó a Teresa:

—¿No tienes bastante con lo que me has hecho a mí y quieres destrozar también a nuestro hijo?

—Adiós, Antonio —concluyó Teresa dirigiéndose hacia la puerta y mostrándole el camino.

Antonio la cogió fuerte por la mano al pasar por su lado y la retuvo.

—Suéltame —le ordenó Teresa girándose hacia él.

Julia y yo nos acercamos hasta ellos.

Antonio sintió nuestra presencia y, antes de que estuviéramos cerca, le dio un fuerte empujón a Teresa lanzándola hacia atrás.

—Las personas como vosotros son las que contaminan el mundo —le gritó con rabia mientras le daba el fuerte empujón.

Fue un visto y no visto, jamás pensé que Julia tuviera tanta agilidad y tanta decisión. Yo me quedé perplejo e iba a ir a ayudar a Teresa y, casi sin darme cuenta, Julia se lanzó sobre Antonio y le cogió muy fuerte de los huevos.

En un instante ya los sostenía fuertemente con su mano derecha:

—Ahora mismito le pides perdón a Teresa y te vas de aquí —le dijo Julia mientras se los retorcía con su mano— ¿Comprendes, capullo? ¿Lo has comprendido?

Antonio se arrodilló con la mano de Julia entre sus piernas.

—¡Por favor, por favor! —decía el infeliz.

—¡Perdón! ¡Le pides perdón ya!

Antonio balbuceó hasta que no pudo aguantar más.

—Perdona —dijo avergonzado en voz baja.

—No te oigo —le gritó Julia—. ¿Lo oyes tú, Teresa? ¿Lo oyes tú?

—Perdóname —suplicó Antonio algo más fuerte—. Perdóname por favor.

Julia le soltó y Antonio se quedó retorcido en el suelo durante unos instantes.

—Lárgate ahora mismo de aquí —le ordenó Julia encarándose a él.

Y Antonio se levantó cogiéndose los huevos con la mano y salió de allí.

Nos quedamos los tres en silencio.

De pronto, Julia y Teresa se abrazaron y Teresa empezó a llorar.

CAPÍTULO 29

El trayecto en coche hasta la playa de la Tamariua y la propia Teresa desaparecen de repente de mi cabeza y se transforman en una motocicleta a toda velocidad inclinándose en las curvas sobre las rocas. Derecha, izquierda, derecha... Recorríamos esa misma carretera cuatro años atrás, desde la casa de Port de la Selva hasta el centro del pueblo. Cristina conduciendo y yo, de paquete, agarrado muy fuerte a su cuerpo. Ella tenía una cintura estrecha y me gustaba abarcarla con mis manos. «¡Vaya cinturita!», le decía al sentarme en el sillín. Ella sonreía y no me respondía. Salíamos disparados y yo apoyaba mi cabeza en su hombro. Me sentía seguro detrás de ella, buscando la posición justa para no ser un obstáculo al ladearnos con la velocidad. Derecha, izquierda, derecha... Un bólido moviéndose por los límites del paraíso. Me gustaba escaparme con ella y recorrer juntos las carreteras estrechas descubriendo nuevos rincones. El silencio resonaba con el impulso del motor y el aislamiento del casco. Luego, tomábamos un café en algún bar o caminábamos por las escarpadas calas de los alrededores.

A Cristina le encantaba correr, se impulsaba cogida muy fuerte al manillar y se relajaba con la tensión. Una camiseta blanca y su chaqueta de cuero le hacían de parapeto contra el viento. Su Honda CBS 500 negra era la potente máquina que nos abría un boquete en el aire justo para dejarnos pasar. Luego, lo cerraba a nuestra espalda haciendo que olvidáramos lo que quedaba detrás. Derecha, izquierda, derecha... Nadie nos iba a alcanzar en aquel largo túnel, tan sólo la aceleración nos empujaba hacia delante.

Aquel día, al llegar a la playa de la Tamariua, Cristina bajó de la motocicleta, se sacó el casco con rapidez y agitó al viento su oscura melena pelirroja. El parking estaba al final, en la ancha curva redonda de un callejón sin salida. Después, tras unos doscientos metros de colina y rocas, se llegaba a pie hasta la arena.

«¿Caminamos hasta la playa?», me preguntó Cristina sin esperar mi respuesta.

Le dije que sí con la cabeza aunque ella no me vio, ya caminaba por delante de mí hacia el mar.

«Ya sabes que le gustas a Teresa, ¿no es así? —me dijo girándose hacia mí—, creo que la tienes enamorada…»

Y siguió caminando hacia delante, sorteando las piedras bajo sus pies.

«Es Julia la que me preocupa —le dije yo—, la encuentro distante últimamente, como si su cabeza estuviera en otra parte.»

Cristina se volvió hacia mí y esperó a que llegara hasta ella.

«Julia siempre está en otra parte. Ya deberías saberlo —me dijo apoyando su mano en mi hombro—, olvídate de ella. No te conviene…»

Y se quedó absorta, en silencio. Un silencio extraño por otra parte, allí, detenidos los dos sobre las rocas.

«En realidad no creo que Julia le convenga a nadie —insistió—, es una persona demasiado hermética.»

Hizo una nueva pausa…

«Teresa, en cambio, es distinta —dijo en voz alta pero como si fuera para ella sola—, es más cercana y te quiere…Ella sí que sabe querer…»

«¿Qué quieres decir?», le pregunté extrañado.

«Que te olvides de Julia de una vez, eso quiero decir…»

Parecía que tuviera un marcado interés en que me fijara en Teresa y en que dejara de lado a Julia. ¿Quizá sabía algo de sus intenciones con respecto a mí y quería protegerme? ¿Se veía con otro, iba a dejarme?

Cuando Julia se suicidó, recordé esa conversación y no pude contenerme.

«¿Qué sabías de Julia que yo desconocía?», le interrogué sin darle tiempo a reaccionar, «¿por qué tenías tanto interés en que me olvidara de ella? ¿Acaso te dijo que se iba a suicidar?»

Fue un dolor tan terrible para mí el ver el cadáver de Julia en aquella camilla portátil que no pude soportarlo… Tenía el cabello enganchado a la cabeza, los ojos cerrados, aplastados por dentro contra los párpados, y una sonrisa extraña en los labios que aún la alejaba más de mí. Todavía me persigue su gesto tan dulce y, a la vez, tan aterrador cuando cierro los ojos y no puedo conciliar el sueño. ¿Cómo pudo no decirme nada?

Fue un duro golpe para mí.

Me enfadé con el mundo, discutí con Cristina y le eché en cara su marcada falta de amistad.

«Debiste explicarme lo que sabías… No hiciste bien en callarte…», le dije a Cristina chillando por la calle.

«Mira, nada más me faltas tú haciéndote el ofendido», me contestó sin detenerse.

«No le diste la oportunidad de ayudarla. La condenaste a morir», le grité yo.

Cristina no me contestó y dobló la esquina. Yo la seguí y corrí hasta casi alcanzarla.

«Si hubieras sido mejor amiga suya seguro que habrías evitado su suicidio», insistí.

«Enrique, vete a tomar por el culo…», me contestó ella girando su cabeza hacia mí.

A partir de ese momento, ya no pudimos ni mirarnos a la cara. Cristina sabía cosas de Julia que yo ignoraba y eso no se lo podía perdonar. Y ella, a mí, seguramente tampoco me perdonó que la acusara de no ayudar a Julia. Las dos eran muy buenas amigas, todos lo éramos por aquel entonces, y aquello nos superó. Nunca más nos volvimos a hablar.

El tiempo ha transcurrido demasiado lento mientras ha ido pasando y demasiado rápido ahora que ya ha pasado. Y, ahora, Cristina ha muerto y ya son dos muertes.

Capítulo 30

Levanto la vista y observo el pueblo a través del parabrisas del coche. Las casas de Port de la Selva se construyeron siguiendo la línea de la bahía, con unas pocas calles paralelas al mar formando varios semicírculos. La carretera circula entre las casas y la playa. El mar a la izquierda y, a la derecha, las pequeñas edificaciones blancas que se apelotonan bajo la montaña. La carretera por la que vamos recorre el pueblo siguiendo la orilla y luego asciende por las rocas hacia los acantilados.

Pasamos frente a unos contenedores de basura en donde dos hombres con harapos meten la cabeza y las manos buscando alimentos. Van de oscuro y uno lleva un sombrero viejo en su cabeza. Los dejamos atrás. Enseguida se cruza con nosotros un coche de policía con la alarma encendida y van hacia allí. Me giro hacia ellos y los veo detenerse ante los containers. Luego, la carretera gira y los pierdo de vista. Ascendemos por la montaña y la carretera termina en un callejón sin salida que se convierte en un ancho terraplén que hace de aparcamiento. De ahí se llega a la pequeña playa de la Tamariua caminando entre las rocas.

Lo peor de las doce del mediodía es que enseguida son las doce y media.

Teresa aparca el coche, bajamos apresurados hasta la arena y llegamos tarde a la ceremonia. Supongo que es Jacqueline la que está abriendo la urna metálica dispuesta a lanzar al aire las cenizas de Cristina. Es alta, con el cabello rubio y corto y algo regordeta. En cierta manera me decepciona su aspecto, no me imagino a Cristina escogiéndola para vivir. No me la imagino haciéndola feliz o follando juntas acaloradas de pasión y deseo. Se la ve fría y cerebral.

La playa tiene un trozo de piedras y ella va descalza y lleva un vestido de flores blancas hasta la rodilla. Hay siete mujeres y dos hombres a su alrededor formando en semicírculo. Dos policías están a unos diez metros del grupo y ponen cara seria y se les ve vigilantes.

Dos parejas más de policías están más alejados. Unos, en las rocas. Con los otros nos hemos cruzado en el estrecho camino hasta la cala. Es habitual que haya policías en cualquier reunión y más en un caso de suicidio. Hay que pedir permiso previo cuando hay reuniones públicas y contar con la presencia de algún representante de la autoridad en el caso de que así lo estimen conveniente. Son normas de obligado cumplimiento para evitar altercados.

Jacqueline se mete en el agua hasta que le llega al final del vestido y alza la urna, le da la vuelta y empiezan a volar las cenizas. La agita muy fuerte y una nube oscura cae sobre el mar quedando restos sobre la superficie que sube y baja con las olas. Se forma una marea negra que se va diluyendo poco a poco. Nos quedamos unos momentos en silencio observando cómo desaparece lentamente. Luego, Jacqueline se da la vuelta, llega hasta las piedras y la gente la abraza cariñosamente.

Observo lo que queda de las cenizas y luego miro hacia el mar, hacia el horizonte. Hay una lancha motora a media distancia, a unos doscientos metros. Se ve la sombra de una persona a bordo. Está detenida y sube y baja con el movimiento de las olas.

—¿Me dan su documentación? —nos pregunta el más alto de los dos policías que se han acercado hasta nosotros.

Le alargamos nuestras tarjetas de identificación y esperamos, son como tarjetas de crédito con banda magnética.

Justo al ser nombrado Gabriel Escuadra Marín como Presidente del Gobierno, presentó al Congreso el programa de unificación de la información que fue aprobado por unanimidad por todos los diputados. «Ya es hora de ponerse al nivel de los pueblos más avanzados en seguridad», dijo el Presidente en su famoso discurso de investidura. La norma aprobada tuvo varias secciones, endurecimiento de las leyes de apología del terrorismo, de delitos de opinión y violencia callejera, instalación de cámaras de vigilancia en lugares públicos y en edificios, detectores de metales, radares con reconocimiento facial y seguimiento de matrículas, contraseñas para autorizar el acceso a Internet y lo que sería una revolución a partir de ese momento, la unificación de la información personal de todos los ciudadanos. Fue fácil convencer a la opinión pública de la necesidad de implantarla con carácter generalizado. Todos tenían derecho a la protección de su seguridad por parte del Estado. Muchos se sintieron orgullosos de unificar todos sus documentos, talonarios, tarjetas de crédito, carnet de conducir, pasaporte, y cartilla de la seguridad social, historial médico y personal en una sola tarjeta de identificación de banda magnética. Fue una decisión muy aplaudida a todos los niveles. El uso del dinero físico se redujo, las empresas hacen el ingreso de los salarios directamente a las tarjetas, los bancos practican los cargos y abonos a su través, se tiene acceso a las claves de las cuentas corrientes mediante unos lectores en los ordenadores, toda la información se incluye en sus chips, la compra diaria, el marcador de los recorridos de entradas y salidas de los transportes públicos, los viajes, las Visas, los hoteles y un localizador de situación que informa en tiempo real de la ubicación, los movimientos y los desplazamientos del interesado.

El policía pasa diligente nuestras dos tarjetas por su máquina manual portátil.

Al pasar la mía, suena un tic, tic, y sale algo escrito en su pantallita.

—Un momento —nos ordena.

Coge su teléfono y se aparta de nosotros.

—¿Teniente? Ya están aquí. Enrique Aguilar ha venido con su esposa.

Esperamos con paciencia.

—De acuerdo —dice a su interlocutor.

El policía se saca un bolígrafo y un pequeño bloc del bolsillo de su chaqueta y anota con dificultad un texto.

—A sus órdenes, mi teniente.

Arranca el papel y nos lo ofrece sin colgar su teléfono.

—El teniente le cita a las cuatro de la tarde en el despacho del notario de Llançà —me ordena el policía en nombre de su jefe—. Ahí tiene la dirección.

Cojo la nota y muevo la cabeza asintiendo.

—De acuerdo.

—Estará allí —dice el policía—. A sus órdenes, mi teniente —y cuelga.

Guarda en el cinturón su máquina portátil de identificación, nos entrega nuestras tarjetas y se aleja despacio en dirección a su compañero.

Miro la dirección anotada y guardo el papel en mi bolsillo.

Teresa me coge de la mano y avanzamos juntos hasta Jacqueline.

Llegamos hasta ella, tiene los ojos claros.

—Supongo que eres Enrique —me dice ella alargando su mano hasta mí—. Yo soy Jacqueline, encantada de conocerte.

Esgrime una ligera sonrisa, que creo hipócrita, y me mira sin emoción.

—Es Teresa, mi esposa —se la presento a Jacqueline mientras le estrecho la mano.

Se miran las dos y se hacen un gesto rápido.

Suficiente.

De pronto, presiento que se conocen. Es algo muy rápido, imperceptible, una leve intuición que me deja totalmente helado. Un destello en las pupilas de Jacqueline y en el gesto apretado de sus labios. Miró enseguida a Teresa pero nada. No descubro ninguna señal en su rostro que se corresponda con mi sospecha.

Ellas dudan por un momento y luego se abrazan durante unos segundos. Después se separan bruscamente.

—Mirad lo único que me quedó de Cristina —nos dice alargándonos un anillo de oro con una piedra verde ennegrecida.

Teresa lo sostiene en la mano:

—Es el anillo de su madre —dice con voz compungida— lo llevaba desde que la asesinaron…

Se hace un corto silencio y Teresa le devuelve el anillo.

—Venid a cenar esta noche a mi casa —nos dice Jacqueline—, ahora no puedo estar por vosotros.

Y nos señala su casa, una torre blanca de dos pisos con jardín frente al mar en la falda de la montaña.

—A las nueve si os parece bien.

—De acuerdo —contesta Teresa después de mirarme y de confirmar mi sí.

«De acuerdo», contesto yo para mí mientras nos dirigimos hacia el coche después de despedirnos de Jacqueline.

Teresa se detiene en lo alto antes de llegar al aparcamiento y mira hacia el mar para dar el último adiós a su amiga. Parece querer quedarse con el último vistazo a la playa y a las rocas. Yo la observo a ella y ella está absorta en el horizonte. De pronto, hace un gesto con la boca y parece fijarse en algo. Yo también miro, la lancha motora se ha acercado un poco a la costa y se aprecia la silueta de una mujer de pie que parece observarnos. Va tapada con una cazadora negra de chubasquero con capucha así que no podemos distinguir ningún rasgo de su físico. Teresa sigue absorta y me sorprendo. Pone la mano como visera y se fija mejor.

—¿Algo raro? —le pregunto.

—¿Qué va a haber? —me responde—. Nada.

Dentro de la barca hay una sola persona. Levanta la mano y nos saluda. Luego, se pone al volante y sale disparada de allí. La lancha da la vuelta y se dirige hacia el sur, hacia el Cap de Creus y Cadaqués rodeando las calas litorales. Teresa se queda dubitativa.

—¿Nos vamos? —me pregunta Teresa caminando ya hacia el coche.

—¿Quién era?

—¿Yo que sé? —me responde—. Sería alguien que conocía a Cristina y ha venido a ver como tiraban sus cenizas al mar.

—¿Y el saludo?

—Solidaridad, supongo.

Respiro profundamente y no le pregunto nada más.

Al salir del aparcamiento con el coche, otra pareja de policías está junto al Audi oscuro que nos persiguió. Pasamos por su lado un tanto alejados justo cuando el oficial habla alegremente con el conductor. El cristal de la ventana está bajado y el conductor apoya el brazo en la ventanilla. Es el individuo del cabello rizado, del traje marrón y del pañuelo en el cuello que nos observó. Nos sonríe al pasar y nos hace el gesto del saludo militar levantando su mano hasta la frente. Nos alejamos rápidamente de allí y su coche no parece tener la intención de seguirnos.

Quinta parte:
Madrid, noviembre de 2011

Capítulo 31

¿Quién le iba a decir al periodista Sergio Carrasco que aquella primicia informativa no era más que una trampa dirigida hacia el financiero Adolfo Martínez Carrión? Él pensaba que lo iba a tener en sus manos y era al contrario, en sus manos lo tenían a él. No porque le obligaran a nada sino porque lo que iba a descubrir acerca de la carrera profesional de Adolfo lo habían puesto otros en su camino para desprestigiarle. El plan ya estaba en marcha. Alguien no podía arriesgarse a que las cosas siguieran su curso por sí mismas. Imposible que Martínez Carrión dirigiera la nueva entidad formada por las cajas de ahorro fusionadas. Ya ni serían cajas de ahorros seguramente, quizá crearían una nueva entidad financiera con forma de banco al que iban a denominar Bankia. Todo eso estaba por ver pero, fuera como fuese, Adolfo Martínez ya no podría estar entre los privilegiados que la iban a dirigir. El escándalo público al que podía llevarle el testimonio de su ahijada le había cortado el camino. La muerte de María Luisa Alarcón iba a fulminarle y alguien quería que el testimonio de un periodista lo sacara de en medio.

Eran las doce de la noche de un día de principios de diciembre de 2011. Dos hombres entraron a oscuras, iluminados por linternas, en el despacho del jefe de redacción del periódico *El Mundo*. Sergio Carrasco y Alberto, su compañero becario, acababan de entrar y estaban removiendo los archivos. La fotografía de Pedro J. Ramírez, director del diario, estaba en un marco en la pared. En dos mesas había dos ordenadores, uno grande en la mesa de trabajo conectado a la red del periódico y, en una mesa accesoria, un ordenador Apple más pequeño, que no estaba conectado a la red. Allí estaban trabajando los dos hombres.

—Ya le tenemos —dijo en voz baja Alberto, joven informático de veinticinco años, al dar con la contraseña y la clave de acceso al ordenador.

—Eres un máquina, Alberto —le felicitó Sergio Carrasco, periodista de *El Mundo* y gato viejo en investigaciones periodísticas de escándalos económicos y políticos.

Alberto, siguiendo las instrucciones de Sergio, abrió los archivos y fue mirando las carpetas de una en una. En principio no encontraron lo que buscaban.

—Pon buscar —le ordenó Sergio Carrasco—. Busca: «Pote madroño».

Así es como nombraba en clave al archivo el jefe de redacción cuando a veces le daba alguna información del caso a cuentagotas. Sobre todo, le dijo el nombre interno de ese archivo el día anterior como de pasada. Sergio creyó que le había pescado a su jefe una información al azar y fue él el pescado.

—¿Pote madroño? —le preguntó Alberto extrañado.

—Luego pon: Caja Madrid —le respondió Sergio Carrasco—. Es el caso de los espías madrileños.

En 2009 saltó a los medios la presunta trama de espionaje en el seno de la Comunidad de Madrid. Francisco Granados presidía la Consejería de Interior, por lo que las sospechas recayeron inicialmente sobre él. La razón de las escuchas se atribuyó a la disputa por el manejo de Caja Madrid entre Esperanza Aguirre y Alberto Ruiz Gallardón. Por esas fechas se decidieron los cambios en el órgano de la dirección de la entidad financiera y eso puso de manifiesto la pugna por el poder político dentro del partido entre ambos personajes. Sergio Carrasco, uno de los periodistas destacados en sacar el caso al público, aún creía que no se había dicho toda la verdad con respecto a ese tema y continuaba investigando en secreto.

—Voy detrás de ese asunto desde hace mucho tiempo.

Esperanza Aguirre, la Presidenta de la Comunidad de Madrid, acababa de cesar de manera fulminante a Francisco Granados de todos sus cargos en noviembre de 2011 y eso aún confirmó más sus sospechas. Según Sergio Carrasco algo había que olía a podrido y a corrupción en ese asunto. En julio de 2010 se archivó el auto de investigación judicial y el pleno de la Asamblea de Madrid exculpó al gobierno de la trama, con lo que el caso oficialmente se cerró y así se lo ordenaron también a él en el periódico. «Se acabó», le ordenó su jefe. Y tuvo que cerrar la investigación. Algo había de diferente ahora para que una mano negra desconocida le diera el nombre del archivo en el que constaba los datos de la investigación.

—Ahora van a ver de lo que soy capaz —le dijo Sergio Carrasco a Alberto sin saber que esa misma información se la habían puesto entre las manos.

El descubrimiento de agujeros en las cajas de ahorros y la recomendación de fusiones por parte del Gobierno para enmascarar y cubrir esos agujeros con dinero público mantenían candente la investigación. Caja Madrid, Caja de Ahorros del Mediterráneo, Caja Castilla-La Mancha, Caja España, Nova Galicia Caixa, Catalunya Caixa, Caixa de Sabadell, Caixa de Manlleu, Caixa de Terrasa, Caja de Ahorros de Levante y tantas otras podían estar en quiebra técnica enmascarada con la complicidad de todos los estamentos. En un período de crisis galopante como la actual, parecía cuánto menos irresponsable el asignar fondos públicos a cubrir desfases financieros a unos organismos vinculados a los políticos que podían haber malversado sus recursos para enriquecerse personalmente.

Sergio Carrasco había seguido muy directamente los casos de Caja Madrid y el de la Caja de Ahorros de Levante, donde la directora María Luisa Alarcón estaba en entredicho. Ahora iba detrás de un nombre, de Adolfo Martínez Carrión, el jefe directo de María Luisa y consejero de algunas de dichas entidades financieras y antiguo miembro del Fondo Monetario Internacional. Según Sergio Carrasco podía ser una de las más importantes figuras del poder económico de los grandes monopolios en España.

—¡Bingo! —dijo Alberto al encontrar el archivo: «Pote madroño» y al comprobar la información.

—Perfecto —concluyó Sergio Carrasco—. Cópialo aquí.

Y le entregó un *pendrive*.

Alberto lo cogió y empezó a copiarlo.

Les sorprendió de pronto una luz de una linterna afuera del despacho. El cristal biselado de una de las paredes les alumbró.

—Joder, el vigilante —dijo Sergio en voz baja.

Apagaron sus linternas y se escondieron detrás de una mesa. El ordenador seguía en marcha copiando los archivos.

Entró el vigilante en el despacho, abrió la luz y vio el ordenador encendido. Observó con calma el alrededor pero no vio nada extraño y refunfuñó: «Siempre se dejan ordenadores abiertos...». Y salió del despacho después de apagar las luces.

Ellos respiraron aliviados, esperaron un tiempo prudencial y cogieron el *pendrive* en el que habían introducido la copia de los archivos. Cerraron el ordenador y salieron del despacho.

Mientras caminaban sin hacer ruido por los pasillos alguien los observaba. Una sombra tras una puerta abierta los observó pasar y sonrió feliz, habían caído en la trampa. Luego, los perdió cuando bajaron por las escaleras hacia la calle. Cogió su móvil y marcó un número en la oscuridad. El interlocutor respondió con una voz seca y él sin presentarse le dijo: «Ya han cogido la información tal como usted dijo, señor». Colgó el teléfono y cerró la puerta de su despacho.

Capítulo 32

Al día siguiente Sergio Carrasco estaba sentado en su casa frente al ordenador con un vaso de whisky sobre la mesa observando los archivos copiados y sacando información por Internet. Bebió un largo sorbo de whisky y agitó el vaso con los cubitos de hielo. Abrió archivos y archivos y no encontró nada interesante. «¡Un momento!». De pronto vio algo que le llamó su atención.

Abrió una carpeta dentro del archivo general de «Pote madroño» con el nombre: «Levante». Había varios archivos dentro: «Caja de Ahorros», «Alarcón» y «Martínez» y los estudió pensativo. Abrió: Adolfo Martínez Carrión y allí había una información muy exhaustiva, su relación con María Luisa Alarcón y sus influencias. Había sido nombrado Consejero de Caja Madrid justo hasta la remodelación que tuvo lugar después del escándalo de los espías. Luego fue fulminado. Habían documentos escaneados de préstamos concedidos por la Caja de Ahorros de Levante en los que constaba su firma, a políticos, a organismos públicos y a empresas que ya habían presentado concurso de acreedores. Incluso había cuentas numeradas en paraísos fiscales, con notas al pie señalándolo como titular de esas cuentas. Sergio se acabó de golpe el líquido de su vaso y se comió el último cubito. Había suficiente información como para empapelar a Adolfo y se sintió satisfecho con su trabajo.

—Eres un crack, Carrasco —se dijo a sí mismo justo cuando oyó el ruido del audífono de la calle.

Era Cristina Alarcón, que venía a verlo desde Alicante y podría sin duda aportar alguna información adicional a su investigación.

La esperó contento en el rellano a que subiera por el ascensor.

Ella llegó descompuesta y blanca como el papel y casi no pudo salir del ascensor. Sergio ni la reconoció sin sus vaqueros de Dolce&Gabbana ni su camiseta de Abercrombie&Fitch. Parecía otra persona distinta a la niña soberbia que le daba esquinazo con el tema de su madre. Al final las dejó en paz y ahora ella venía en su busca.

Ella se desmayó sobre él en cuánto él abrió la puerta metálica del ascensor. Cayó prácticamente en sus brazos. Tuvo que tumbarse para poder acogerla sin que ella se diera un golpe en la cabeza. Estaba sudorosa y parecía no reaccionar. «¡Por Dios!». Sergio la golpeó en las mejillas con la palma de su mano una y otra vez y…, nada. Luego se fijó en el tubo de Valiums que ella agarraba entre sus dedos. Lo había dejado ir y el tubo rodó mientras él ladeó la cabeza mostrando desaprobación. «Esta niña me va a meter en un problema.» La cogió de los hombros y la sacó del todo del ascensor. La dejó tendida en el rellano y sacó también la bolsa de mano entrándola en su casa.

—Creo que se ha tomado un tubo de Valiums —le dijo a la telefonista cuando llamó al Samur para pedir ayuda—. Vengan enseguida, por favor. No la dejen aquí, que se muere…

Dio sus datos y esperó a que llegara la ambulancia.

La llevaron al hospital y le hicieron un lavado de estómago.

—No se ha tomado demasiadas pastillas —le dijo el médico al salir del quirófano—. Sólo ha sido un susto, se pondrá bien.

—Vaya susto —respondió él.

—La dejaremos descansar por la noche y por la mañana ya podrá irse a casa.

La llevaron a una habitación compartida y Sergio se sentó en una silla a su lado. Ella estaba tranquila y él, al cabo de un rato, se durmió.

Por la mañana, se despertaron al entrar la enfermera y quitarle el gotero del gota a gota.

Cristina le sonrió y se abrazaron:

—Discúlpame —le suplicó llorando—. He estado muy tensa estos días y no creí que podría tener fuerzas para continuar. Ha sido todo tan duro…

Sergio la tranquilizó y le dijo que podría quedarse en su casa el tiempo que necesitara.

—Verás como te rehaces en dos días —le dijo riendo.

Él le limpió las lágrimas con una gasa y le dio la ropa para que se vistiera.

Salieron del hospital cogidos de los hombros como si fueran padre e hija.

Al llegar a casa, le dio algo de comer y esperó pacientemente a que se calmara.

Cristina se estiró en el sofá y, poco a poco, le fue contando todo lo que le había pasado, la muerte de su madre, la persecución por las calles, la experiencia en la comisaría, la amiga de Fátima, el teléfono móvil, el dinero del banco y su localización, la traición de su padrino y la toma de pastillas.

—No me veía con fuerzas para continuar… Estoy hecha polvo.

Cristina había tocado fondo. Tener que huir y esconderse de los asesinos de su madre le había dado unos ánimos extraordinarios pero, con el paso de los días y su estancia en la casa de la vecina de Fátima, se fue derrumbado porque no veía salida a su situación. No podía ir a ver a sus abuelos y, de hecho, sólo le quedaba Sergio Carrasco y ni siquiera habían conectado cuando se conocieron. Estaba destrozada.

—Bueno, ahora me tienes a mí —le dijo Sergio intentando darle confianza.

Pusieron música de blues y Sergio le preparó un té con canela.

—Conozco a una teniente que quizá podrá ayudarte en el caso del asesinato de tu madre —le aconsejó Sergio tapándole las piernas con una ligera manta—. Es una policía muy honesta.

—Eso estaría genial —le contestó ella cerrando los párpados y quedándose dormida.

Sergio la observó cariñoso, se levantó del sillón, cerró las persianas y volvió a su ordenador a seguir con la investigación de su artículo.

Capítulo 33

Cristina llamó desde una cabina a sus abuelos y por eso sus perseguidores supieron que estaba en Madrid. No sabían qué hacía allí ni a quién había ido a ver, repasaron la vida de sus amigos y familiares, buscaron puntos de encuentro y casualidades posibles, lugares cercanos a la ubicación de la cabina que pudieran significar alguna cosa pero no pudieron averiguar nada de nada ni cayeron en la persona del periodista porque no sabían que se habían relacionado. El tema era totalmente oscuro. Aquella chica era una incógnita y se movía como si fuera una profesional.

Pudieron por fin atar cabos y seguirle la pista cuando Sergio Carrasco se puso en contacto con la teniente de la policía y le explicó de lo que se trataba:

—Necesito tu ayuda para la hija de María Luisa Alarcón —le suplicó Sergio por teléfono—. Fue testigo del asesinato de su madre y ahora la buscan a ella para matarla.

La teniente le dijo que los ayudaría: «por supuesto» y, con sólo cortar la conversación y concertar una cita, se puso en contacto con el secretario de Raimundo Ramírez para recibir las instrucciones oportunas. Entonces ya supieron que estaba en Madrid y con quién.

Cristina y Sergio Carrasco estaban en el despacho de la teniente y Cristina le explicó pausadamente su versión de los hechos.

—Llegué a casa y vi a mi madre sostenida en la baranda por dos hombres, uno el que fue su chófer y otro que después reconocí como el guardaespaldas de mi padrino —hizo una larga pausa y tragó saliva—. Luego, ellos tiraron por la baranda de la terraza a mi madre y la lanzaron al vacío.

Cristina se puso a llorar. No podía quedarse tranquila cuando revivía aquella terrible imagen.

—Tranquilícese, mujer —le dijo la policía—. Tómese todo el tiempo que necesite.

La teniente había investigado en profundidad el asunto y ahora lo sabía todo, según les dijo. Casi no necesitaba la versión de Cristina puesto que ya sabía de sobras lo que tenía que hacer.

—Yo salí corriendo y Vicente, el ex chófer de mi madre me persiguió —continuó contando Cristina—. Recorrimos las calles como dos desesperados. Él me siguió, yo caí al suelo y él me apuntó con su pistola hasta que milagrosamente se dio la vuelta y me dejó libre.

—Todo esto es fruto de un escándalo económico y del deseo de hacerla callar —añadió Sergio Carrasco—. Su madre estaba implicada en un caso de corrupción de personas muy influyentes y tenía pruebas contra ellos y la mataron por eso.

La teniente le enseñó a Cristina las fotografías de Vicente, de Emilio García y de su padrino y ella las reconoció.

—Son ellos, señora —le explicó Cristina ya algo más tranquila.

—Tengo muy buenas noticias para usted —le dijo la teniente sonriendo—. Se ha presentado un testigo que vio cómo tiraban a su madre por el balcón y ha reconocido a Vicente sin ninguna duda. Así que su versión está totalmente contrastada. Ya hemos dado orden de búsqueda y captura de los implicados.

La teniente la observó satisfecha.

—Ya puede usted irse a casa tranquila —le insistió la teniente a Cristina—. Ya la avisaremos si la necesitamos para verificar alguna prueba.

Cristina y Sergio salieron de la comisaría y se tomaron un café en el bar. Estaban contentos y hacían planes. Él escribiría el artículo que ya no se podrían negar a publicar y lo relacionaría todo, los manejos financieros de Adolfo Martínez Carrión, su implicación en la Caja de Ahorros de Levante y en el caso de Caja Madrid, en las cuentas en paraísos fiscales, en los préstamos a empresas quebradas y en la conspiración para el asesinato de María Luisa Alarcón, la madre de Cristina.

—Por fin podremos explicar la verdad de lo que pasó —le dijo Sergio Carrasco cogiéndola de la mano.

Cristina suspiró y se acabó su café.

Justo al salir por la puerta de su oficina y cerciorarse que se habían ido, la teniente había sacado su móvil del bolsillo y había marcado: «Ya han estado aquí, señor —le había dicho al secretario—, todo se solucionará perfectamente siguiendo sus instrucciones, señor. Siempre a sus órdenes». Y colgó satisfecha.

Llegaron a casa y Sergio recibió un paquete anónimo consistente en una caja de cartón muy bien embalada. «¿Qué es?» La abrió y era el archivo de documentos que robaron a María Luisa Alarcón, las pruebas de todo. Sergio les dio un vistazo rápido y comprobó los documentos comprometedores. Sólo estaban los relacionados con Adolfo Martínez pero a Sergio ya le pareció suficiente. Habían quitado los que comprometían a otros miembros de la dirección de la Caja de Ahorros pero de eso no se dio cuenta en ningún momento. La información que Sergio Carrasco descubrió en los archivos del ordenador del jefe de redacción aquella noche ya tenía los documentos físicos que la confirmaban. Se había confirmado la información y aquellas eran precisamente las pruebas. El reportaje iba a ser irrefutable, la verdad por fin iba a salir a la luz.

Sergio llamó por teléfono a Julia Muñoz, su becaria en el diario *El Mundo*, para que lo ayudara a organizar y a ordenar todos aquellos papeles y lo asistiera en la redacción del extenso artículo que se debía publicar lo más pronto posible.

CAPÍTULO 34

Cuando Julia y Cristina se conocieron, a ninguna de las dos le pareció que aquello iba a ser el comienzo de una gran amistad. Al contrario, en aquel momento las dos tuvieron sus motivos para rechazarse. Por la mirada que le dirigió Sergio al ver entrar a Julia en su casa, Cristina supuso que entre ellos había algo más que una relación de jefe a empleada. Le molestó que aquella chica algo mayor que ella se dirigiese a Sergio de tú a tú, con un aplomo y una seguridad impropias de alguien que depende profesionalmente del otro. Cristina pudo comprobar que Julia era así, se movía por la casa a su aire, se sentaba en el sofá, iba al ordenador, revisaba los papeles, abría el armario de las bebidas con un vaso con cubitos de hielo en la mano y se ponía ginebra sin ni siquiera preguntarles si querían algo para beber. Luego encendía un cigarrillo tras otro y hasta se lió más de uno de marihuana. Y, encima, Sergio tenía demasiado en cuenta su opinión y, en más de una ocasión, Cristina estuvo en contra de las ideas de Julia para enfocar el artículo y Sergio aceptaba sus ideas sin discutirlas. De todas maneras, estaban trabajando en su caso y Cristina les agradecía el enorme esfuerzo.

A Julia, en cambio, no le cayó del todo mal aquella chica abogada algo más joven que ella pero la encontró algo niña de mamá y, en sus rabietas, empleaba demasiado el victimismo para reforzarse. Julia aceptaba que Cristina tenía motivos para estar angustiada, la muerte de su madre, el acoso de los asesinos, la complicidad de la policía y el quedarse sin fuerzas, pero hubiera preferido encontrar a una compañera más fuerte y dura que la apoyara en sus ideas.

—Son unos cabrones… —exclamó Julia al ir examinando los documentos comprometedores—. No tienen perdón, hicieron lo que les dio la gana con total impunidad.

Se levantó de la silla frente al ordenador y se puso a pasear por la habitación.

—Es muy triste… —insistió—. Muy triste.

—Siéntate que me pones de los nervios —le ordenó Sergio Carrasco—. Acabemos el artículo y ya te quejarás después.

—No es triste, Carrasco, rectifico. Es odioso, es asqueroso… Es indignante —y siguió dando vueltas sin sentarse.

Julia había vivido siempre con la corrupción a su alrededor. Estaba acostumbrada a oír las lamentaciones de aquella gente. Empresarios ambiciosos; especuladores, constructores; dueños de concesiones de juego o de máquinas tragaperras; financieros; terratenientes; militares y políticos. Su abuelo, su madre y los amigos y socios de su abuelo y los amigos y socios de los amigos y socios de cualquiera de ellos. Todos estaban en contra de los avances sociales, de los sindicatos —esos gandules, decían—, de las subidas de impuestos —esos malditos socialistas…—, de la reducción de las horas de trabajo, de la prevención y de la protección del medio ambiente —¡qué despilfarro!— y de cualquier avance que supusiera un afianzamiento de los derechos conseguidos o de las libertades por conseguir. «Ya ni hablemos de los gays ni de las lesbianas ni de los negros, moros o inmigrantes.»

—Siéntate, coño —le gritó al fin Sergio Carrasco.

Julia lo miró sorprendida.

—No me dejas trabajar, coño, siéntate y ayúdame de una vez.

Julia se acercó hasta él y le pellizcó la mejilla.

—Ay, ay —le dijo sentándose a su lado frente al ordenador—. A sus órdenes, súper-jefe —le contestó.

Cristina los miraba y no sabía qué pensar. En realidad, estaba encantada con que Sergio hubiera hecho sentar a Julia y se hubiera impuesto a ella, al menos por una vez.

—¿Os puedo ayudar? —le preguntó a Sergio.

—Estate tranquila y déjanos a nosotros. Ya nos has contado lo que sabes con pelos y señales. Ahora es cosa nuestra —y le señaló el sofá para que se sentara y los dejara escribir.

Cristina los observó a los dos y se sentó.

Julia volvió a los documentos y a su ordenador pero se había alterado y no podía centrar su atención.

—Cabrones —volvió a decir en voz alta—. Es un mundo injusto, totalmente injusto… —y respiró fuerte para hacerse notar—. Mientras las leyes favorezcan a que unos se aprovechen de los otros, jamás podremos liberarnos.

—Y, tú, ¿para qué coño te quieres liberar? —le preguntó Sergio sin levantar la vista de su pantalla—. Somos nosotros quienes deberíamos liberarnos de ti.

—Pruébalo —le contestó Julia.

Los dos se miraron y sonrieron. Cristina también sonrió.

—Más que cabrones —repitió Julia varias veces.

Lo peor para ella era la hipocresía de esa gente, lo sabía por su propia experiencia. Todos aquellos que hablaba tanto de moral, de buenas costumbres y de que se estaba perdiendo el respeto y la dignidad, tenían amantes, iban de putas, robaban, mentían, explotaban a sus trabajadores, se follaban a sus criadas y engañaban al país y a la gente que confiaba en ellos. Y, si alguien ponía en duda el sistema mafioso tan perfecto que habían creado, descargaban toda su ira y su poder contra quién fuera, por ejemplo, con ella, con Julia, y la avergonzaban públicamente o la echaban de casa, de sus trabajos, sobornaban a sus novios para que las abandonaran o fingían que era una chica muy rara y que no tenía remedio. Su abuelo la echó de casa y prohibió a la familia que la ayudara después de grandes peleas y discusiones con su madre y sin contar con el apoyo de su padre que la miraba en silencio y que enmudeció un bien día y para siempre. «Iros todos a la mierda.» La pillaron en la cama con una compañera de clase y el sistema se puso automáticamente en su contra. No hubo perdón ni comprensión ni caridad ni nada de nada. No había nadie en casa cuando llegaron y la pillaron en la clandestinidad de la pasión. Enseguida apareció todo el mundo y se les echaron encima como si hubieran matado a alguien.

—Más que harta de todos, más que harta —repitió para sí, volviendo por fin al trabajo.

Continuaron escribiendo el artículo durante varios días hasta que consiguieron acabarlo.

Capítulo 35

El abogado Bustamante fue a visitar a Adolfo Martínez a su casa. Estaban los dos solos en su despacho. El abogado llevaba guantes de piel y no se sacó ni el chaquetón que llevaba puesto.

—No hay nada que hacer, Adolfo —le comunicó con rostro circunspecto—. El asunto se ha desencadenado y el escándalo es imparable.

—Pero, ¿cómo puede ser que robaran los documentos de tu despacho, Eugenio? —le acusó casi implorante Adolfo—. No puede ser... No puede ser.

—La prensa tiene todas las pruebas, Adolfo. No hay nada que hacer, el asunto se nos ha escapado de las manos.

Adolfo Martínez Carrión estaba desesperado.

—¿Y mi familia y mi honor y mi buen nombre?

El abogado lo escuchó impasible.

—Pero yo sé cosas. No estoy solo en esto —insistió Adolfo—, ¿nadie me va a ayudar?

Bustamante le puso sobre la mesa una pistola y le dijo que tan sólo había una sola bala.

—Si quieres que cuidemos de tu familia, de tu mujer, de tus hijos y nietos no tienes otra salida. El honor no lo puedes recuperar pero puedes ahorrarte la vergüenza.

—¡Dios mío! —musitó Adolfo dejándose caer sobre la silla y poniendo la cabeza entre sus manos—. ¿Cómo hemos podido llegar hasta aquí?

El abogado fue despacio hacia la puerta del despacho.

—A tu familia no le faltará de nada, te lo aseguro.

Y abrió la puerta y salió de allí.

El abogado Eugenio Bustamante se fue de la casa, cruzó la calle y, al abrir la portezuela de su coche, oyó un solo disparo. Entró en su coche, lo puso en marcha y se alejó de allí sin mostrar la más mínima compasión ni sorpresa. No se podían dejar cabos sueltos.

Capítulo 36

Aquel día la prensa iba cargada de noticias muy jugosas:

«El escándalo financiero de la Caja de Ahorros de Levante ha acabado con dos muertes. Don Adolfo Martínez Carrión, Presidente de la Entidad y futuro candidato a la Presidencia de la fusión de las Cajas de Ahorro Valencianas, se ha suicidado en su domicilio y la ex directora general de la misma entidad, doña María Luisa Alarcón, fue asesinada por él para tapar su participación en el desvió de fondos de la entidad a sus cuentas».

«El periodista del diario *El Mundo*, Sergio Carrasco, ha escrito un reportaje muy exhaustivo sobre el escándalo acontecido en el mundo financiero del país y le espera una ascendente carrera de éxitos.»

«Un choque frontal contra un camión y la posterior explosión del coche en el que viajaban desde Alicante a Madrid, acabó con la vida del prestigioso abogado don Eugenio Bustamante y de Emilio García, su jefe de seguridad y su más estrecho colaborador, que viajaban juntos en el vehículo del abogado accidentado. Descansen en paz.»

«El acreditado financiero don Gabriel Escuadra Marín ha sido nombrado Presidente de la nueva entidad formada por la fusión de las cajas de ahorros valencianas. Un largo currículum de altos puestos financieros y empresariales avalan de sobra la trayectoria del fantástico nuevo presidente nombrado. Se esperan de él grandes soluciones a la crisis.»

Sexta parte:
Madrid, abril de 2014

Capítulo 37

Nada parecía alterar la tranquilidad de esa noche de mediados del mes de abril de 2014 en Madrid. Al contrario, la gente seguía con su vida cotidiana normal y cumplía o con sus obligaciones o con el descanso familiar frente al televisor. Nada por lo que preocuparse especialmente. ¿Quién podría anticipar que iba a producirse una catástrofe de tan grandes dimensiones? Ni los más agoreros tertulianos habían sido capaces de predecirlo.

Marina Villalba, la médico jefe de urgencias del Hospital Materno Infantil del Gregorio Marañón, estaba más contenta que de costumbre. Le había dado el sí a su novio y por fin se iban a casar. Hacía dos años que vivían juntos y ella estaba embarazada de dos faltas. Observó su mano izquierda y extendió los dedos con la satisfacción de ver cumplido su deseo, un estrecho anillo de oro blanco con un sólo y pequeño brillante era la causa de su alegría.

—Despiértame al llegar —le había dicho su novio al despedirla aquella noche con la mirada pícara de quién espera un encuentro amoroso.

Las dos faltas de su embarazo habían sido el verdadero desencadenante de su decisión de casarse pero eso era ley de vida y Marina no iba a tenérselo en cuenta a su atractivo galán.

—Cuidaremos los dos del bebé —le insistió su novio al enterarse del embarazo—. ¿Quieres casarte conmigo?

Marina tenía treinta y cuatro años y era rubia albina, con el cabello largo y lacio y la piel inundada de pecas.

Se miró en el espejo antes de salir al encuentro de un niño quemado y se encontró especialmente guapa, más atractiva que de costumbre a decir la verdad. Respiró profundamente y salió a la sala de urgencias a enfrentarse con el mundo.

«Salga enseguida, doctora», le había avisado asustada por el telefonillo su enfermera.

Una camilla con ruedas con un niño quemado era la causa. Con la gravedad del caso nadie se fijó en que no iban padres acompañando al accidentado ni que los dos enfermeros que entregaron el cuerpo, salieron de allí a toda prisa sin rellenar ningún parte de accidente.

La ambulancia que lo transportó quedó aparcada al final del aparcamiento en lo más profundo del edificio. Ni los guardaespaldas de la hija de la Ministra de Sanidad, que estaba ingresada por su primer parto en el hospital, sospecharon nada el verla entrar en el recinto ni una vez aparcada nadie se fijó en que los enfermeros no regresaban al vehículo ni que se cambiaron de ropa en los lavabos ni que salieron tranquilamente por la puerta de entrada como si fueran visitas.

La ambulancia iba cargada hasta los topes de metralla casera y un detonador metálico con una antena y una luz intermitente oscilaba en su interior dispuesta a accionar la explosión con un mando a distancia.

A Ángel González, el encargado de noche del almacén del hospital, lo habían telefoneado de las oficinas centrales avisándole de que iba a recibir unos medicamentos de última hora.

«Apunta la matrícula de la furgoneta para dejarla pasar», le ordenaron desde allí.

La furgoneta con logotipos de laboratorio farmacéutico entró en el almacén y aparcó en el aparcamiento, dentro del edificio. Tampoco los guardaespaldas de la hija de la ministra encontraron nada extraño en su aparición.

Ángel González riñó a los de la furgoneta por no detenerse a la entrada y por no seguir sus indicaciones de aparcamiento.

«¿Acaso no me habéis visto haceros señales?», les preguntó a voz en grito.

Se dirigió despacio hasta ellos con cara de extrañeza. Era un hombre franco y espontáneo, a punto de jubilarse y con una ligera cojera.

Se saludaron cordialmente y abrieron la puerta trasera de la furgoneta para entregarle la caja de medicamentos. Él se acercó y mientras hablaba con el chófer, el otro le dio un golpe en la cabeza con algo metálico y lo dejaron sin sentido tendido en el suelo del solitario parking.

Cerraron la furgoneta después de comprobar la carga de metralla casera de su interior y de encender el detonador metálico. Después, salieron los dos por la puerta del parking haciendo bromas.

Elena Martín Cienfuegos, la hija de la Ministra de Sanidad del Gobierno de España, no quería tener a su primer hijo en ese hospital público. Su marido, un ejecutivo máster en Harvard y con una esperanzadora carrera pendiente tan solo de los contactos profesionales de la Ministra, apoyó a su mujer justo hasta que su suegra, doña Elena Cienfuegos, le dirigió una mirada asesina haciéndole cambiar de idea.

Elenita, para acceder a tener ese hijo «en ese hospital de pobres», según dijo, pactó con su madre que se llevaría a su ginecólogo y que tendría una habitación individual, comida de restaurante para ella y su acompañante —el inefable marido— y un trato preferente.

«Mamá, ya sabes lo delicada que estoy y cuánto necesito de cuidados...»

Elena Cienfuegos no era de las ministras mejor consideradas por el Presidente del Gobierno en esos momentos. Había dos facciones claramente definidas, la dura y la conciliadora, también llamada «la blanda» por sus adversarios políticos. El ambiente de la calle era desestabilizador y los recortes públicos hacían peligrar a la Ministra. «Hubiera sido preferible no rescatar a los bancos antes que perjudicar a la gente con los recortes sociales», pensaba, pero estaba claro que su opinión no tenía en cuenta el interés general y peligraba su puesto. «Si seguimos en la línea de los recortes sociales dividiremos a la población en dos y crearemos burbujas de pobreza extrema.» Por eso pensó que hacer que su hija tuviera a su bebé en un hospital público la iba a ayudar en su carrera.

El Ministro de Economía, don Gabriel Escuadra Marín, había dividido al Consejo de Ministros en esas dos facciones y tenía al Presidente del Gobierno contra las cuerdas. Ridiculizaba la facción más débil —a la que llamaba despectivamente: «los blandengues»— y sostenía que para superar la crisis no había más solución que endurecer las políticas y controlar al país con mano dura. Defendía claramente los intereses de los monopolios financieros y de las empresas multinacionales, armamento, petróleo, eléctricas y materias primas. El Gobierno, que estaba totalmente endeudado, dependía de la generosidad de estas grandes compañías para subsistir, así que defender sus intereses era defender a España, velar por el sentido común y seguir la línea del interés general. Don Gabriel Escuadra Marín tenía las de ganar y gran parte de los miembros del partido —unos por coincidir con sus ideas y otros, la mayor parte, por compartir sus intereses— esperaban el momento oportuno para dar un vuelco a la dirección del Partido y hacerse con el poder. En octubre habría elecciones generales al Congreso de los Diputados y se elegiría a un nuevo Presidente del Gobierno. Sus partidarios habían presionado para convocar un congreso extraordinario del partido, cambiar al candidato a las elecciones y elegir a don Gabriel Escuadra Marín como al nuevo salvador de la patria. El actual Presidente también tenía sus apoyos e iba a librarse una batalla muy dura, sólo necesitaban algún suceso extraordinario que hiciera decantar a su favor a los indecisos y que exacerbara a la opinión pública contra la blandura del actual Presidente.

Elenita estaba dando de mamar en ese momento a su hijo varón —orgullo de todos— y en la habitación tan solo estaban presentes el marido, la Ministra y el esposo de la Ministra que admiraba a su nieto con cara de tonto.

«¡Qué niño tan guapo, por Dios...!».

Los periodistas ya se habían ido al finalizar la rueda de prensa con la que se presentó en sociedad al recién nacido y los guardaespaldas estaban por todas partes interrumpiendo la buena marcha del Hospital.

Cuatro hombres salieron caminando de dos en dos de los distintos puntos del recinto del Hospital Materno Infantil del Gregorio Marañón y cruzaron la calle Maiquez y pasaron junto a un Audi oscuro aparcado en una esquina.

Le hicieron un gesto de asentimiento a Carmelo Fernández, que había bajado la ventanilla a su paso y desaparecieron.

Carmelo Fernández tenía en sus manos un aparato metálico con una antena pequeña y una luz roja intermitente muy parecido a los detonadores colocados en la ambulancia dejada en urgencias y en la furgoneta situada en el aparcamiento del almacén.

Primero hubo un silencio extraordinario y después una explosión que se oyó en todo Madrid. Los cristales de los alrededores saltaron por los aires.

La gente, primero no supo lo que pasaba. Luego lo descubrió. Los terroristas, antiglobalización, comunistas e indignados no habían tenido la más mínima piedad con la gente corriente, con la buena gente que sufría en sus carnes los agobios de una crisis endémica. ¿Hasta cuándo iba a durar todo aquello? ¿Hasta cuándo se les iba a permitir a los insolidarios terroristas pasear su descontento por el mundo? Aquello debía acabar ya. Sin contemplaciones.

Enseguida, con la explosión, todo se trastocó en el Hospital, las personas corrían de un lugar a otro y se tropezaban entre ellos, no sabían a dónde acudir. Se fue la luz y la oscuridad aún empeoró más las cosas. Gente sangrando, quejándose y pidiendo ayuda entre los escombros, saliendo a tientas con heridas graves y agarrándose a los que habían podido ponerse en pie. Gritos y llantos de niños, sirenas por todas partes, voces que daban órdenes y que nadie obedecía. Una terrible masacre.

El novio de Marina Villalba, la médico jefe de urgencias del Hospital Materno Infantil del Gregorio Marañón, no sería despertado por su novia ni esa noche ni ninguna otra porque la explosión le arrancó a ella la cabeza y se la empotró en la pared de la sala de urgencias. Ángel González, el encargado de noche del almacén del hospital, no se despertó de su golpe y le cayó una viga sobre el cuerpo y le aplastó y sus restos no fueron encontrados entre los escombros. Elena Martín Cienfuegos, la hija de la Ministra de Sanidad del Gobierno de España y su bebé recién nacido y su marido máster de Harvard y su padre embobado con su nieto y la propia Ministra iban a ser llorados públicamente por el Ministro de Economía en persona. Don Gabriel Escuadra Marín, que clamó al cielo su «¿Hasta cuándo?», y su lamento quedó en la conciencia de la gente como un grito de justicia.

CAPÍTULO 38

Todos necesitaban que finalizara aquella situación de inestabilidad y angustia. ¿Qué podían hacer para solucionarla? Los ánimos estaban por los suelos y no se encontraban respuestas imaginativas.

La contramanifestación salió de la Plaza del Sol y estaba previsto que se cruzara en Alcalá con la organizada por el Gobierno y los partidos políticos con representación parlamentaria. «Buscad a los verdaderos responsables», decía el lema de la pancarta principal. Todos se agruparon detrás de ella y empezaron a caminar y a chillar las consignas a voz en grito. «No hemos sido nosotros, han sido ellos —gritaban—, tienen mucho que perder y nos quieren aplastar.» «No dejemos que nos aplasten», gritaban.

Los Indignados, los antiglobalización, antisistema y las asociaciones ciudadanas en lucha, se revelaron contra la teoría del Gobierno que los responsabilizaba —según los medios oficiales, con pruebas irrefutables— del atentado perpetrado contra el Hospital Maternal e Infantil del Gregorio Marañón.

Ciento cincuenta y tres muertos y más de doscientos heridos graves, entre ellos bebés recién nacidos, madres embarazadas, parturientas y niños en edad infantil era el balance provisional que había soliviantado a toda la población. Se derrumbaron varias vigas del edificio por las hondas expansivas de las explosiones simultáneas, cedieron techos y tabiques como fichas de dominó y una parte importante del inmueble se incendió y cayó después a plomo sobre la planta baja. Se arrojó gente por las ventanas, cayeron al vacío envueltos en llamas o murieron aplastados bajo los escombros. De la construcción del Hospital tan sólo quedó el esqueleto de paredes medio levantadas, montones de materiales de derribo, ladrillos apilados, vigas de cemento, tuberías rotas, mallas de hierro de encofrados y un edificio en ruinas que aún seguía humeando.

Cristina López Alarcón estaba en la tercera fila de la manifestación y gritaba con el puño alzado: «No sólo roban, también asesinan».

Su frente ancha y su cabello pelirrojo sobresalían por encima de algunos de las primeras filas. «No sólo roban, también asesinan» gritaba con todos los demás.

Había ido con Sergio Carrasco a la manifestación pero él se tuvo que ir a cubrir la concentración oficial. Antes de irse, se encontraron con Julia que venía de Bremen, Alemania, y habían quedado con Sergio para verse y pasar juntos la tarde. Hacía tiempo que no se veían y, de pronto, se sintieron bien juntas. Cristina ya había superado visiblemente su drama familiar y se había asentado como persona, era una estupenda abogada que escribía artículos de fondo y, además, tenía el día guapo esa tarde. Se abrazaron y Julia le dio un beso en la mejilla que la hizo sonrojarse y hasta le dio un ligero escalofrío que le recorrió todo el cuerpo. Con Julia llegaron sus amigos de Barcelona, Teresa y David Delgado, que habían nacido en Madrid y vivían en la ciudad condal desde hacía unos años.

«Nos vemos después —les dijo Sergio al despedirse—, id con cuidado y chillad lo más alto que podáis.»

Quedaron en verse tras la manifestación, en el bar Popular de la calle Huertas para tomar unas cervezas.

Julia estaba al lado de Cristina y la cogió por el hombro: «No sólo roban, también asesinan», gritaron juntas y luego le sonrió mostrándole confianza.

—Ya verás como nos vamos a entender la mar de bien —le dijo a Cristina—. Creo que tenemos muchas cosas en común.

A Cristina le costaba mucho en un principio sentir que tenía cosas en común con nadie porque aún le costaba abrirse a la gente y hacer amigos. En realidad, era una persona solitaria. Su vida era muy simple, trabajar y continuar con su lucha. Salvo con Sergio, le costaba compartir su vida con amigos. Incluso con Sergio era muy reservada. Además, ¿qué tenía que decir que no se hubieran dicho ya? Lo sabían todo el uno del otro. Sin embargo, le gustaron aquellas palabras de aproximación de Julia.

—Encontraremos sin duda esas cosas en común que vamos a tener —respondió.

Y se abrazaron en medio del gentío.

Julia era tan alta como Cristina pero más delgada. Una chica rubia y una pelirroja, una al lado de la otra, llamaban la atención. Las dos eran muy atractivas. Julia era periodista y trabajaba en una serie de artículos sobre los líderes femeninos mundiales de la revolución y se había apuntado al Máster de Economía Aplicada de la Facultad de Barcelona para saber algo de economía y estar al día de lo que pasaba con la crisis y las acciones de los países que la padecían. Teresa era una de las profesoras del master, su profesora más especial y, David Delgado, era un becario-alumno muy simpático, con los que compartían el mismo espíritu de lucha.

«Hemos venido toda la delegación de Barcelona menos el jefe», les había dicho riendo David Delgado.

Enrique Aguilar, el catedrático titular del curso, no pudo ir con ellos por temas de docencia y, en cierta forma, Julia lo prefirió. Así estaría más independiente y más libre y no tendría que preocuparse por él ni por sus miradas de celos. Por un lado, estaba bien con él y le atraía en cierta forma, follaban bien juntos y era un profesor con mucho prestigio, buena cabeza y sus escritos eran interesantes. Pero, por otro, le cargaba su mirada inquisidora y se sentía encarcelada cuando estaban con gente. A solas era distinto pero, con gente, Julia se desesperaba. Con Teresa, en cambio, se sentía perfectamente. Es más, le atraía muchísimo. Si algo le agradecía a Enrique era su proximidad con Teresa hasta el punto de ya no saber si se acercó a Enrique para estar cerca de Teresa o, simplemente fue una casualidad el encontrarse. Julia no creía en las casualidades y, muchas veces compartieron los tres más de una salida, algún cine, y alguna conferencia. Estar con él le había abierto las puertas de muchos sitios porque estaba muy bien relacionado. Teresa, en cambio, le encantaba. Se la quería ligar pero ella parecía no estar por la labor y estaba demasiado pendiente del profesor y de sus movimientos, cosa que desesperaba a Julia. Así, que mejor que Enrique no hubiera ido a Madrid en ese viaje.

Teresa estaba detrás de Julia y Cristina en la manifestación, junto a su alumno David Delgado y gritaba también con toda sus fuerzas. «No sólo roban, también asesinan.» David era más alto que ella y se cogieron de las manos y las levantaron al aire. «No sólo roban, también asesinan.»

David Delgado tenía veinticuatro años y era de Madrid, empezó la carrera de «Telecos» y, a pesar de sacar buenas notas, sólo pudo cursar los dos primeros cursos porque el Gobierno anuló las becas universitarias por la crisis y ni él ni sus padres tenían ingresos suficientes para costear los gastos de matrículas y libros.

«No podrán conmigo estos putos burócratas», decía refiriéndose a sus estudios truncados.

Trabajaba de informático en Barcelona y se apuntó al Máster de Economía Aplicada para estar al día. A cambio de ayudarles en sus clases como profesor ayudante, pudo cursar el curso gratis. Era un chico alegre y desenfadado, llevaba unas gafas redondas muy pequeñas y el cabello largo.

«Gobierno, mentiroso», decían otras pancartas alertando de la versión oficial dada a la opinión pública. «No os dejéis engañar por quienes os mienten», decían otras. «Nos quieren idiotas.» «Resistamos.» «Nos toman el pelo.»

Todos estaban de acuerdo en condenar a los culpables pero no en responsabilizar a quienes no habían sido.

—Es la historia de siempre —le había dicho el joven David a Cristina al conocerse— siempre pringamos los mismos. Por eso hay que estar permanentemente en rebelión.

—La crisis se explica con la frase: «Maricón el último» —continuó—. Así que ya sabéis... Todos han robado y todos seguirán haciéndolo por los siglos de los siglos...

—Amén —dijo Teresa.

—Amén —concluyó él.

Cristina se molestó.

—No todos hemos robado —respondió—. Algunos sólo servimos para pagar las facturas de los otros.

Y se quedó callada, pensativa.

«Dejaros de hostias —les ordenó entonces Julia obligándoles a incorporarse en la manifestación que ya comenzaba a caminar—, guardad vuestras fuerzas para la lucha.»

La contramanifestación avanzaba muy despacio. Unos cuantos se adelantaron hasta la estatua de la Mariblanca que estaba en un extremo de la Plaza del Sol y sacaron cuerdas, se subieron al pedestal y las ataron alrededor de la escultura.

Echaron las cuerdas a la gente y unos cuántos tiraron de ellas con fuerza. La estatua se balanceó sin llegar a caer. De pronto aparecieron una camioneta y un coche viejo sin saber de dónde. Les ataron las cuerdas a la carrocería y los dos vehículos aceleraron a la vez a una señal. Chirriaron las ruedas, las cuerdas se tensaron, la multitud ayudó tirando fuerte de las otras cuerdas y chillando como locos: «A la una, a las dos, y a las tres...» y la estatua se balanceó cogiendo impulso y levantándose de los lados hasta que cedió del todo.

Con un gran estruendo cayó a peso sobre los adoquines de la plaza.

La gente corría de un lado a otro gritando como si fueran indios alrededor del fuego levantando el hacha de guerra. «Venceremos, venceremos...» Se abrazaban y se les veía contentos hasta que...

Hasta que llegó la policía.

Los guardias salieron de todos lados como si hubieran estado agazapados aguardando a su presa. Empezaron a castigar, empujaban y pegaban con fuerza con sus largas porras y dispararon pelotas de goma. Unos cuantos manifestantes se tiraron al suelo deteniendo la manifestación que se agolpó a sus espaldas.

Los policías les estiraban de los brazos intentando levantarlos, les golpeaban con fuerza y los amenazaban. «Levantaros cobardes de mierda.» «Poneros de pie, capullos.» «Luchad cara a cara si tenéis cojones...»

David estaba sentado en el suelo y lo estiraron de las manos entre dos antidisturbios.

—No me levantaréis —les gritó mientras tiraban de él.

Uno le dio un fuerte porrazo en el hombro. Al alzarlo, varios fueron a por él hasta que empezó a sangrar por la frente de otro porrazo.

Teresa fue corriendo en su ayuda y recibió también un porrazo en la espalda.

—Maldita tía de mierda —le insultó un guardia—. Vete a tu casa a fregar, puta.

Teresa amenazó a los policías poniendo el teléfono móvil a la altura de los ojos y apretó el clic de la fotografía. Uno le pegó un manotazo y tiró el aparato al suelo. Ella se agachó a cogerlo y otros manifestantes llamaron la atención de los policías y pudieron escapar. David se fue dando tumbos hasta la esquina.

—¿Estás bien? —le preguntó Teresa.

David sacó un pañuelo del bolsillo y apretó con fuerza la herida de su frente.

—De esta no creo que me muera pero ha faltado poco —respondió— descansemos y volvamos a la carga.

—¡Qué susto me has dado, niño! —le comentó Teresa abrazándose a él—. Te vi rodeado de polis y pensé que no ibas a salir entero.

David respiró aliviado.

—Tampoco yo lo tuve tan claro, te lo aseguro.

Teresa lo observó con cariño:

—Esta es una época muy difícil, mi niño. Ya nadie tiene claro nada.

Repusieron fuerzas durante unos minutos mientras la manifestación se dirigía al encuentro de la concentración oficial, que pasaba a dos calles de allí. La consigna era enfrentarse a ellos, defender su inocencia y acusar de manipulación a los responsables públicos. ¿Por qué razón les interesaba que hubieran falsos culpables? ¿A qué subnormal podría beneficiarle responsabilizar a quién no había sido?

Los partidos políticos con representación parlamentaria habían usado todos los recursos a su alcance para hacer que la gente apoyara la concentración. Hicieron propaganda, arengas a la población y los medios de comunicación bombardearon a la opinión pública con sus repetidas consignas. «No permitiremos que se salgan con la suya», «los asesinos deben pagar por su crimen», «no los dejaremos descansar.»

El periodista Evaristo Gutiérrez Cuatro-Vientos montó todo un programa especial por televisión para hablar del atentado y para seguir de cerca y en directo la manifestación. Tenía locutores a su cargo en todos los puntos claves del recorrido y cámaras que lo filmaban de arriba a abajo. Pasó una y otra vez por la pantalla las frases antiguas del ex Presidente Aznar como si fueran premonitorias de lo que estaba aconteciendo. Su imagen frente a los micrófonos o en varias ruedas de prensa vaticinaba los desastres más terribles si no se les cortaban las alas con mano dura a los violentos. A Evaristo se le veía disfrutar hablando de él, los dos parecían pretender lo mismo. «Os repito que los que idearon estos atentados no están ni en desiertos ni en montañas lejanas.» Una epopeya apocalíptica de desastres incontrolables estaba pendiente de llegar. «El Gobierno tiene información reservada y evidencias suficientes que demuestran la existencia de armas químicas, biológicas y conexiones terroristas con los malvados.»

Evaristo Gutiérrez Cuatro-Vientos estaba exultante y feliz con aquel programa especial en el que era sin duda el protagonista. Toda España le escuchaba y aprovechó para elogiar la trayectoria de José María Aznar como precursor de la guerra contra el terror.

«Mano dura contra esos maricones comunistas», gritó Evaristo desde su programa de televisión. «Nuestro Presidente es un débil y nos ha demostrado su incapacidad para salir adelante. Qué razón tiene nuestro ex Presidente Aznar y qué sinrazón la de nuestro actual líder.»

Evaristo había entrevistado a Esperanza Aguirre, que estaba decidiendo si volvía a la política activa, a Alberto Ruiz Gallardón y a otros muchos líderes del partido en el poder para averiguar su posicionamiento a favor o en contra del endurecimiento de las leyes y las posibilidades de continuidad del Presidente. Se acercaba un congreso extraordinario y había dos posiciones claras y varios candidatos ligados a cada una de ellas, el continuismo y el cambio.

«Los cobardes quieren dejar las cosas como están —clamaba Evaristo Gutiérrez Cuatro-Vientos desde su tribuna—, y los valientes necesitamos un cambio urgente.»

Él y los suyos apoyaban al ex Presidente Aznar que, según decía, aparecería como salvador por aclamación popular. Se barajaban nombres de ministros, de generales y de políticos en la reserva pero el verdadero plan ya estaba trazado fuera de su influencia.

«No hay que dejarse vencer por esos cerdos antisistema», insistía. «Son asesinos y terroristas, lo peor de lo peor, maricones, inmigrantes, negros y moros, huelen mal y necesitan un escarmiento ejemplar. ¿No son asesinos? Pues que los maten. ¿No son terroristas? Pues que los encierren de por vida sin escuchar sus razones. Hay que quitarles sus derechos, sin juicios, sin compasión y sin piedad. El Estado de Derecho debe defenderse de esos indeseables. No les demos la más mínima tregua.»

«No lograrán que nos detengamos», decía el eslogan de la pancarta que abría la gran manifestación oficial.

Estaban allí los responsables de Interior, los de la policía, los de los servicios secretos, los políticos encargados de la buena marcha del país, los altos mandos militares, los antidisturbios, los financieros, los presidentes de los grandes bancos, la iglesia y los gerentes de las multinacionales.

—¡Miserables! —les gritaba Evaristo—. No tenéis vergüenza. Dimitid. No valéis más que para llorar como niños de teta.

Todos estaban allí encabezando a la población malherida y rota: Rajoy y Aznar; Gallardón y Mayor Oreja; Rouco Varela, Álvarez Cascos y María Dolores de Cospedal; Mas, Duran i Lleida y Urkullu; Rubalcaba, Zapatero y Chacón; Javier Arenas, Alicia Sánchez Camacho, Rosa Díez, Albert Rivera y hasta Gabriel Escuadra Marín encabezando la manifestación que clamaba venganza. Si todas las instituciones estaban allí presentes, ¿a quiénes les estaban pidiendo que solucionaran los problemas? «Se han desquiciado —decía Evaristo—, han perdido todo el contacto con la realidad», insistía. «Vaya dirigentes de mierda que tenemos...»

La gran manifestación avanzaba lentamente como si fuera un mar de pancartas y banderas que tomaba la calle. La gente apiñada funcionaba como un único ser vivo. Los ánimos se exacerbaban, gritos aislados, canciones. La marcha no tenía fin y era como una enorme procesión de Semana Santa, con saetas, nazarenos, cofrades, costaleros y Cristos con la cruz a cuestas.

En el cruce de las dos manifestaciones hubo una batalla campal. La versión oficial de los hechos, sostenida a medias entre los periodistas de uno u otro bando, dijo lo siguiente:

«Elementos descontrolados de la contramanifestación irrumpieron en la trayectoria de la concentración oficial e intentaron romperla y partirla en dos mitades. Insultaron y se mofaron de los políticos, se enfrentaron a ellos y hasta les tiraron huevos podridos y tomates maduros a la cara. La población se solivantó e hizo suyos los insultos a sus representantes. Los buenos ciudadanos no podían permitir que sus líderes electos fueran agredidos por las hordas vandálicas de los elementos más incívicos».

La gente se encaró a los recién llegados, les llamaron asesinos y hasta llegaron a las manos. Todo aquello se convirtió en un descontrolado campo de batalla. La policía actuó de forma prudente pero no tuvo más remedio que intervenir para poner paz.

«Hay que valorar la moderación y el buen saber hacer de nuestra policía», dijo el Ministro del Interior en su discurso del día siguiente comentando los incidentes producidos.

Sin embargo, visto el balance final de víctimas, el Gobierno también enfatizó la necesidad de endurecer las leyes para evitar que se descontrolaran las acciones de los participantes.

«Las fuerzas antidisturbios actuaron bien según la ley que los ampara», respondió el Ministro irritado por las preguntas de los periodistas. «Los terroristas los provocaron y, ¿qué podían hacer sino responder a su hostilidad?»

«Los incontrolados actuaron con total impunidad —insistió el Ministro en respuesta a otra pregunta—, y la policía no pudo abstraerse a su violencia.»

Murieron siete personas aquel día: dos por impactos de bolas de goma; tres a causa de golpes de porra en zonas delicadas del cuerpo, la sien, los riñones o el cuello; una de un ataque al corazón al verse rodeado por tres policías que le increparon el alto a la voz de: «lo vas a pagar caro, cabrón»; y un muerto callejero por la noche, un joven de veinticuatro años muerto de dos balazos en la cara cuando iba a entrar en el portal de la casa de sus padres.

«La policía investiga exhaustivamente el caso por si hubo exceso de celo policial.»

El Ministro dijo que él personalmente respondía de sus hombres.

«Ninguno de los cincuenta y seis heridos graves, de los casi doscientos leves y los dos policías con rasguños se pudieron evitar. Todo transcurrió con total normalidad y la gente demostró en general su sentido cívico saliendo a protestar pacíficamente por el ataque criminal de los antisistema al Hospital Maternal e Infantil del Gregorio Marañón.»

«¿Hasta cuándo lo vamos a permitir?», chillaban los ciudadanos. «¿Hasta cuándo vamos a dejarnos intimidar por esos miserables terroristas?»

La respuesta se quedó en el viento.

Capítulo 39

Aquella noche que iba a ser su última noche con vida, David Delgado salió contento del bar Popular y se fue caminando hasta la casa de sus padres. Su pensamiento algo ebrio volaba hacia sus ilusiones todavía incipientes pero totalmente definidas: la informática, el máster, la gente que había conocido allí y soñar con arreglar el mundo. «Ya tendré tiempo de estar muerto en cuánto tire la toalla...»

David Delgado era un luchador y no quería conformarse con aceptar lo que había y las injusticias que parecían no tener fin. «La vida tira de mí.»

Su juventud le daba inconsciencia y valentía y, a pesar de haber tenido que dejar la carrera a la mitad, no se resignaba a conformarse, estudiaba por su cuenta y practicaba a todas horas. Era un friki de la informática. Más de una noche vio la luz del amanecer colarse por su ventana mientras trabajaba en su ordenador con el cenicero cargado de colillas y el tazón de café rellenado una y mil veces.

Se detuvo frente a un bar y dudó si tomar la penúltima copa. «Tengo un pedo que te cagas.» Su fuerza interior y las ganas de luchar le hacían hervir la sangre.

Decidió que no, que no iba a tomarse ninguna copa más. Encendió un cigarrillo y se despejó con el aire que le dio de pronto en la cara. La temperatura de la calle era agradable y decidió pasear por el barrio de las Letras y luego por la Latina hasta el domicilio de sus padres donde iba a pasar la noche. Hacía más de seis meses que no veía ni a sus padres ni a su hermana y ya tenía ganas de abrazarlos y de charlar con ellos. Al día siguiente comían todos sus amigos en su casa con su familia.

Organizaron la vuelta en coche a Barcelona por la tarde para antes probar las migas con uva que preparaba su madre. «Se van a chupar los dedos de gusto esos cabrones...» Teresa y Julia estaban invitadas y, al final, también Sergio y Cristina, sus nuevos amigos.

Le dio una patada a una lata de cerveza y se quedó pensativo mientras caminaba sobre los gastados adoquines del barrio. Luego reaccionó: «¡Qué se jodan esos cerdos...!».

David se había encarado en la manifestación a un grupo de ultraderecha y habían acabado a puñetazos. Aún tenía las señales de la lucha en su cara, un morado en la mejilla, un corte en el labio superior y un diente que se movía ligeramente. La herida de la frente había sido anterior y su rostro parecía un mapa mundi. Pudo escaparse de ellos gracias a unos compañeros antisistema que se pusieron en medio y detuvieron la pelea pero las cámaras de vigilancia de la UMEV, la Unidad Mixta y Especializada de Vigilancia, captaron el incidente y lo grabaron concienzudamente.

La sala acondicionada en el Ministerio de Defensa, en el Cuartel General del Ejército de Tierra, estaba atestada de policías cumpliendo con su deber. Carmelo Fernández, después de investigar de arriba a abajo los antecedentes de David, decidió que ese chico podría ser el candidato ideal para un escarmiento público. Los ánimos estaban exacerbados y se necesitaban acciones violentas que hicieran reaccionar a la gente. Era imprescindible que la población en bloque exigiera medidas de contrapeso. Su labor era desestabilizar y los responsables adecuados ya utilizarían sus acciones de la forma más idónea posible. Por lo pronto, Carmelo tenía en su poder el vídeo de la pelea, incluso las imágenes de su enfrentamiento anterior a la policía. Sería muy fácil convencer al público y hacerlo pasar por un joven violento, descastado y rebelde. Seguro que encontrarían testimonios de vecinos o de antiguos conocidos que lo atacarían ante la opinión pública. «Estaba cantado su final violento...», «se veía tan claro que iba a acabar así...», «es una pena..., un chico tan estudioso y tan inteligente... y luego tan..., ¿como diría? Tan predestinado a ir por el mal camino que...» En fin. Todo estaba perfectamente planeado en la cabeza de Carmelo Fernández.

Dos hombres vestidos de oscuro lo siguieron cumpliendo las órdenes de Fernández. Lo esperaron en la calle Huertas mientras él estuvo con sus amigos en el Popular y hasta uno de ellos entró y se tomó una caña en la barra observándole. El tiempo pasaba y ellos se desesperaban por la tardanza, uno de ellos tenía familia y su mujer lo esperaba para celebrar su aniversario de boda. «Maldito chico de mierda...» Al fin salió solo del bar Popular y lo siguieron a corta distancia por las calles estrechas llenas de jóvenes borrachos. Esperaban el momento oportuno de abalanzarse sobre él y de dejarlo tirado sin vida sobre el asfalto pero, por una razón u otra, un borracho, una pareja besándose, unos amigos cantando o cualquier otra cosa, el momento oportuno no parecía llegar nunca.

David Delgado, al doblar la esquina de su calle se metió instintivamente la mano en el bolsillo buscando las llaves. Los dos hombres vestidos de oscuro se miraron nerviosos el uno al otro. «Ahora o nunca.» Salieron de su esquina y fueron diligentes hacia él.

De pronto, David recibió un golpe en el hombro:

—Cojones, capullo, mira quién está aquí.

David se giró y por un momento se sorprendió.

—¡Qué coño...!

—Joder —gritaron los dos.

Juan Calvo, su amigo del barrio, estaba allí, frente a él.

—¡Qué mal te sienta el destierro, amigo mío! —le dijo Juan abrazándose a él y refiriéndose a su vida en Barcelona.

—Menos mal que te tengo a ti para recordármelo —le contestó David sonriendo.

Estuvieron unos segundos abrazados y decidieron seguir la noche por ahí tomando miles de cañas a la salud de los viejos tiempos pasados juntos.

CAPÍTULO 40

Los cuatro amigos, Julia, Cristina, Teresa y Sergio, decidieron tomar otra ronda de cervezas mientras la gente iba apelotonándose en el bar. No cabía ni un alma. El Popular estaba hasta los topes y habían tenido la suerte de sentarse alrededor de una mesa pequeña de mármol. Con David habían estado todo el rato en la barra y justo al irse él se levantaron cuatro chicas jóvenes de una mesa y ellos pudieron sentarse en su lugar.

—Es un gran chico —repitió Teresa refiriéndose a David—. No veas cómo se defendió esta tarde de los que le atacaron... —y se quedó pensativa durante unos segundos—. Hay veces en que la mejor defensa es un ataque. Nuestro David es un ejemplo para todos... No descansa ni un segundo en su lucha contra las injusticias de quienes nos gobiernan.

Teresa era también una luchadora, por eso le gustaba aquel chico. A ninguno de los dos le sobraba el dinero, él tuvo que dejar su carrera de ingeniero de comunicaciones y ella se acababa de separar y apenas tenía medios para mantenerse. Al quedarse pensativa había recordado cuando se escapó de su casa y abandonó a su marido y a su hijo de diecisiete años obligada por las circunstancias. Ya no podía más, de seguir así se hubiera muerto de pena. «Hay veces que hay que tomar decisiones valientes para salvarse...» Fue a principio de curso, entre septiembre y octubre pasado, al volver de vacaciones. Menudo infierno aquel verano con su esposo vigilándola a todas horas porque se esperaba lo peor, lo que en realidad hizo, abandonarlo. Luego, le dieron una plaza interina en la universidad y allí estaba. No había trabajado desde que su marido se lo prohibió obligándola a dedicarse por completo a su maternidad y al cuidado de la casa. Siguió estudiando a escondidas a distancia por Internet e incluso escribió algunos artículos que publicó en alguna revista. Empezaba a vivir y no quería detenerse. Tenía un objetivo, una independencia, un trabajo y fabricar su propia vida. Se reconcilió con su hijo después de un tiempo y se veían a menudo, al menos una vez por semana. Su existencia había cambiado por completo, conoció a Enrique y su mundo se hizo más grande.

—Alguien tiene que luchar contra la hipocresía, ¿o no es así? —se preguntó Teresa en voz alta para sí misma y para los demás—. El mundo que le dejamos a David y a otros tantos jóvenes no es el mejor de los mundos desde luego...

Sergio Carrasco la miraba fijamente y vio su oportunidad de acercarse a ella. Se acababan de conocer y no sabía nada de ella pero le atraía. Su cabello castaño en media melena se movía frente a él y sus ojos marrones eran profundos y vigilantes.

—La crisis de valores se ha hecho patente desde arriba no desde abajo, Teresa —le dijo Sergio intentando entrar en su razonamiento y llamar así su atención—. Son las personas que defendían esos valores los que nos han fallado. ¡Que no nos jodan con mentiras!

—No deben ser tan buenos esos valores si los que los defienden son los primeros en defraudarnos —sentenció Julia en cierta manera enfadada—. No os comáis el coco con estupideces... Olvidaros de todo y avanzad. Son un lastre esos valores hipócritas... ¡Un lastre!

La mirada admirada de Sergio Carrasco a Teresa la estaba poniendo de los nervios. Julia no se podía reprimir, se hubiera puesto en pie y le hubiera cruzado la cara a su amigo. Ella no podía más que admirar a Teresa y no estaba dispuesta a tirar la toalla ni a dejarse vencer por un tío engreído y estúpido como él. «Tarde o temprano ella caerá —pensó—, si me dejan conquistarla a mi manera, por supuesto.» Julia controlaba a Enrique en su relación con Teresa, tan solo faltaba Sergio poniéndose por en medio. Con él se conocían de cuándo ella estuvo haciendo unas prácticas en el diario *El Mundo* de Madrid. Ahora estaban todos allí.

—¿En quién se puede confiar? —concluyó Julia—. En nadie. Sólo en nosotras mismas.

A Julia le interesaba Teresa y no podía dejar de observar la mirada embobada de Sergio y cabrearse.

—No es momento de individualidades sino de estar unidas —le dijo Julia a Teresa acariciándole la mano por encima de la mesa.

Teresa se apartó de la mano de Julia y se agarró con fuerza a su vaso de cerveza. Estaba disgustada con Enrique por como perdía el culo por Julia y no se fijaba en absoluto en ella. Le cansaba tener que estar demasiado atenta a los sentimientos de él y ya empezaba a obsesionarse con los suyos. ¿A ver si iba a acabar como él con Julia estando demasiado pendiente de sus movimientos? Sergio le sonreía y ella estaba dispuesta a responder a aquella sonrisa.

—Malo si estás sola y malo si confías demasiado en los demás —dijo Cristina como despistada—. Yo estoy muy decepcionada con todo lo que pasa...

Cristina estaba sorprendida de su propia actitud y se sentía en el fondo muy a gusto allí, con ellos. Al menos, tranquila, relajada y en paz. Dispuesta a cualquier cosa. No era fácil para ella olvidar su pasado y su desánimo. ¿En quién podía confiar? La perseguían a todas horas aquellos ojos aterrorizados de su madre que la miraron pidiéndole ayuda cuando los monstruos la tiraron por el balcón a la calle. ¿Quiénes eran en realidad los malos? La sociedad sensata la había defraudado. Los pilares de su mundo se habían derrumbado ante ella como tigres de papel. ¿Qué podía hacer sino luchar? Si se detenía iba a derrumbarse. ¿Cómo devolverle al mundo todo lo malo que le había hecho? Aquello era una trampa mortal. Debía seguir adelante.

—Los neutrales son los culpables... —dijo Sergio Carrasco sonriéndole a Teresa—. Las continuas agresiones del poder nos han convertido en sumisos y nos hemos puesto del lado de nuestro agresor en contra de nuestro lado.

—Síndrome de Estocolmo, se llama —exclamó Teresa—. No es otra cosa que eso.

—Exacto —respondió Cristina.

—Nos sometemos al poder para que nos proteja pero, ¿quién nos protege del poder? —insistió Sergio—. La sensatez nos ha hecho vivir escondiendo la cabeza bajo el ala. Nuestra neutralidad se ha transformado en complicidad con los que nos llevan al abismo.

—Nadie es neutral —dijo Teresa dando un largo sorbo a su cerveza—. Todos defendemos nuestros intereses.

—En realidad, es miedo —dijo Julia deslizando su mano bajo la mesa y apoyándola sobre la pierna de Cristina—. El miedo nos inmoviliza y nos desgasta. Vivimos aterrados y nos aferramos a cualquier cosa.

Cristina sintió la mano de Julia en su pierna y no supo qué hacer. Primero se sorprendió y después la miró cómo reclamándole una respuesta. Julia contestó manteniendo su mano en su muslo sin pestañear, sonriéndoles a todos sin devolverle a Cristina su mirada. Cristina titubeó pero aceptó la mano.

—La sociedad es una prisión —sentenció Cristina con la mano de Julia en su pierna—. Es inútil confiar en los que nos dirigen. Sólo dependemos de nosotras.

Al decir «nosotras», giró su cara hacia la de Julia y se miraron a los ojos.

Sólo se tenían a ellas y a su amistad que florecía a trompicones. Pero, sobre todo, a ellas. Un mundo de hombres sin alma dominaba las relaciones humanas y ellas quedaban al margen de todo eso.

Sergio Carrasco era diferente, él tenía su trabajo y debía desenmascarar la corrupción porque cumplía con su deber y por eso le pagaban. Cuánto más escandalosa fuera la situación, más cumplía con la tarea encomendada y más posibilidades tenía de ascender. Él era el conocedor de esos temas de primera mano, estaba acostumbrado a llevar la voz cantante y no quería pasar a un segundo plano.

—Estamos en una situación grave —dijo Sergio Carrasco con una parsimonia casi ceremonial, aspiró aire y se dispuso a hablar con calma—. La mala fe y la ambición desmesurada de los que deciden los destinos del mundo no ha tenido límite —hablaba despacio, midiendo muy bien sus palabras—. Los que tuvieron la ocasión de robar, robaron y lo continuarán haciendo. El rescate de los bancos transformó la deuda privada en deuda pública y esa fue su gran jugada. Con un juego de cuentas, el Estado se hizo cargo del dinero que debían los bancos, no para que los banqueros dispusieran de liquidez para destinarla a la economía productiva, sino para que cubrieran sus deudas con las entidades financieras extranjeras.

—Entre todos les salvamos el culo a los bancos, ¿no es así? —preguntó Julia.

—Así es.

Sergio Carrasco cogió con su mano la jarra de cerveza y la levantó a la altura de sus ojos asintiendo con la cabeza.

—En la época de bonanza el crédito se conseguía fácilmente —continuó—. Todos se endeudaron y entre todos nos endeudaron. La economía creció no a base de producto interior bruto sino gracias al consumo sostenido por el progresivo endeudamiento. Los bancos se endeudaron, el Estado se endeudó, las empresas se endeudaron y también los particulares. El dinero fácil corría sin control y las entidades financieras descubrieron la especulación. La banca clásica cambió de objetivos e invirtió en operaciones de riesgo no industriales sino especulativas. Los bancos se compraban unos a otros las inversiones convertidas en derivados, en preferentes o en inversiones *subprimes* que creían que les darían dinero rápido y beneficios extraordinarios. Fue una escalada macabra de operaciones falsas que no respondían a inversiones reales sino a ficticias. Fue alucinante. Todo eso cayó de golpe un buen día y los bancos se quedaron con esas inversiones que no eran nada más que papel mojado en sus manos. Se habían hecho la zancadilla unos a otros al grito de: «maricón el último», y todos, de una manera u otra, fuimos ese último maricón que se quedó con la mona de las operaciones falsas en las manos.

Teresa seguía con interés el monólogo de Sergio Carrasco y comprendía su meticulosidad. Parecía increíble haber llegado hasta allí y que la sociedad en bloque hubiera permitido todo aquel atropello sin resistirse ni tomar medidas correctoras. Al contrario, eran tan importantes esos personajes causantes del desastre que los estamentos oficiales, el Gobierno, los tribunales, las leyes y las fuerzas del orden no se habían puesto jamás en su contra. Más bien al contrario, los defendían de los propios perjudicados, reprimían los intentos de reclamación y castigaban con dureza cualquier levantamiento contra ellos. La sociedad entera estaba pagando sus desmanes con recortes sociales, paro, miseria, subida de impuestos y disminución de derechos civiles tan solo para no tocar ni un pelo a esos individuos y a sus privilegios conseguidos generación tras generación. Algo muy importante representaban esas personas para que todos pagáramos por ellos sin rechistar, a instancias mismas de los mismos representantes elegidos por los mismos ciudadanos que ahora pagaban el pato.

—Alucinante... —exclamó Teresa.

Sergio continuó:

—Como había crédito de sobra, el Estado invirtió sin ton ni son: aeropuertos sin aviones, trenes de alta velocidad sin pasajeros, estadios sobredimensionados, piscinas olímpicas y, lo peor, mala gestión y despilfarro, propaganda institucional, asesores, estudios carísimos, aumento de funcionarios, comisiones y gastos no necesarios. Emitieron deuda pública para cubrir todo eso y se endeudaron hasta los huesos...

—Nos endeudaron querrás decir —rectificó Teresa.

—Los bancos hicieron lo mismo —dijo Sergio— invirtieron en esos activos de riesgo que resultaron fallidos, en la burbuja inmobiliaria que acabó por estallar, en empresas que fueron quebrando y en particulares que no podían devolver sus créditos... Total, una quiebra absoluta sin posible marcha atrás. Todo el sistema hecho polvo.

—Hay que hacer algo y hacerlo ya —insistió Teresa.

Julia la observó con ternura y pensó que era una ingenua.

—De pronto —concluyó Sergio también observando a Teresa—. De pronto a alguien se le ocurrió frenar de golpe la capacidad de crédito del sistema. Los que tenían el poder de expansionar o de retrotraer el crédito lo hicieron. De pronto decidieron que lo frenaban del todo, paralizaron las operaciones y nos dejaron a todos en bragas. Todos muertos, sin capacidad de reacción y sin futuro ni presente.

Cristina no parecía tener demasiado interés en escuchar a Sergio. Al contrario, parecía estar solo atenta a la mano de Julia en su pierna. Julia la subió hacia sus muslos y Cristina abrió las piernas para dejarle paso.

Sin embargo, Julia, en ese momento decidió dejar de jugar con la pierna de Cristina.

—No me jodas más, Sergio —estalló Julia de repente sacando su mano y poniéndola sobre la mesa—. Los políticos y los banqueros son los malos, lo sabemos más que de sobra. ¿Te sorprendes de eso? —añadió—. La policía y el ejército defienden los intereses de los malos, no los de los buenos. Es así, es cosa hecha. Los buenos nos manifestamos, reclamamos nuestros derechos, somos aplastados, insultados y vejados aún y sabiendo que tenemos razón. No es esa la manera de pedirlo, nos dicen... Pero, ¿es esa la manera de negárnoslo? ¿A patadas? Son unos cabrones. No tienen otro nombre.

—Yo lo he visto con mis propios ojos y lo he vivido con mi experiencia —dijo Cristina en cierta manera descansada con el final del juego—. La policía obedece a intereses oscuros, los banqueros son unos estafadores y criminales en potencia, la autoridad los protege porque forman parte del entramado y nosotros les obedecemos porque somos idiotas. Cerramos los ojos y miramos hacia otro lado...

—Debemos tomar conciencia de lo que pasa y no dejarnos engañar —añadió Sergio Carrasco intentando recuperar el protagonismo de la conversación—. Todo está relacionado y lo que le hagan a alguno de nosotros, en realidad se lo están haciendo a todos, a cada uno. Hay que cambiar el chip y ponernos en el lugar que nos corresponde. Nosotros no somos estafadores ni ladrones ni delincuentes, no merecemos ser tratados como tales...

—¿Nos merecemos, dices? Nadie regala nada y ellos nos tratan como quieren —dijo Julia enfadada y poniéndose en pie—. Hay que coger lo que nos pertenece y arrebatárselo a los que lo tienen, así de sencillo —dijo apretando el puño con fuerza y cerrando la mano—. Son ellos o nosotros. No me jodas, Sergio. Sé más claro y contundente, no aligeres el contenido de tus palabras. La policía defiende los intereses del mal, los ejércitos defienden los intereses de los malos, no me jodas y no intentes comprenderlos —Julia iba subiendo por momentos el volumen de su voz—. Por eso los políticos los defienden, porque son de los suyos, porque cobran de ellos y porque representan sus intereses. Cuando vemos un policía golpear a un manifestante debemos saber que el manifestante tiene razón y que el policía lo reprime para que no trascienda su razón, para que no se contagie su razón al pueblo entero. Las fuerzas del orden defienden el orden establecido y los intereses de los que mandan. Defienden el poder del dinero, de las influencias, de los enchufes, de los gastos superfluos y de la corrupción. La historia está llena de injusticias de este tipo y la mayoría de la población cree que ya han pasado y que ya no volverán a ocurrir pero se equivocan. Siguen pasando y ni siquiera queremos reconocerlo —el murmullo del bar se fue aplacando poco a poco y los que estaban alrededor de la mesa empezaron a callarse y a escuchar las palabras de Julia.

—El poder son asesinos —continuó—, son ladrones, estafadores y corruptos, ¿cómo podemos creerles? La verdad que se defiende por la fuerza, con la policía y el ejército apostados contra la población, con castigos, con multas y amenazas, con manipulación y engaños, ¿qué tipo de verdad es esa? ¿La verdad no debería imponerse por sí misma? Si echan mano de la violencia para imponerse es que no tienen razón, la más mínima razón, y ellos lo saben, y por eso utilizan la fuerza en lugar del diálogo, porque saben que perderían. Ese es el cambio de chip que hay que hacer, el cambio de conciencia y es cuestión de vida o muerte. Hay que abrir los ojos y saber a quién tenemos enfrente, a quién a los lados y a quienes detrás —los de la barra del bar apagaron la música y todo el mundo se puso a escuchar las palabras de Julia.

—Esa es la toma de conciencia que hay que hacer —continuó. Todo el mundo la miraba— esa es la toma de conciencia a la que tenemos que llegar más tarde o más temprano. Tenemos el poder en nuestras manos, tenemos la fuerza y debemos estar dispuestos a utilizarla. Los que gobiernan son los malos y nos quieren dominar y convencer desde la mentira. Nosotros somos los buenos y debemos luchar hasta recuperar nuestra dignidad. La policía y el ejército representan y defienden por la fuerza a los malos y cuando venza la verdad ellos perderán.

Alguien empezó a aplaudir y fueron tímidamente aplaudiendo algunos hasta que todo el local se pudo en pie aplaudiendo apasionadamente. Julia de pronto se dio cuenta de que todo el mundo la miraba y escuchaba sus palabras.

Sonrió y levantó los brazos.

—Los que gobiernan son los malos y nosotros los buenos —gritó.

Y la gente en bloque se unió a sus palabras y todos a una gritaron varias veces con ella:

—Los que gobiernan son los malos y nosotros los buenos...

La gente se abrazaba y sonreía, se sentía feliz enfebrecida con el ambiente. Se daban la mano, se daban golpecitos en la espalda y levantaban sus copas a la salud de todos.

Capítulo 41

A la mañana siguiente Teresa fue la primera en enterarse de que habían matado a David Delgado. Estaba en casa de Sergio y se habían acostado juntos. Sergio se levantó primero y encendió la radio como era su costumbre y ella se quedó en la cama un rato más. La noche había sido muy larga. Se habían abrazado en la cama y habían hecho el amor de una manera dulce e intensa. Ella enroscó sus piernas en los riñones de él y se observaron a los ojos mientras él la penetraba. Fue como una canción, como un acunarse juntos. Sus movimientos eran pausados, penetrantes y profundos y Teresa lo notó muy adentro, muy en su interior. Apretó las piernas alrededor de su cuerpo y se dejó ir. No fue pasión, fue placer y sensualidad. Fue como bañarse en un mar y que las aguas la mojaran por dentro. Las olas la agitaban y la mecían y, por otro lado, la empujaban hasta su profundidad más íntima. Estaban ahí y cerró su cuerpo a sus propias sensaciones y al cuerpo de él. Todo suyo. Por la mañana, se sintió relajada y perfectamente.

Sergio le preparó el desayuno y le dio un apasionado beso en la boca cuando ella fue hasta la cocina a devorar las tostadas.

Entonces fue cuando oyeron la radio:

«Esta noche han matado al estudiante David Delgado en la calle frente a la casa de sus padres. Dos tiros en la cara, a bocajarro. Un amigo suyo dijo que se despidieron y que al alejarse oyó disparos y se giró. Vio cómo le disparaban dos individuos vestidos de oscuro. La policía investiga el asesinato…».

Teresa llamó a Julia, que estaba en la habitación del hotel después de haber pasado la noche con Cristina.

—Han matado a David —sólo acertó a decirle—. Pon la radio.

Julia puso aún desnuda las noticias de la televisión de su habitación y estuvo de pie escuchando las palabras de Evaristo Gutiérrez relatando el incidente:

«Un maricón comunista fue abatido ayer por la noche en Madrid. Nos han pasado un vídeo con sus acciones de la tarde».

Y Evaristo hizo poner las imágenes de la pelea en la manifestación y del enfrentamiento de David con la policía.

«Era un terrorista y todos los que le conocían pensaban que iba a acabar mal.»

Evaristo puso en la televisión comentarios negativos de los vecinos del chico.

«No acabó la carrera y merecía acabar mal, de hecho toda su vida pendía de un hilo quebradizo.» «Sus amigos eran maleantes y delincuentes de poca monta.» «Fue la vergüenza de sus padres, una mala persona.» «Lástima que los que lo mataron deban pagar su pena por él.»

Dijo además, que la policía aún no había encontrado a los culpables.

Cristina acababa de salir del baño cubierta por una toalla después de ducharse y se quedó petrificada. ¿Cómo era posible que toda aquella bajeza quedara impune? El mundo se merecía otra cosa. ¿No se iban a acabar nunca todos aquellos atropellos?

Se sentó a los pies de la cama y observó el cuerpo de Julia. Tenía la piel tersa, los pechos redondeados y el vientre plano. Se avergonzó de admirar la figura de su amiga en esos momentos tan graves. Se recordó acariciando el culo de Julia con su lengua por la noche. Las dos se sintieron muy atraídas la una por la otra y aquello no tenía fin. Luego, ascendió por su espalda y llegó hasta su nuca. Su piel estaba caliente, hirviendo, y sus cabellos rubios se enmarañaron con su boca. Notó como un escalofrío recorría el cuerpo de Julia de arriba abajo y ella lo compartió. Julia se giró y empezó a besar su pecho y luego su vientre. Cristina la agarró de la cabeza y la apretó contra sí y fue entonces cuando empezó a volar. Se recordó feliz, disfrutando de dejarse ir. Fue entonces cuando se dio cuenta de que se había enamorado de ella.

Julia se giró y dejó de ver la televisión. Cristina se levantó de la cama y se abrazaron. Cristina dejó caer su toalla sobre el suelo de moqueta de la habitación y sus cuerpos contactaron piel con piel. Sintió un calor muy fuerte en todo su cuerpo, una sensación de bienestar y de acompañamiento, de no sentirse sola. Hicieron de nuevo el amor sobre la moqueta de una manera violenta y rápida, compulsiva y urgente. La boca de Julia se agarró a su entrepierna hasta que la hizo jadear de pasión y ella cerró los ojos apartándose del mundo. Luego, Julia le pidió que hiciera lo mismo dirigiendo su cabeza hacia sus ingles. Cristina se agarró a sus muslos como si se aferrara a las columnas de Hércules antes de dar el paso definitivo del fin del mundo. Julia actuó como si aquello fuera la última vez que iba a estar con alguien.

Fue un acto desesperado y rápido. Se movía de una forma intranquila y acelerada, levantaba el cuerpo y lo dejaba caer. Respiró entrecortada e in crescendo hasta que de pronto se detuvo, pareció no querer respirar más, y quiso quedarse con la sensación del orgasmo en su interior, abrazándose a él como si fuera un desahogo vital más que un premio. Estuvieron unos segundos así, las dos juntas, hasta que decidieron levantarse del suelo y salir de la habitación.

Se vistieron en silencio, recogieron y salieron sin decirse ni una palabra.

Teresa, Cristina, Julia y Sergio Carrasco estuvieron en el depósito de cadáveres con los padres de David, porque tenían que hacerle la autopsia y no podían sacar el cuerpo hasta que les dieran el visto bueno. Luego pasaron el día con los padres en su casa. Sergio Carrasco tuvo que irse al mediodía a trabajar y ellas se quedaron allí. La pena por la muerte de su amigo se sumaba a la rabia por las palabras del periodista Evaristo Gutiérrez Cuatro-Vientos. Algunos familiares las habían escuchado y las comentaron durante todo el día incrementando su ira contra él. Los padres estaban desconsolados y ellas se quedaron deshechas y sin fuerzas.

Sobre las ocho y media de la tarde salieron de la casa de los padres de David y decidieron caminar un rato hasta el hotel. Cruzaron calles estrechas en silencio, con movimientos lentos y la cólera contenida y se metieron en un callejón para salir a una plaza que estaba en obras. La temperatura era suave y el cielo, despejado.

De pronto, se dieron de bruces con un desconocido que iba en dirección contraria a la suya. Fue Teresa la que chocó con él.

Se quedaron mirándose durante unos segundos y reconocieron al periodista Evaristo Gutiérrez perfectamente.

Teresa fue la primera en encararse con él y Cristina le recordó a su amigo David y a lo injusto de sus palabras. Evaristo alucinó cuando Cristina le cogió de la solapa e intentó zarandearle. Cuando lo soltó, fue Julia la que se metió directamente con él.

—Sepa que no era un terrorista ni un maricón de mierda ni un asqueroso comunista como usted ha dicho por la radio —exclamó Julia golpeándole el pecho con el dedo.

Evaristo Gutiérrez Cuatro-Vientos se repuso de aquella primera embestida y las apartó de su lado con las manos. Les dijo que él no era una asesino y que su amigo algo tendría que haber hecho para que le pasara lo que le pasó.

Julia no podía más, le chilló y le insultó y, entre las tres, lo arrinconaron contra la pared.

—Déjenme de una vez —les suplicó Evaristo Gutiérrez Cuatro-Vientos intentando desembarazarse de su acoso.

Evaristo se puso nervioso. Todas lo estaban. Forcejearon y se resbaló. Al caer, le dio un fuerte manotazo en la cara de Cristina haciéndola tambalear. Luego, se cayó al suelo y dio con su culo en los adoquines.

Las tres chicas le rodearon muy de cerca.

Evaristo se sacó la pistola del bolsillo y las apuntó temblando y se levantó apoyándose en la pared.

Entonces fue cuando Evaristo le puso a Teresa el cañón de la pistola en la boca.

—Apártate, puta.

Teresa lo miró con odio y, en vez de acobardarse se envalentonó. Con un movimiento rápido, le pegó una patada en los cojones y Evaristo palideció y levantó como pudo la mano dispuesto a disparar su pistola.

Julia se asustó por si aquel cabrón le disparaba a Teresa y, sin pensárselo dos veces, cogió una gran piedra del suelo y le golpeó la sien con ella.

A Evaristo se le cayó la pistola pero intentó no caerse él al suelo.

Teresa cogió otra piedra del suelo, le golpeó con fuerza y Evaristo se desplomó. Se movía contra el suelo y Cristina cogió una piedra puntiaguda y se la clavó en la nuca como si fuera la puntilla de un toro.

El cadáver de Evaristo Gutiérrez Cuatro-Vientos se rodeó de un gran charco de sangre.

Se observaron las tres sin decir nada. No sabían qué hacer ni qué decir. Les esperaba un duro camino. Salieron corriendo del callejón y deambularon por la ciudad, unas veces a paso rápido y, otras, casi deteniéndose. Algo les perseguía.

Más tarde, se sentaron en un bar, llamaron a Sergio Carrasco y esperaron a que se reuniera con ellas. Le explicaron el incidente y decidieron alejarse de allí y pasar una larga temporada en Barcelona. Debemos seguir juntas pero lejos. Con el atentado del hospital, las fuerzas de seguridad del Estado irían por completo a la caza de sospechosos y era mejor desaparecer. Además, la muerte de Evaristo Gutiérrez Cuatro-Vientos también iba a ser investigada y prefirieron no estar en Madrid por esos días.

—Mi familia tiene una casa en Port de la Selva, en la Costa Brava de Girona, cerca de la frontera con Francia —les dijo Julia pensando en voz alta—. Podríamos pasar allí el verano todos juntos.

Primero irían a Barcelona y, con el verano, se desplazarían a Port de la Selva.

—Podríamos convencer a Enrique, el profesor del máster, para que fuera con nosotros —insistió Julia—. Tiene muy buenas relaciones con intelectuales y gente de la cultura y podríamos organizar encuentros y tertulias durante todo el verano. Es importante que podamos mantener el contacto con gente de otros lugares para cambiar impresiones y continuar nuestra lucha de una manera coordinada.

Sergio pediría el traslado a Cataluña y Cristina se lo montaría para trabajar desde allí. Últimamente escribía artículos de fondo en revistas especializadas y podría compaginarlo perfectamente.

A pesar de los acontecimientos del momento, se mostraron todos muy entusiasmados con el proyecto y brindaron por el buen fin de todo aquello.

—Juntos lo conseguiremos —dijo Julia a modo de conclusión mientras elevaba al aire su vaso de vino tinto.

—Una nueva vida nos espera —dijo Sergio guiñándole un ojo a Teresa.

Julia estaba decidida a luchar de una manera más activa, al estilo de las grandes anarquistas de la historia. Al día siguiente, entraría con Sergio Carrasco en la web de los Hijos del trueno para implicarse del todo en el movimiento. Su decisión estaba tomada. Las entrevistas con las líderes de las facciones más extremistas internacionales la habían puesto en pie de guerra y no podía dar marcha atrás.

Cristina, en cambio, se mantenía callada y reflexiva pero no se encontraba bien. Dos nuevas muertes se habían cruzado en su camino, la de David y la del periodista y las debía asimilar con calma. En su historia habían demasiadas muertes. Observó la cara de Julia, sus ojos tan limpios y su cabello tan luminoso y le sonrió, qué guapa era, ¡cuánto la atraía! Estaba hecha un lío pero iba a ir a Barcelona. Con Julia, su vida iba a ser diferente.

Teresa vomitó a solas en la taza del lavabo del bar. No se podía creer que ella hubiera matado a una persona.

Capítulo 42

Raimundo Ramírez, el representante en España de los *trusts* financieros más poderosos del mundo, fue a Washington a entrevistarse con el presidente del grupo financiero en el edificio más majestuoso del distrito financiero de la ciudad. Llevaba en sus manos su sombrero de fieltro y su bastón con empuñadura de plata.

Antes de entrar lo recibió la secretaria y un guardia le pidió que le entregara el teléfono móvil y las llaves y le pasó un detector de metales por el contorno del cuerpo.

Le esperaba un hombre trajeado mayor de sesenta años, el que presidió la reunión la última vez, un americano de cara redonda, bigote espeso, gafas grandes de pasta y calvo. Estaba sentado junto a la gran mesa rectangular de juntas del despacho interior enmoquetado y sin ventanas. No había ayudantes ni ordenadores ni teléfonos ni nada en donde fijar la atención.

—Felicidades, amigo —le dijo el americano en inglés demostrando con una sonrisa su satisfacción—. Hemos visto que has dominado la situación perfectamente.

—Nuestras inversiones podrán realizarse a su tiempo —le respondió Raimundo Ramírez también en inglés—. Todo está preparado para el cambio de gobierno y para aprobar por ley la reactivación de la energía nuclear.

—Estamos al tanto, Raimundo, estamos al tanto —le felicitó de nuevo el americano y se levantó y lo abrazó—. Hicimos muy bien en confiar en ti. Los inversores chinos están al tanto y nos apoyan sin restricciones. Después de los grandes atentados la gente necesita confiar en sus políticos. La inestabilidad desde luego nos beneficia y tú has sabido utilizarla a nuestro favor.

—No sabes lo que me alegra de que vayamos en la misma línea de actuación—concluyó Raimundo.

—Por supuesto, siempre ha sido así, ¿de que otra manera puede ser sino? Lo cierto es que nuestro amigo Gabriel Escuadra Marín me inspira una total confianza, nos la inspira a todos nosotros. Haremos grandes cosas juntos.

—Hemos conseguido muchos apoyos y él tiene detrás a gran parte de las empresas multinacionales del país. Será un buen Presidente, no lo dudes.

El americano de cara redonda le hizo una observación, una advertencia.

—Ahora es importante cuidar los detalles —le dijo en confianza bajando la voz—. Es necesario que nada se escape a nuestro control.

—¿Lo dices por algo concreto? —le preguntó Raimundo.

—No, por nada. Sólo era un consejo entre amigos.

Raimundo sabía que con ese magnate americano no había consejos de amigos que valieran más que los que previenen algún accidente.

—Me dijeron que murió asesinado vuestro hombre encargado de la comunicación, de la propaganda…

—Una gran pérdida —respondió rápidamente Raimundo.

Se hizo un corto silencio.

—Espero que podáis encontrar un sustituto enseguida —le aconsejó el americano—. Es importante canalizar a tiempo todo el empuje de nuestras ideas.

—Por supuesto que sí.

Raimundo sabía que debía dar la sensación de tenerlo todo controlado.

—Hace tiempo que tenemos preparado el sustituto de Evaristo Gutiérrez Cuatro-Vientos, el periodista asesinado —le dijo seguro de sí y hasta sonriendo levemente—. Incluso preveíamos alguien menos furibundo, más sereno y con más recursos. Pronto anunciaremos el cambio, señor. Ya está todo preparado.

—Eso me alegra, amigo mío —le dijo el americano sirviéndole un vaso largo de whisky y brindando por los buenos negocios.

Se despidieron con otro abrazo y Raimundo hizo de vuelta el camino de ida. El guardia le entregó su teléfono móvil y las llaves, saludó cortésmente a la secretaria y salió del edificio con un vacío en el estómago.

Mientras esperaba a que llegara su chófer con el coche, Raimundo llamó a su secretario y le dio la orden concreta que debía ser obedecida de inmediato.

—Necesitamos encontrar al sustituto de Evaristo Gutiérrez —le ordenó—. Necesitamos un nuevo jefe de comunicación. Quiero que no sea tan malasombra como era él porque los tiempos han cambiado. Necesitamos alguien sutil y contundente, tipo Urdaci, el jefe de informativos del antiguo Gobierno de Aznar. Quiero que sea fiel y muy profesional, que diga lo que hay que decir y que parezca que se lo crea.

El secretario le dijo que ya estaba en ello desde hacia tiempo.

—¿Recuerda el caso de la señora Alarcón, el periodista que destapó el caso de la corrupción financiera a los medios? Pues fuimos nosotros quienes le dimos en secreto toda la información y los apoyos.

—No nos liemos con alguien conflictivo que destapa corrupciones, por favor —le ordenó Raimundo.

—Necesitamos a alguien que no sea sospechoso y que no despierte recelos, ¿quién mejor que un periodista independiente? —le contestó el secretario—. Si conseguimos que él se una a nosotros, lo que diga parecerá verdad sea lo que sea. Le haremos una oferta que no podrá rechazar, es un tipo muy ambicioso y no tiene ningún futuro si no es con nosotros.

El chófer le abrió la puerta a Raimundo.

—Haga lo que crea conveniente pero no nos meta en jaleos, lo quiero todo controlado, ¿comprende? Si puede tenerlo cogido por los cojones, mejor que mejor.

—Así se hará, señor.

Colgaron los dos teléfonos, Raimundo se metió en su coche y su chófer lo alejó rápidamente de allí.

Mientras tanto, a este lado del Atlántico, el país entero se estremecía en sus propios cimientos y la gente ya estaba del todo desesperada. La amenaza de un gobierno fuerte que contuviera a los más desfavorecidos y que motivara a la clase media a salir del desánimo parecía ser la única solución. Políticos deshonestos, financieros ambiciosos y empresas multinacionales apoyaban campañas de comunicación a gran escala para convencer a la población de la necesidad del afianzamiento de un poder fuerte que los sacara del atolladero. Las políticas restrictivas del crédito, la contención del consumo y los recortes sociales habían empobrecido al país. Los empresarios que se beneficiaron de los negocios de especulación durante los últimos treinta años o de abastecer al Estado en sus servicios ya habían sacado fuera el dinero de sus beneficios. Estos mismos capitales se estaban utilizando para comprar una parte del patrimonio del Estado que se estaba privatizando a marchas forzadas. Todo había sido una gran mentira, la falsa riqueza de los años de opulencia enmascaró a la extrema miseria que estaba llegando, la burbuja del dinero fácil se pinchó y ahora todo era dinero difícil. Los alquileres estaban por las nubes y la gente no los podía pagar, los que recibían un salario lo cobraban tarde y mal, se habían bajado los sueldos e incrementado el nivel de desempleo sin ayudas, las leyes favorecían la inestabilidad laboral, negocios cerrados, tiendas en las que no entraba nadie, filas de taxis sin clientes, retraso en las jubilaciones y en las prestaciones sociales y los pagos de impuestos el Estado había decidido cobrarlos añadiéndolos a la factura de la electricidad o del agua. A mucha gente les cortaban la luz y no podían calentar sus casas, se veían muchas ventanas iluminadas por el parpadeo de las velas, había largas colas de personas con cubos de agua en las fuentes públicas y apareció el mercado negro de medicinas y de productos básicos. ¿Hasta dónde se podía aguantar? ¿Hasta cuándo?

Todos buscaban la respuesta y la contestación ya estaba preparada.

¿Hasta cuándo?

«Hasta que llegara el salvador de la patria y los rescatara del agujero.»

De hecho todos reclamaban la presencia de un líder duro y de un Gobierno fuerte que los sacara del abismo. La gente aún confiaba en que alguien distinto a ellos los iba a ayudar, dependían como siempre de otros, del sistema, del gobierno, del parlamento, del ejército, de la policía o de cualquiera que tomara las riendas. De eso se aprovechaban los personajes como Raimundo Ramírez y sus socios financieros, de la cobardía de los colectivos ante la fuerza, del miedo del individuo a la violencia cuando quién la ejerce parece superior a él.

Alguien movía los hilos en la sombra para que llegara ese momento del cambio a peor. Grandes bolsas de población sumida en la pobreza más extrema iba a ser la consecuencia más inmediata de todo aquello. La aparición de los «miserables» y la anulación de la gran mayoría de los derechos civiles conseguidos hasta el momento iban a ser las secuelas profundas de ese futuro incierto que se aproximaba a marchas forzadas.

Capítulo 43

Julia, Teresa y Cristina estaban solas desayunando en el jardín de la casa de Port de la Selva y pusieron la radio. Habían ido por fin a pasar los meses de julio y agosto después de haber estado un tiempo en Barcelona y la estancia se desarrollaba según lo previsto, relajada, apacible y cargada de buenas experiencias. Nadie las implicó en el asesinato del periodista Evaristo Gutiérrez y la sensación de vacaciones las cargaba de energía. Venían muchos invitados y algunos de fuera de España, intelectuales, universitarios y políticos radicales y las reuniones eran muy fructíferas y reveladoras. Les visitaron dos miembros, uno alemán y otro inglés, del grupo Hijos del trueno y les hablaron en secreto de la lucha anónima imprescindible para avanzar hacia un estado global de justicia, igualdad, solidaridad y libertad. Julia lo había comentado con Teresa y Cristina como una decisión urgente que debían tomar y ellas no sabían qué hacer, quizá aún no estaban preparadas del todo para implicarse en una guerra abierta. Julia las apretaba y no parecía comprender que ellas tenían su propio tempo y sus circunstancias. En todo caso, Enrique se mantenía al margen y no lo invitaban a las reuniones, digamos, más extremas y comprometidas. Participaba más en los coloquios teóricos sobre economía y política o sobre las consecuencias devastadoras de la crisis económica por la que se pasaba.

La radio interrumpió su programa matinal y el locutor dio el siguiente comunicado:

«El grupo terrorista Hijos del trueno ha vuelto a atentar contra la población. Han asesinado al Director General de Relaciones Laborales que sostuvo en una rueda de prensa que incrementar las horas de trabajo, incluso en sábados y domingos y en días de fiesta, así como reducir los días de vacaciones pagados a los obreros por la empresa, favorecería sin duda el salir de la crisis. Todos debemos arrimar el hombro, concluyó. Luego, según dijo el locutor, se reunió con su amante en un hotel algo alejado del centro de Madrid. Un desconocido lo esperó en el parking paseando con un perro por los alrededores. Algunos clientes recuerdan su figura pero ninguno se fijó especialmente en él como para reconocerlo. Iba muy bien vestido, con traje y corbata y un sombrero de ala ancha que evitó que su rostro saliera en las cámaras del aparcamiento. Parecía saber su ubicación de memoria porque en ningún momento elevó su rostro ante ninguna de ellas. El Director General salió a su coche a buscar el teléfono móvil que se lo había olvidado dentro, según la información dada por su amiga y amante y recibió tres balazos que le cortaron la vida en el acto, uno en la cabeza y dos en el pecho. El desconocido llevaba guantes y saltó una valla después de dejar libre al perro que paseó a sus anchas por el parking hasta que llegó la policía y lo apresó».

El locutor rogó a la población que si alguien podía dar pistas sobre el hombre que lo había hecho o la organización que lo amparaba, que se pusiera en contacto enseguida a un teléfono que deletreó varias veces.

Julia se levantó de su silla y apagó la radio.

—¿Qué otra alternativa nos dejan? —preguntó a Cristina y a Teresa sentándose de nuevo—. ¿Acaso sabéis alguna otra manera de luchar que sea efectiva?

Para Teresa era muy duro ir en contra de todo lo que le habían enseñado en su infancia y reconocer que la no violencia era una vía muerta, tal como sostenía Julia.

—Tú lo tienes claro y yo no —le contestó Teresa a Julia—. Aún no he asimilado la muerte del periodista y no quiero tener más cosas que asimilar.

Julia se enfadó:

—Aquello fue un accidente y una clara señal de alerta. Fue la luz al final del túnel —dijo Julia—. Algún día tendrás que reconocerlo.

—No fue un accidente —intervino Cristina— fue un homicidio no premeditado.

Julia se giró hacia ella:

—¿Y de la muerte de tu madre no dices nada? —le preguntó Julia cabreada porque Cristina se pusiera de parte de Teresa—. ¿También eso fue un homicidio no premeditado para ti?

—Deja a mi madre tranquila que eso es cosa mía.

—A veces me sacas de quicio, Cristina —insistió Julia alzando un poco la voz—. Por un lado eres la mujer más desgraciada del mundo y, por otro, no acabas de querer darte cuenta de que tu liberación vendrá a través de luchar.

—Prefiero ir por mi propio camino y no por el tuyo —le respondió Cristina.

—Lo que preferirías es vivir en un mundo feliz y que todos te arroparan.

—Desde luego en ese mundo tu serías una desgraciada —le contestó Cristina poniéndose en pie y yéndose hacia la casa—. A veces eres insoportable... —y entró en la casa dando un fuerte portazo.

Teresa observó a Julia moviendo la cabeza y mostrando desaprobación.

—Y, tú, ¿qué tienes que decirme? —le preguntó Julia ya fuera del todo de sí.

—Que eres injusta —le dijo Teresa— bastante hace Cristina para sobrellevar lo que ya lleva a cuestas para tener que bregar contigo.

Julia se puso en pie y caminó alrededor de la mesa de jardín.

—¿Quieres ganar o no quieres ganar? —le preguntó interrogándola—. Decídete de una vez, no hay tiempo para tonterías. ¿Quieres lamentar el no haber conseguido nada o quieres intentarlo de verdad?

—No todo es blanco o negro, Julia —dijo Teresa— existen los grises, existen los tonos, los diferentes caracteres y las distintas formas de pensar.

—No me toques los cojones, Teresa —le contestó Julia—. Tú ya sabes de qué va la cosa, no te hagas la dialogante. Sabes que esto es una guerra a muerte... Sabes que o luchamos con sus propias armas o nos arrasarán... Sabes que nos destruirán a todos a la mínima. Nos quieren dialogantes para tenernos a sus pies.

—Prefiero agotar los otros canales.

—¿Cuáles otros canales? —le preguntó Julia sentándose a su lado—. Dime uno. Uno que sirva.

Teresa respiró profundamente.

—Ya sé que es difícil, sé que lo es. No es un camino fácil —respondió Teresa— pero hay que intentarlo.

—Debes diferenciar la violencia del que tiene el poder y lo utiliza injustamente —le dijo Julia cogiéndola de la mano— de la violencia del que lucha por la justicia teniendo al poder en su contra.

—Tu pareces estar segura pero sé que no lo estás del todo —le dijo Teresa cogiendo su mano entre las dos suyas—. Todas tenemos nuestra lucha personal y luego la lucha colectiva...

—En mi caso mis dos luchas se funden en una sola.

—Eso es mentira, querida Julia y tú lo sabes.

Julia cerró los ojos y los abrió mirándola fijamente:

—Te quiero mucho, Teresa y haría cualquier cosa por ti. Lo sabes, ¿no?

Teresa sonrió cariñosa:

—Lo sé perfectamente.

—Entonces, ¿qué pasa?

—Pasa que estoy enamorada de Enrique y que tú eres una persona muy importante para mí pero que no eres él.

Se miraron las dos y sonrieron. «Otra vez será», pareció decirle a Teresa el semblante de Julia. Hizo una mueca apretándose los labios y suspiró.

Sonó el móvil de Teresa y acabó con aquella conversación que las había dejado a las tres un poco tocadas. Julia se metió en la casa y ella miró la pantalla y arrugó la nariz. Era Sergio Carrasco que no paraba de llamarla. Dejó que el teléfono sonara hasta que se cortó la comunicación. Al llegar a Barcelona se vieron alguna vez y salieron a cenar y se acostaron juntos pero la magia de aquella primera vez en Madrid desapareció. Sobre todo, al estar Enrique cerca y al ella constatar que se sentía absolutamente atraída por él y no por Sergio. Sergio insistía pero ella le dijo que era mejor no seguir por ese camino. No estaba enamorada de él y prefería que fueran sólo amigos. Él lo aceptó pero no acabó de creérselo. Tuvieron una disputa y Teresa aclaró las cosas pero Sergio insistía e insistía y ella ya ni quería ser su amiga.

Capítulo 44

Carmelo Fernández fue muy claro con Sergio Carrasco después de discutir y discutir y de explicárselo una y mil veces:

—Tú eliges —le dijo con su cara de cínico— o aceptas el puesto de Director de Comunicación del futuro Gobierno y te haces rico e influyente o se acabó tu carrera para siempre. Caput, ¿comprendes?

Sergio Carrasco cogió todo el aire que le dieron de sí los pulmones y carraspeó. ¿Cómo podía ir en contra de pronto de todo lo que pensaba?

—Seguiré con mi carrera a mi aire, ¿por qué os habéis fijado en mí?

Carmelo Fernández sólo hacía que mover la cabeza mostrando desaprobación.

—Escúchame bien porque sólo lo voy a decir una vez —le dijo mostrándose condescendiente— tenemos información en contra de ti, sabemos que simpatizas con la organización de los Hijos del trueno, sabemos que aún no has cometido ningún acto violento y eso es lo que te salva…, por ahora.

Aquella afirmación turbó a Sergio Carrasco que puso cara de no saber de lo que le estaba hablando.

—Pediste información de cómo entrar en la web y de cómo confirmar tu entrada en el grupo, no te hagas el loco. ¿Piensas que no te tenemos vigilado y que no sabemos tus pasos? No seas estúpido.

—Vaya —sólo acertó a contestar Sergio.

Carmelo Fernández volvió a la carga:

—No sé si has entrado o no en ese colectivo pero eso no importa. Podemos acusarte de pertenecer al grupo o podemos acusarte de matar al periodista Evaristo Gutiérrez para conseguir su puesto. Tú puedes rechazarlo pero el nombramiento se puede hacer público y luego acusarte de traidor y de asesino y te metemos en la cárcel de por vida. ¿Lo comprendes? Todo eso nos es muy fácil… O también podríamos matarte y punto final. Tú escoges.

Sergio Carrasco estaba en una encrucijada terrible, no tenía escapatoria. O el éxito y la fama, el dinero y el poder o la muerte segura o tenerse que mover en la sombra como si fuera un apestado. Bien mirado, ser el Director de Comunicación del futuro Gobierno que podía gobernar durante mucho tiempo tampoco era una mala oferta. Sobre todo teniendo en cuenta que no tenía ninguna otra alternativa mejor. También se merecía un cierto estatus y dejar de luchar por causas perdidas para dedicarse a causas ganadas.

—¿Qué tendría que hacer? —preguntó con timidez.

—Nada, hacer tu trabajo —respondió Carmelo seguro de sí y le dio un golpecito en el hombro—. Empezarás a organizar la información y la comunicación del Grupo Espejo de Comunicación y ya te presentaré a los que serán tus jefes y los que te indicarán el camino.

—Bueno, yo soy un periodista independiente —exclamó Sergio defendiendo su honor ya casi perdido para siempre.

—Por eso mismo te queremos.

Carmelo hizo una larga pausa.

—Yo trabajo para los que serán tus jefes y tú trabajarás en la sombra para mí —le ordenó con una sonrisa—. Es así de sencillo.

—¿Trabajar para ti?

Carmelo disfrutaba con la situación.

—Todo va en el mismo lote, no te asustes. Tú te apuntas a esos Hijos del trueno y te metes de lleno ahí. Luego me das toda la información que puedas obtener porque estarás en muy buena posición para que todos confíen en tí. Serás nuestro infiltrado y nuestro confidente, ¿qué te parece? Te haces espía del Gobierno, vamos. Eso es un plus.

Sergio Carrasco vio el cielo derrumbarse sobre él pero, ¿qué iba a hacer? Las decisiones pasan una vez por tu lado y si te equivocas ya no hay retorno. Si te equivocas, caput. Además, todo tiene su contrapartida, nadie da nada por nada. En realidad estaba en sus manos, era mejor aprovecharse de ello y que no acabaran matándolo por mantener su dignidad. ¿Qué dignidad podía conservar si podía estar muerto? Sería de imbécil rechazar tan inmejorable oferta.

—De acuerdo —contestó, aunque eso significara traicionar a sus amigas y, en cierta forma, a sus ideas también. Si no eres de izquierdas a los dieciocho es que eres un monstruo y si eres de izquierdas después de los cuarenta es que eres un imbécil.

—De acuerdo repitió —y se dieron un apretón de manos con Carmelo y salieron cada uno por su lado.

Capítulo 45

A Julia, a través de la web de los Hijos del trueno, le recomendaron que estudiara en profundidad los papeles de Wikileaks de Julian Assange. Tenía que analizar los asuntos que tuvieran relación con España y, conjuntamente con un profesor irlandés con el que se comunicaban por correo electrónico, cada uno debería avanzar por su lado y luego compartir sus conclusiones. El profesor había trabajado en España durante más de quince años en un órgano de las Naciones Unidas y dominaba los entresijos de los organismos oficiales y conocía a casi todo el mundo. El objetivo conjunto era escribir un libro ampliando y profundizando en los casos concretos destapados por Assange y, por otra parte, identificar a las personas que habían realizado los abusos de poder para ponerlas bajo el punto de mira del grupo. La información política de casos de corrupción que contenían esos documentos era importantísima, lo grave del asunto era que se habían destapado multitud de escándalos a raíz de descubrirse actos delictivos en los que habían participado hombres de Estado o personal de sus equipos en los gabinetes, y nadie les había dado crédito ni tan siquiera habían descendido a la opinión pública ni se había puesto en marcha proceso judicial alguno. Algo alucinante dada la transcendencia de la información política que se descubría en esos papeles, algo fuera de toda lógica.

Julia y el profesor irlandés se exaltaron cuando descubrieron el caso del teniente Benítez y dieron por bueno su trabajo al desenmascararlo. Julia sacó toda la información que pudo obtener, que no fue demasiada, sobre el teniente, su vida, su trayectoria y sus actividades. Descubrieron que el teniente Benítez estaba conectado con altos cargos del Ministerio de Interior y que era el responsable directo de las brigadas policiales que asesinaban a sangre fría a sospechosos de terrorismo, a miembros de grupos antiglobalización, indignados y gente conflictiva a causa de sus ideas progresistas. En concreto, dirigía una policía paralela de ejecución, que actuaba en la sombra, fuera de las normas y de las limitaciones de la policía oficial, y que estaba protegida por el aparato del Estado.

El tema era muy importante y Julia empezó a estar intranquila cuando sospechó que la vigilaban. Fueron pequeños detalles que se fueron acumulando. Primero fue tan sólo una intuición, algún individuo extraño que se cruzaba con ella y que luego volvía a aparecer unos días más tarde, siluetas que se reflejaban en los cristales de los escaparates, que daban vueltas, que disimulaban y que luego las volvía a encontrar, hombres con periódicos por la calle, en las terrazas de los bares..., en fin, un conjunto de detalles que no la dejaban descansar tranquila por más que ella misma se lo quitaba de la cabeza una y otra vez. Oía sonidos metálicos en el teléfono fijo de su casa, le pareció que la seguían cuando cogía su coche y empezó a ponerse paranoica. Un día se tropezó al girar una esquina con un hombre con el cabello ondulado y espeso que vestía una americana cruzada marrón, que un poco más y se desmaya. Sus ojos marrones y hundidos se clavaron en los suyos y se mantuvieron fijos en ella. No podía más. Estaba al borde de sus fuerzas.

Julia no les había comentado ni a sus dos amigas ni a Sergio Carrasco cómo iban sus avances en el análisis de los papeles de Wikileaks para no implicarlos en nada. Bueno, les dijo que estaba investigando un tema muy importante pero no les dio ningún detalle ni les citó el nombre del teniente Benítez ni lo de las brigadas policiales en la sombra. Empezó a cuestionarse quién podría haberse ido de la lengua si es que no eran imaginaciones suyas. Hizo analizar su ordenador por un experto informático y no descubrió nada raro. Incluso sospechó del profesor irlandés y fue compartiendo cada vez menos información reservada con él.

—Estoy muy inquieta e intranquila —le dijo a su amiga Cristina por teléfono—. Creo que me va a dar un ataque de nervios si sigo así. ¿Por qué no te vienes a mi casa esta tarde y te quedas después a dormir conmigo?

Cristina accedió encantada, cogió su moto y se presentó en su casa en un plis plas.

Se desnudaron y se quedaron abrazadas en la cama después de haber hecho el amor. Quizás estuvieron así más de una hora por la tarde, abrazadas y rozándose la piel la una a la otra. Julia no estaba enamorada de Cristina pero se sentía bien con ella, no la agobiaba y tenían muchos momentos de complicidad. Se comprendían mutuamente y también se atraían. Su relación con Enrique, en cambio, la mantenía tensa e intranquila. Se acercó más a él para estar más cerca de Teresa y creía que había sido un error jugar con sus sentimientos de esa forma. «Teresa no estará nunca conmigo», pensó. Y con Enrique ya se lo habían dicho todo. «Estuvo bien pero ya no —concluyó—, nada más me falta él y sus reproches…». Teresa era su amor platónico mal que le pesase y con Enrique debía cortar definitivamente. «Ya ni me atrae», pensó. Cristina era su remanso de paz y su confidente y se sintió perfectamente junto a ella aquella tarde.

Enrique Aguilar, en cambio estaba nervioso y malhumorado. De seguir así sabía que a su relación íntima con Julia le quedaban menos de dos telediarios. «Ya no sé que más hacer…», pensó. Habían pasado juntos la noche anterior en su habitación de la casa y, al final, se habían enfadado y ella se fue justo después de hacer el amor con él y de discutirse. Él le insistió para que se quedara pero ella se quiso ir de todas todas. «Mira, Enrique —le dijo—, para discutir prefiero estar sola.»

Enrique había visto como Julia le daba una nota a Teresa y como le cogió la mano e insistió para que ella se la guardase y no podía hacer ver que esa nota no existía. ¿Por qué tenía confianza con Teresa y no con él? Aquel mensaje le daba vueltas en su cabeza. ¿Qué le dijo a Teresa que él no pudiera enterarse? Le preguntó varias veces y Julia no le quiso contestar, incluso se puso dura e impertinente. «Mira, Enrique, tienes dos opciones, o respetarme y dejar que haga lo que quiera o dejarlo estar de una vez. Yo casi te recomendaría dejarlo, por ti y por mí.»

Él se enfadó y le dijo que nunca lo tenía en cuenta, que se reunía en secreto con otros en la casa, con Sergio, con Cristina o incluso con Teresa o con gente que llegaba y que ni siquiera le presentaban. «Soy un desconocido para todos —le dijo—, casi un apestado.» Julia no le hacía el menor caso y le contestaba chillando: «Tú tienes tu mundo, déjanos a nosotras el nuestro».

Estaba arrepentido de haber facilitado la disputa. «No me meteré más en tu vida —pensó decirle—, de acuerdo, cada uno sabe lo que tiene que hacer». Pero no las tenía todas consigo y pensó que todo aquello se estaba acabando. A Julia cada vez la veía más distante, más en sus cosas. No contaba con él para nada. Cuando tenía ganas de follar lo llamaba o iba a su habitación, se encerraban allí y follaban pero cada vez con menos frecuencia. Y, luego, se iba enseguida, sin dejar espacio a la ternura o a la complicidad. En realidad, aquella relación con Julia tampoco le llenaba a él, le hacía sufrir y prácticamente no le ofrecía ninguna contrapartida. Tan sólo, claro está, estar de vez en cuándo con ella.

Decidió ir a su casa aquella tarde y pedirle disculpas. Cogió el coche y fue hasta el pueblo.

—No estoy sola —le dijo Julia al abrir la puerta de su piso semidesnuda y despeinada—. Ya hablaremos en otro momento.

Enrique se quedó inmóvil mientras su mundo se desplomaba.

—Vete, por favor —le insistió ella—. No te quedes aquí.

Enrique quiso decirle algo, dudó, le costaba respirar y la observó sin dar crédito a la situación.

Julia inflexible insistió:

—Vete.

Y le cerró la puerta en sus narices.

Enrique bajó los escalones de dos en dos y salió a la calle totalmente deshecho. Al girar la esquina, recordó la nota que Julia le había entregado a Teresa la noche antes y fue al encuentro de Teresa.

—¿Qué te dijo Julia en la nota que te entregó? —le preguntó Enrique a bocajarro a Teresa con sólo llegar a la casa.

—No es asunto tuyo —le respondió categórica ella.

Enrique le explicó la escena en el rellano del piso de Julia.

—Pobre, Enrique —se apiadó Teresa de él y le acarició la cabeza—. Anda, ¿quieres una tila o una manzanilla? ¿Te la preparo?

Enrique no sabía adonde agarrarse.

—Dime lo que ponía la nota.

Teresa pareció recapacitar. El día anterior había ido Antonio, su ex marido, a la casa y había montado un escándalo con la excusa de ir a recoger al hijo de ambos. Julia intervino y le había cogido a Antonio por los huevos hasta echarlo de casa.

—Me dio ánimos con lo de mi ex marido —le contestó.

Enrique no la creyó.

—Eso no se dice en una nota.

—En serio —le insistió ella—. Me decía que sentía lo de Antonio, que ella se había pasado pero que no se arrepentía. Me decía que yo valía mucho y que no dedicara ni un momento a compadecerme de ese estúpido, que no valía la pena.

—Déjame ver el mensaje, por favor —le suplicó.

Enrique intentaba agarrarse a ese mensaje como si fuera la razón de su ruptura pero Teresa se mantuvo inflexible.

—Ni hablar —le contestó ella—. Siento mucho lo que ha pasado, no me gusta verte sufrir así pero lo privado es lo privado y no pienso enseñarte su escrito sin que ella me lo pida. Tú ya deberías haber previsto lo que ha pasado, se veía venir. Piensa que disfrutaste de esa relación y que lo que se acaba se acaba.

Enrique se fue a su habitación sin ni siquiera contestarle. Dio un portazo y le costó mucho coger el sueño.

Capítulo 46

Aquel día empezó como cualquier otro día de verano en Port de la Selva. Nada extraordinario ni fuera de lo común. Cristina había pasado la noche en casa de Julia y aún no sabía que el azar tenia previsto para ella un suceso muy importante. Iba a ser el día en que se iba a radicalizar. Teresa lo haría al día siguiente pero aquel día estaba destinado para Cristina y así fue como comenzó.

Tenía que levantarse pronto y después de ducharse y vestirse entró en la habitación y le dio un ligero beso a Julia en la boca. Ella se despertó y no quiso levantarse, le sonrió, le dijo: «gracias» y cerró los ojos de nuevo. Cristina abandonó el piso de Julia y salió a la calle. Tenía la motocicleta aparcada sobre la acera, al otro lado de la plaza y fue hasta un bar que estaba cerca. Entró y pidió un café. Ojeó un diario y lo acompañó de un croissant. Luego, al salir, se puso el casco y, entonces, fue cuando ocurrió. El casco le dio el anonimato necesario para actuar sin ser vista.

Había estado con su amiga porque ella se lo pidió, se sintió bien apoyándola. Cristina no tenía nada que esconder pero se había acomodado a ver a Julia de escondidas, ya ni se cuestionaba la rabia que en realidad le daba encontrarse con ella de forma furtiva. «Es por muchas razones —le decía Julia—, y prefiero que estés al margen de mí. Te aseguro que te conviene.» Julia parecía estar siempre metida en grandes misterios y Cristina se los respetaba muy a su pesar. «Además, todos esos documentos comprometedores que estoy estudiando prefiero que no los relacionen conmigo.»

«¡Vaya estupidez!», pensó Cristina pero lo dejaron ahí, como tantas otras veces.

Cristina tenía su vida y Julia la suya, eso era un hecho que hacía que sus paseos solitarios en motocicleta fueran aún más reflexivos. Acostumbraba a conducirla contra el viento y recorría a toda velocidad las carreteras bordeando el mar. Se ponía el casco y se perdía en el anonimato mientras se alejaba de la casa y de los que estuvieran allí. Las calas a un lado y las montañas al otro. Se inclinaba en las curvas y aceleraba para salir disparada y gozar de la velocidad a empujones. A veces iba con Enrique pero prefería ir sola. Le gustaba la sensación de mantenerse en silencio y de dejarse ir. El paisaje pasaba por delante del cristal del casco como si fuera el fondo de pantalla de sus pensamientos.

Eran los últimos días de agosto y la experiencia en la casa había sido muy enriquecedora. Cristina ya tenía claro su futuro: iba a luchar abiertamente contra la opresión que les estaba ahogando pero sin violencia. No quería emplear la misma táctica que sus enemigos. Escribía artículos políticos y ensayos sociales en los que comprometía sus posiciones personales. «Hay que mostrar nuestro rechazo con lo que está ocurriendo —decía—, que se nos vea y que se cuente con nosotros. Cada uno somos el todo. La unión de todos esos todos, será nuestra gran fuerza colectiva.»

Un Audi oscuro estaba aparcado unos metros más allá de su motocicleta. De pie, junto al coche, un hombre de pie caminaba arriba y abajo de la acera, americana marrón y pañuelito en el cuello, hablando acaloradamente por su teléfono móvil.

Cristina no pudo dejar de fijarse en ese hombre que se movía de arriba abajo de la calle. «Es él, sin duda es él», pensó Cristina desconcertada con sólo verlo. Se lo quedó mirando totalmente atónita y un escalofrío le recorrió todo el cuerpo.

Aquel hombre era el asesino de su madre.

Sacó su teléfono móvil del bolsillo y le hizo varias fotografías. Ella recordaba haber leído la noticia de su muerte accidental en el periódico. Incluso lo comentaron con Sergio. Emilio García murió de un accidente de coche, no había la menor duda, ella lo leyó perfectamente, se acordaba hasta de las palabras exactas. Vicente murió por la explosión de su casa, su padrino se suicidó y Emilio murió quemado en el coche de su jefe abogado al explotar su vehículo.

«¡Malditos hijos de puta...!», pensó con rabia.

A Cristina se le cayó el alma a los pies, la habían engañado. «Engañan a todo el mundo.» No podía creérselo. «Son unos cerdos.»

Lo miraba y lo volvía a mirar y estaba segura del todo que era él, un escalofrío se lo había demostrado nada más verlo. Incluso se cruzaron sus miradas, suerte que llevaba el casco puesto.

Entonces lo comprendió perfectamente. Entonces lo vio todo muy claro y diáfano. El no uso de la violencia era una trampa, un ardid muy bien urdido para tener a la población alejada del poder y de sus decisiones. La policía y el ejército protegían por la fuerza el Sistema.

¿De qué otra forma eficaz se podía defender? El Sistema no era nada más que los hombres que regían ese Sistema. El uso por su parte de la violencia era para protegerse ellos, no para proteger a la gente de enemigos imaginarios. El enemigo real eran ellos.

Entonces se radicalizó, tenía que ser así, no podía ser de otra manera. «El poder utiliza la violencia y no la deja utilizar a nadie más.» Mientras sólo se utilice la palabra y el diálogo nada se va a conseguir. «Son unos cabrones. Hacen trampas, siempre han hecho trampas y nos quieren dialogantes para aplastarnos. No podrán con nosotros.»

Cristina miró a un lado y a otro y comprobó que Emilio García estaba solo. «Quizá ya ni se llama así el muy cabrón», pensó y respiró profundamente. Casi se desmaya. «Quizá no tendré otra oportunidad…», pensó. También era casual que estuviera cerca del piso de Julia pero en eso ni cayó de que pudiera estar vigilándola.

Miró hacia atrás y vio el bar. Fue hacia allí. Entró desesperada y miró con fragilidad al camarero…

—¿Me dejas un cuchillo de carne o de sierra? —le preguntó—. Tengo que cortar un tubo de la moto.

Sonrió para ganarse su confianza.

—Por supuesto, señorita —le contestó él alargándole un cuchillo.

—Ahora vuelvo —le dijo sonriendo.

Escondió el cuchillo en el pantalón y salió al encuentro del asesino de su madre. El que ella creía que respondía al nombre de Emilio García, ahora Carmelo Fernández, seguía hablando por teléfono dando vueltas alrededor de su coche. Seguía solo, por lo que ella pudo comprobar.

Decidida, fue hasta su moto y la puso en marcha dejándola en ralentí preparada para huir. Luego, fue hacia él, lo sobrepasó y se dio la vuelta sin que él se percatase de sus intenciones.

Sacó el cuchillo del pantalón y lo levantó rápida contra él. Estaba rabiosa, furibunda.

Él inexplicablemente se giró hacia ella y estuvieron unos segundos mirándose el uno contra la otra. Décimas, quizá.

Cristina bajó el cuchillo con todas sus fuerzas contra su pecho, «muere, cabrón», le dijo, y él se movió, dejó caer el móvil, se protegió con el brazo y levantó la trayectoria que iba directa al corazón pero no pudo evitar que el cuchillo entrara en el pecho bajo su hombro.

La herida empezó a sangrar pero Carmelo la empujó y se sacó el cuchillo y se lo quedó en la mano. Ella le dio una patada muy fuerte en los cojones y, mientras él se retorcía, fue corriendo hasta su moto, bajó el caballete rápidamente y salió disparada de allí.

El corazón le iba a mil por hora y parecía querer salirse de su pecho. Miró por el retrovisor y vio a Carmelo levantarse a trompicones con el cuchillo en la mano. Estaba vivo, aquel cabrón iba a seguir vivo.

Estuvo dando vueltas con la motocicleta temblando y cabreada consigo misma por haber perdido la oportunidad. Se juró a sí misma que algún día acabaría lo que había empezado. «Lo mataré, lo mataré con mis propias manos…», se dijo una y mil veces. Ni se fijó esta vez en el mar ni las montañas mientras recorría aquella carretera estrecha a toda velocidad inclinándose en las curvas y saliendo de ellas a todo gas.

Luego, al llegar a la casa, se lo contó a Teresa y le mostró las fotos de aquel cerdo hablando por teléfono.

—El asesino de mi madre está vivo —le dijo Cristina llorando de rabia—. Son unos cerdos… Unos hijos de puta.

Teresa se quedó también petrificada y decidieron ir por la tarde a casa de Julia a explicárselo.

Julia se quedó traspuesta con la historia:

—Es el hombre que creí que me seguía —les dijo asustada al ver su rostro en el móvil de Cristina— me crucé con él y casi me desmayo del susto.

Hubo un corto silencio.

—Mañana hablaremos con Sergio y veremos lo que podemos hacer —les insistió Cristina muy nerviosa—. El asesino de mi madre corre por aquí y debemos actuar de una manera rápida.

Julia sabía que Sergio Carrasco estaba en Barcelona y que iba a subir a Port de la Selva muy entrada la noche.

—Mañana veremos la estrategia a seguir y la planeamos entre todos con calma —dijo Julia a Cristina tranquilizándola. Luego miró a Cristina y se cogieron las tres de las manos—. No podemos ponernos nerviosas, hay que actuar con inteligencia.

Y quedaron de esa manera.

CAPÍTULO 47

Al día siguiente Julia recibió a primera hora de la mañana una llamada al teléfono fijo de su casa. Le extrañó que alguien la llamara a las siete de la mañana pero descolgó de todas formas.

—Quiero mostrarte algo importante —le dijo Sergio Carrasco con voz entrecortada—. ¿Puedes venir a la playa de la Tamariua?

—¿Ahora? —le contestó ella entre sueños.

—Tiene que ser ahora.

Lo notó especialmente nervioso y no se fijó en que él normalmente la llamaba al móvil y no al aparato de casa. Son esos detalles de los que te das cuenta después, cuando ya no sirve de nada darse cuenta.

—Dame veinte minutos, ¿estás tú allí?

—Sí —le contestó Sergio— te espero en el terraplén del aparcamiento antes de la playa.

—De acuerdo.

Julia colgó el teléfono y saltó de la cama, se arregló, se vistió y cogió un croissant de una bolsa de plástico de la cocina. Se lo fue comiendo mientras bajaba por las escaleras.

La playa de la Tamariua estaba tan sólo a unos minutos. Ella vivía en un pequeño apartamento en el centro del pueblo, cogió su coche y recorrió la carretera central atravesando la población y llegó hasta los acantilados.

El coche de Sergio estaba aparcado en el terraplén y no había ningún vehículo más. ¿Quién iba a bañarse a las siete y veinte de la mañana en los últimos días ya fresquitos del verano?

Julia bajó del coche y lo buscó.

—Sergio —gritó para avisarlo de que ya estaba allí pero no contestó nadie.

«Quizá esté caminando hacia la playa», pensó y fue hasta el borde del terraplén.

Entonces oyó un ruido a su espalda y se giró pensándose que era Sergio. «Vaya madrugada me has...», fue a pronunciar una broma pero se quedó callada de golpe al ver a los dos hombres.

Uno de ellos era el de la americana cruzada marrón, el asesino de la madre de Cristina. Lo reconoció enseguida e iba con el brazo en cabestrillo tal como le explicó su amiga que lo hirió el día anterior. El otro era un hombre fuerte como un armario y la miraba con odio. «Así que no eran imaginaciones mías», pensó al recordar su miedo al intuir que la seguían.

Estaban junto a su coche así que no podía escapar por ahí. Miró a su alrededor buscando una salida y decidió subir en vez de bajar. La falda de la montaña llegaba hasta el terraplén y arbustos y rocas y algún árbol la podrían quizá ayudar en su escalada.

Los miró a los ojos a los dos alternativamente y antes de que empezaran a caminar hacia ella, se puso a correr como una desesperada hacia su izquierda, ascendiendo por la montaña. El otro sacó rápidamente su pistola pero el de la americana marrón le gritó que la guardara y que la persiguiera.

—¿No querrás matarla de un disparo? —exclamó—. Cógela.

Julia subió a toda prisa pisando los matorrales. Las piedras caían hacía bajo y pretendía llegar a los árboles pero la pendiente era mucha y la ralentizaba. El bombeo de sangre le golpeaba en el cuello. Se puso la mano en el bolsillo y palpó su móvil. «Si pudiera llamar sin que me vieran…», pensó. Lo sacó del bolsillo y se lo puso por delante del cuerpo, para que pasara desapercibido a sus perseguidores mientras corría. Ascendía como un galgo.

Miró hacia atrás mientras el corazón le golpeaba el pecho como una bomba de relojería. El otro la seguía más o menos a corta distancia y el de la americana iba algo más rezagado.

Se puso detrás del tronco del árbol y respiró hondo, tenía unos segundos. Desbloqueó el teléfono rápidamente y le dio al botón de rellamada de los teléfonos recientes. El teléfono marcó el número de Teresa. Julia miró a hacia atrás y su perseguidor se acercaba.

—Me van a matar —exclamó en voz muy baja al contestador automático.

Oyó cómo resbalaban piedras hacia el acantilado con las fuertes pisadas del otro hombre, que iba acercándose a ella y tuvo que colgar. Al menos ya le había dado el encargo.

Se giró hacia él mientras cerraba el móvil y se lo guardaba en el bolsillo intentando que no la viera usarlo. Ya estaba realmente muy cerca y salió disparada hacia arriba.

Una mano la cogió de la chaqueta y la tiró al suelo. Julia peleó y hasta consiguió darle una patada al otro en la pierna antes de caerse.

—No le pegues en la cara —chilló el de la americana marrón al ver que el otro ya la había cogido—. Espera a que yo llegue.

El otro hombre la levantó en vilo y la aprisionó poniéndole los brazos hacia atrás. Julia se movía y daba patadas al aire y dejaba caer todo su peso sobre los fuertes brazos que la agarraban.

Mientras estaba inmovilizada, de pronto, tuvo una visión de su amigo Sergio Carrasco en su casa. Recordó cómo lo sorprendió mirando entre sus papeles y con el ratón del ordenador en la mano. «Así que era él el traidor», pensó. Sergio disimuló al verla entrar en la habitación con un vaso de ginebra con hielo en las manos... «Menudo desorden tienes de papeles», le dijo riendo y, como siempre era muy curioso y le revisaba todo, pues ella no sospechó en ese momento.

El de la americana marrón llegó hasta ellos y la miró con un cierto descaro.

—Lástima que no pueda violarte —exclamó—. Realmente estás muy buena...

Julia le escupió en la cara.

—Maldita capulla —gritó limpiándose la saliva que se le había estampado en la mejilla.

Agarró una piedra del suelo y le golpeó con ella en la cabeza, entre la frente y la sien. El golpe fue muy fuerte, definitivo. El de la americana marrón le pegó con todas sus fuerzas abriéndole un boquete en la parte lateral de la frente, sobre la oreja. Julia empezó a sangrar, se cayó al suelo y empezó a moverse con convulsiones. El de la americana marrón se puso en cuclillas junto a ella y la observó. Le movió la cabeza hasta que tuvo la herida a la vista y la volvió a golpear en el mismo sitio. Julia respiró entrecortada varias veces, como si quisiera darse ánimos hasta que dejó de hacerlo. La sangre le salía a borbotones hasta que dejó de moverse.

La cogieron entre los dos, el otro por los hombros y el de la americana marrón con una mano por las piernas y la llevaron hasta la parte superior de las rocas. La balancearon y la tiraron al mar. El cuerpo de Julia chocó en dos ocasiones con rocas que salían hasta que se hundió. Tardó varios minutos en desaparecer y los dos hombres comprobaron que no saliera flotando.

—Esta tía ya no podrá investigar nada más sobre nuestro teniente —le dijo su ayudante a Carmelo—. Sólo falta eliminar los datos de su ordenador.

—De eso se encarga en estos momentos Sergio y su amigo informático —le respondió Carmelo—. Tiene la llave de su piso y eliminará su disco duro, las posibles copias y todos los documentos. No hay que dejar cabos sueltos.

—¿Y el profesor irlandés?

—No te preocupes de lo que no te incumbe y vayamos rápido —le ordenó Carmelo—. De eso ya se ocupan otros.

El secretario personal del financiero Raimundo Ramírez le dijo que ya había comunicado sus datos a sus contactos en el extranjero. Al cabo de dos días fue atropellado el profesor al salir de su casa por una motocicleta que se dio a la fuga. Una muerte limpia que dio con su cabeza en el bordillo y le quitó la vida en el acto. Convenía que fueran muertes accidentales o suicidios para no levantar sospechas ni abrir investigaciones incómodas. Convenía cerrar el caso definitivamente sin implicaciones molestas.

Borraron las señales de lucha y Carmelo Fernández tiró la piedra asesina al mar. Luego cogieron el coche y se lo devolvieron a Sergio Carrasco que salió de la casa de Julia con el rostro sonriente. Sólo faltaban los testigos falsos que iban a declarar que Julia se había tirado voluntariamente al mar suicidándose. Una gran pérdida.

Con la voz gravada del mensaje de Julia en el teléfono de Teresa, las dos amigas supieron que no fue un suicidio y que Julia había sido asesinada. Supusieron que fue el asesino de su madre ya que estaba allí y les rondaba. No sospecharon de Sergio Carrasco ni de su implicación en el caso. Por la cabeza destrozada y por cómo vieron el cadáver al ser rescatado de las aguas supieron que fue brutalmente asesinada.

Cristina y Teresa decidieron no esperar más y se implicaron definitivamente en el grupo Hijos del trueno. Con Sergio Carrasco y luego con Jacqueline iban a formar entre los tres una célula muy compacta durante los siguientes cuatro años.

Séptima parte:
Port de la Selva, noviembre de 2018

Capítulo 48

Soy Enrique Aguilar y recuerdo que aquella tarde de noviembre del 2018, salí del despacho del notario de Llançà con una gran sensación de fracaso. Eran algo más de las seis y el notario me había entregado la fatídica carta de mi amiga Cristina que realmente me indignó. Habíamos tirado por la mañana sus cenizas al mar y, de haberlo sabido, quizá no hubiera venido desde tan lejos al encuentro de mis fallidos recuerdos. No sé que clase de respuesta buscaba pero fuera la que fuese no me había satisfecho. Todo aquello me sobrepasaba y ya estaba hasta las narices de intentar comprender lo incomprensible. Aquella fatídica tarde era la culminación de un angustioso proceso que arrastraba desde cuatro años atrás, cuando emprendimos juntos un viaje que no llegó a ningún puerto y tuvimos que recomponernos cada uno a su manera y sobre la marcha.

No entendía como no me había dado cuenta de nada de lo que pasó ni de la actitud de las personas más cercanas a mí. Todo mi alrededor se derrumbaba y no sabía realmente a qué atenerme. Me pasó por la cabeza largarme de allí y regresar a Londres sin ni siquiera decírselo a Teresa. A ver si de esa manera conseguía que se sincerase conmigo y que me explicase alguna cosa pero no lo hice. Además, tampoco me apetecía ir a casa de Jacqueline y aguantar una conversación sobre Cristina y sus hazañas después de leer su carta y de saberme engañado por ella. Estaba aterrorizado con lo que se me venía encima e intuía que podían pasar cosas que quizá no podría controlar.

«¿Enrique Aguilar?», me había preguntado la recepcionista del notario después de hacerme esperar más de media hora, «sígame hasta la sala de juntas sin entretenerse, por favor. El señor notario está ocupado y tiene mucha prisa».

El pueblo de Llançà era muy inhóspito en esa época del año, el viento de Tramontana azotaba el Empordà y elevaba en torbellino las hojas de los árboles contra los pocos transeúntes que pasábamos por sus calles. Recuerdo que me encontraba incómodo luchando contra los miles de proyectiles dirigidos contra mí. Caminé unos cuantos metros con dificultad protegiéndome con las manos y agachando la cabeza.

Tres hombres y una mujer vestidos humildemente se me quedaron mirando al pasar. Salían de un comedor social y cerraron la puerta con dificultad y me lanzaron una mirada de odio. Dos policías les obligaron a dirigirse hacia el otro lado.

«Disculpe, señor», me dijo el policía más bajo de los dos.

«Y ustedes circulen —gritó el otro a los cuatro miserables—, no se entretengan y circulen».

Los núcleos de población de pobreza extrema están aislados y viven a parte, recluidos en el fondo de sus guetos. Esos individuos no molestan a la gente. En cambio, los indigentes que conviven con nosotros en nuestras propias calles, que nos miran, que se acercan y que no comprenden nuestro alejamiento, esos sí que son un problema. Son los testigos de que las cosas no funcionan. Nos piden caridad, remueven nuestros contenedores de basura y nos observan impertinentes. A ese tipo de «miserables cercanos» nadie los ve ni nadie quiere oír hablar de ellos. Su propia existencia miserable es una prueba de alta traición al Sistema. Paz y seguridad es la consigna de la buena gente. ¿Acaso no son ellos también buena gente? No pueden serlo porque son las malas hierbas que crecen en todas partes. Y no pueden serlo porque, simplemente, no existen.

Malhumorado, entré en un bar que estaba cerca del despacho de la notaría para protegerme del viento.

«El testamento de Cristina es una causa policial», me había dicho el anodino teniente Benítez recordándome quién mandaba allí y quién daba las órdenes. Reconocí enseguida que mandaba él, ¿quién si no? Sabía que el mensaje de Cristina ya no era mío ni privado. Ese mensaje se había convertido en público. De todos.

No ayudó en nada para su privacidad el silencio del baboso notario que cumplía con su obligación de una manera estúpida y sin sentido. No creo ni que recuerde mi cara ni mi nombre ni mi aspecto ese tal funcionario de prisiones. Ni siquiera pude protestar por su actuación ni emitir una maldita queja. Nada servía para nada en esos momentos. La vida privada se convertía en pública cuando cualquier estamento así lo requiere. Luego, utilizan toda la información en nuestra contra. El poder nos controla con amenazas y miedo. Les dimos el mandato para que decidieran por nosotros y la cagamos. Nos dejamos anular y nos anularon. Su causa no es la nuestra, no somos asesinos ni estafadores ni nos aprovechamos del esfuerzo ni de la miseria de otros. Cuanto más débiles seamos más fuertes se hacen. Queremos vivir para nosotros y ellos nos obligan a vivir para ellos. Pero, ¿quiénes son ellos? Ellos somos todos, eso es lo terrible. Somos nosotros los que formamos parte de nuestra propia vigilancia.

—Ponme un whisky de Malta, camarero —le ordené sentándome en un taburete frente a la barra—. ¿Un Macallan? Perfecto.

Pensé que ese notario era un asqueroso capullo. Tan serio, tan trajeado y tan baboso... Sacaba la lengua al hablar y se humedecía los labios con ella, se estiraba las pieles con los dedos y hablaba casi sin voz. «Es tan sólo un trámite señor Aguilar... ¡Un trámite!» «¿Me enseña su tarjeta de identificación?» «Primero le leeré el mensaje de la señora y después le pondré en conocimiento su testamento...»

«Mi amiga se llamaba Cristina —le dije con desdén—, ¿no puede ni aprenderse de memoria su nombre?»

El notario sólo hacía que pasar y pasar páginas de unas escrituras que tenía sobre la mesa.

Luego entró en la sala el jodido teniente Benítez.

De repente se abrió la puerta y entraron tres policías sin pedir ni siquiera permiso.

—No. No quiero agua con el whisky, camarero —le respondí—. Guárdate tu agua para ti que yo la estoy dejando.

Ese maldito teniente de la policía especial según me dijo, no tuvo ni los cojones de presentarse él solo en el despacho. Eran tres en total y entraron uno detrás de otro, dos tipos uniformados como dos armarios roperos y ese teniente calvo y minúsculo vestido con un traje gris de paisano.

«Nos quedamos con el texto original para analizarlo, señor —me dijo muy seco el teniente—, no se vaya de Port de la Selva sin avisarnos.»

Su mano era fría y huesuda, una mano de muerto que me arrancó la prueba de cuajo.

«Le hacemos una fotocopia y nos quedamos con el original», me ordenó sin contemplaciones.

Me arrancó de las manos el mensaje de Cristina ese maldito teniente de mano fría y huesuda y se quedó tan satisfecho, tan profesional, tan en su puesto. Ahora estoy condenado de por vida a leer el maldito texto de Cristina en una triste fotocopia.

—Una moto, ¿sabes, camarero? Cristina me ha dejado una motocicleta de hace miles de años. ¿Si todavía va? Imagino que sí. Supongo que aún la usaba para desplazarse por el pueblo.

Es la vieja moto de una muerta.

—Es fuerte este whisky, camarero —le dije observando su espalda ordenando las botellas—. Pasa bien pero después te asesina —le insistí—. El whisky, ¿sabe usted? Te asesina de cuajo como asesinaron a mis dos amigas.

Un trago largo y hasta el fondo.

—Estoy hasta los cojones de ellas, camarero… —le dije—. De todas ellas. Siempre mintiendo y siempre tirándome su mierda a la cara.

Por la carta de Cristina me había enterado que no fueron suicidios, al menos eso decía la carta. Ni el de Julia ni el de Cristina lo fueron, el de ninguna de las dos. Hubiera sido demasiado vulgar para las dos *superwomen* «cero-cero-siete» que se hubieran suicidado como tantas otras miserables que se suicidan. No. A ellas las asesinaron como a unas verdaderas heroínas de cómic. Las asesinaron por querer salvar el mundo.

—Ponme otro Macallan, camarero.

Descubrí que no me odiaba. Mi gran amiga Cristina ni siquiera me odiaba. «¡Qué gran suerte para mí!». Simplemente se tiraba a Julia, a mi novia de entonces y fingía normalidad. Simplemente, eran unas magníficas hembras a las que les gustaban las tías, eso es todo. Y yo, sin enterarme. «Julia no estaba enamorada de ti pero te quería mucho», me decía Cristina en su carta. «¡Y tanto que me quería la muy…!». Su espíritu era tan libre que me amaba aunque pensara en otra o en otras y se acostara con todas. Seguro que al besarlas les decía lo mucho que me quería riéndose de mí.

Un sabor áspero me subió por la garganta. El whisky de Malta entraba como un cañonazo y se quedaba dentro como la dinamita. Y explotaba dentro. ¡Boum!

Motivos había, por supuesto. Motivos para no contarme nada, por supuesto que los había y para mantenerme alejado. Seguro que lo hicieron por mi bien, por mi maldito bien, seguro que sí. ¿La razón? Los putos problemas por los que pasó Julia, la pobrecita Julia en ese tiempo, que no se suicidó porque la mataron de la manía que le tenían aquellos malos hombres. Por metomentodo y por solidaria con el mundo, la muy pobrecita, por eso. Descubrió secretos de Estado y la mataron por eso. Y esperaron cuatro años esos malos hombres para rematar la faena matando a mi amiga Cristina por lo que pasó entonces y por lo que ella sabía y yo no.

—No. No quiero otro whisky, camarero. ¿Cuánto es? Quédese con el maldito cambio.

Y, ¿cómo me quedé yo después de todo eso? Consiguieron apartarme, felicidades. Y, ¿todos esos años en los que creí que compartíamos algo? ¿Por qué razón tiraron por tierra todos aquellos años? Nosotros, los de entonces, ya no somos los mismos. Creo que nunca lo fuimos. Estoy convencido de ello.

El notario me pidió la tarjeta de identificación para registrarme, el teniente Benítez también me la exigió y hasta incluyeron un mensaje en mi información encriptada a través de su máquina manual. En la actualidad sólo tenemos una tarjeta que lo clasifica todo. Hemos reducido la burocracia, estupendo. La tarjeta tiene una banda magnética que engloba cualquier información con respecto a nosotros. Cada entidad tiene una clave con acceso restringido a sus atribuciones pero la policía y algunos miembros que nunca se nombran tienen acceso a toda la información. Allí se refleja el carnet de identidad, la cartilla de la Seguridad Social, el permiso de conducir, las tarjetas de crédito, las cuentas corrientes, el currículo, las multas, la trayectoria personal, los amigos y hasta los viajes. Si nos pasamos en algo, nos avisan a través de un mensaje automático a nuestro teléfono móvil, que también está controlado y nos cobran la multa correspondiente de nuestra infracción. Si es algo grave vienen a por nosotros personalmente. Estamos vigilados y eso hace que vivamos siempre pendientes de nuestra conducta y la de los más allegados, vivimos en un estado constante de alerta y de terror. Hay cámaras y radares en todas las esquinas, en los cruces, en los edificios públicos y en los establecimientos comerciales. La tarjeta de identificación produce un ultrasonido que une nuestra imagen con nuestra identidad para ser reconocidos de inmediato a través de las cámaras públicas. Por los móviles saben nuestra posición y nuestros movimientos, tienen acceso a nuestras bases de datos telefónicas y de ordenador, nos controlan en los trabajos, en los locales de ocio y en las carreteras.

Cuando el notario salió de la sala, el teniente le hizo una seña a sus policías y uno salió fuera y el otro se quedó de pie custodiando la puerta por dentro. Yo me quedé sentado en donde estaba y el teniente se sentó frente a mí al otro lado de la mesa.

—¿Desde cuando no veía a Cristina? —me preguntó a bocajarro al sentarse.

Cogí aire y temí un interrogatorio en toda regla.

—Hace algo más de cuatro años —le contesté—. Cuando pasamos el verano de 2014 en el Port y murió nuestra amiga Julia. Después de eso ya no volvimos a vernos ni a hablar nunca más. Yo me fui a Barcelona y después con Teresa a Londres...

—Lo sabemos.

—Entonces, ¿puedo irme? —le pregunté haciendo el gesto de levantarme de la silla.

—¿Prefiere hablar en comisaría y esposado? —me contestó cambiando la cara y poniéndose serio—. Siéntese.

Me senté.

El teniente adelantó su cuerpo hacia mí.

—¿Y no ha mantenido ningún contacto con Cristina desde entonces?

—Claro que no.

El teniente Benítez sacó un pequeño bloc del bolsillo de su americana y pasó las páginas hacia adelante y hacia atrás.

—Hace un año, en octubre del año pasado, ¿no fue usted a Frankfurt?

—Sí. Fuimos con Teresa a dar una conferencia, estuvimos dos días.

Volvió a pasar una nueva hoja de su bloc.

—Y hace unos meses, ¿no estuvieron con Teresa en Amsterdam?

Reflexioné y sí.

—Sí —le contesté.

Puso cara de: «Ve, Señor Aguilar, lo mucho que sé de usted y de su vida?».

—Y el mes pasado —insistió— ¿no estuvo en Madrid por el congreso de economía?

—Sí. Así es.

—¿Y estuvo también Teresa con usted?

Ya me empezaban a fastidiar sus preguntas.

—¿Adonde quiere ir a parar, teniente?

—Soy yo quién interroga, señor Aguilar —me dijo clavando sus ojos en los míos—. Usted tan sólo responda.

Resoplé.

—He respondido correctamente a sus preguntas y le he dicho que realicé esos viajes pero eso usted seguramente ya lo sabe. ¿Sólo me pregunta lo que ya conoce?

—Y, ¿no vio en esos viajes a Cristina ni a Jacqueline en ningún momento? —me preguntó—. ¿No habló nunca con ninguna de las dos?

Nos tienen vigilados de una manera muy sofisticada y luego, cuando no has hecho algo de lo que te acusan, resulta que no tienen la demostración de que no lo hiciste. La pregunta es: «¿Sólo nos vigilan para jodernos?». La respuesta es: «Sí»

—¿Usted cree en las casualidades, señor Aguilar?

Ya estaba cansado del jueguecito de adivinar lo que hice. ¿Acaso el policía me creía un idiota?

—Ahora usted me va a decir que Cristina y Jacqueline —le dije yo— fueron en esas mismas fechas a las mismas ciudades que nosotros, ¿no es así, teniente?

—Exacto.

—Y, si tanto nos vigilan, ¿no puede usted decirme si hablé con ellas o no? Creo que ustedes nos vigilan muy mal por lo que parece, deberían especializarse más, señor.

—No se haga usted el listo señor Aguilar que no impresiona a nadie.

Me estaba acorralando con algo que no hice y hasta yo me sorprendía de mi propia indefensión. Es tal la fuerza del que ejerce su autoridad convertida en poder que hasta te dirige a callejones sin salida con situaciones no ciertas. Hasta dudas de que no seas un peligroso delincuente que necesita ser descubierto y confesarías cualquier cosa.

El nuevo Presidente del Gobierno, don Gabriel Escuadra Martín, un acreditado financiero que fue elegido después de ser Ministro de Economía y Vicepresidente del Gobierno, sale de vez en cuando por la televisión y explica los motivos de tanto control y vigilancia. «Son ni más ni menos por nuestro bien.» Paz y seguridad es la consigna. El propio Gabriel Escuadra, sentado en el sillón de su casa, nos habla al oído a todos nosotros y nos pide paciencia. Es para que vivamos sin miedo, nos dice. Si el Estado vela por nosotros nos sentiremos libres y podremos dedicarnos a trabajar y a velar por nuestras familias. La buena gente quiere trabajar y velar por sus familias. Paz y seguridad es la consigna de la buena gente. Todos los países occidentales se han unido en sus políticas y en conseguir el bien común y la estabilidad a base de vigilancia. Hay menos control en la economía y menos impuestos a los empresarios y más control al resto. Los ajustes públicos a la sanidad y a la enseñanza se compensan con privatizaciones de hospitales y de universidades, hay que premiar la creatividad en los negocios y en el establecimiento de una economía de escala. Está naciendo una sanidad y una enseñanza privadas de calidad que serán el orgullo de las nuevas generaciones, debemos potenciar, educar y cuidar a las personas que conducirán nuestro país hacia adelante. Los elegidos serán superhombres. Los demás, sólo sus súbditos.

En ese momento, entró en la sala de juntas nuestro perseguidor de la mañana, el hombre de la americana marrón cruzada.

—Lo siento Alberto —le dijo al teniente entrando como una exaltación aquel hombre trajeado que nos había perseguido por la carretera hasta Port de la Selva y que luego estaba en el funeral de Cristina charlando dentro del coche con los policías—. ¿Cómo va la declaración? —le preguntó.

—El señor Aguilar se cree más listo que nosotros —respondió con una sonrisa cínica el teniente Benítez.

Nuestro perseguidor se acercó hasta mí y me observó con desprecio.

—Éste es un mierda... Sólo un mierda —me dijo torciendo el labio hacia abajo al hablar—. Un mierda al que le han engañado unas putitas.

—¿Usted qué sabe? —le pregunté confundido.

Sin ni siquiera pestañear me dio una fuerte bofetada que me obligó a girar la cabeza hacia un lado.

—Lo sé todo, imbécil. ¿Te piensas que te necesitamos para leer la estúpida nota de tu amiga? Ya sabemos de sobra lo que pone, capullo.

—¿Entonces...?

—Entonces, ¿qué cosa?

El teniente se levantó, fue hacia mí dando la vuelta a la mesa y apartó al individuo hacia un lado.

—¿Usted no sabía que Teresa se veía con Cristina y Jacqueline en esos viajes?

Mi mundo se derrumbó aunque ya lo sospechaba al preguntármelo el teniente. Lo que no podía comprender era la razón de no habérmelo dicho. Estuve tentado de decirles que sí, que lo sabía, pero hubiera sido peor porque hubiera tenido que inventar lo que se decían y no estaba en esos momentos para demasiadas maniobras creativas.

—No, no lo sabía —les respondí—. Es más, no tuve nunca la conciencia de que Teresa tuviera tiempo de quedar con nadie. Fuimos siempre por trabajo a esos lugares.

—Este tío es idiota —me dijo nuestro perseguidor agarrándome con fuerza del cabello por la nuca y estirando fuerte hasta obligarme a girar la cabeza hacia él—. Escucha, capullo —añadió— ¿no te diste cuenta de que tus queridas bolleras eran unas putas asesinas? ¿Crees que tuvieron tiempo para eso, maricón de mierda?

Lo miré fijamente pero por dentro me derrumbé. Lo miré a los ojos con rabia, con la rabia que sentía contra ellas pero me mantuve firme.

—Este tío me pone de los nervios... —me chilló pegándome una nueva bofetada.

Aguanté el fuerte bofetón sin girarme esta vez, mirándole directamente a los ojos. Quise estar digno y no perder la compostura ni derrumbarme. Quise que se diera cuenta de que yo existía.

—Si lo hubiera sabido las hubiera ayudado —le contesté.

Se hizo un corto silencio en el que creí que iban a castigarme de nuevo pero no.

—No hace falta más —añadió el teniente—. Acabamos de confirmar que usted desconocía sus actividades. Ya se puede ir... señor.

—Y del mensajito de tu amiga, ¿no sabes lo que significa? —me preguntó mi perseguidor agarrándome por la camisa—. ¿Tampoco sabes eso, capullo?

—¿Es un mensaje en clave quiere decir?

—Exacto —me respondió el teniente.

—¿No son ustedes tan listos y sus métodos tan inteligentes? —le contesté mirando fijamente a los ojos de mi perseguidor—. Dígamelo usted si lo sabe, ¿qué significa ese mensaje?

Se volvió a hacer el silencio durante unos segundos.

—Déjalo estar —le ordenó el teniente—. Ya puede irse —me ordenó a mí—. Y recuerde que no puede abandonar Port de la Selva sin mi permiso.

En lugar de levantarme yo se fueron ellos dando un portazo. Mi perseguidor me envió una mirada asesina antes de cruzar la puerta. Me dejaron solo en la sala de juntas hasta que me decidí a irme.

Salí del bar sobre las siete de la tarde con la conciencia de que todo cuadraba y de que yo ahora sabía más de Teresa que ella de mí. Era fácil imaginar el resto. Iba a ser yo quién dirigiera mis pasos en ese momento, ya dominaba la situación. Más o menos quiero decir.

Sobre la acera saqué las dos fotocopias dobladas del bolsillo de atrás del pantalón y el viento casi se las llevó por los aires. Quise darle un último homenaje a mi amiga. Entré en un portal y respiré hondo. Desdoblé las hojas y, apoyado en la pared, me decidí a leer de nuevo la carta fotocopiada intentando captar su verdadera intención.

El texto decía así:

«Querido Enrique,

Quizá pienses que te odio pero es al revés, eres el amigo a quién más he querido y al que he tenido más presente en todo este tiempo hasta hoy. Te ruego que perdones el haberme mantenido tan alejada de ti pero piensa que ha habido motivos muy importantes que así me lo han aconsejado. Cada persona sigue su propio camino y el mío y el tuyo han sido divergentes, sobre todo a partir de la muerte de Julia. No le des más vueltas, ha tenido que ser así. En aquel tiempo yo estaba enamorada de Julia y ella no de mí pero eso no hizo que dejáramos de ser muy buenas amigas. Ya sabes que ella era un espíritu libre y que nunca fue realmente de nadie. Había que dejarla volar y luego recoger los pedazos cuando caía. Ella no estaba enamorada de ti pero te quería mucho, en aquel tiempo no pude decírtelo porque en cierta forma había una competencia entre tú y yo. Lo cierto es que ella estaba enamorada de otra y tampoco le correspondía. Se ve que la nuestra fue una cadena de desencuentros en la que todas sufrimos nuestro dolor en silencio. Teresa siempre estuvo enamorada de ti y tú tampoco le hiciste por aquel entonces ningún caso. Yo fui la que estaba en casa de Julia aquella tarde, con ella, cuando tú llamaste al timbre y quisiste entrar. Fue una lástima, no te esperábamos y nos supo muy mal hacerte sufrir pero no pudimos evitarlo. Estábamos muy tensas en aquellas fechas y necesitábamos estar juntas, comunicarnos y darnos ánimos la una a la otra.

Julia tenía en esa época muchos problemas, todos ajenos a ti, y eso fue en realidad lo que os fue separando poco a poco. Desde luego no se suicidó, fueron a por ella y la mataron. Es algo que no se puede probar pero que es un hecho incuestionable. Se enteró, estudiando los papeles de Wikileaks, que un alto cargo del Ministerio de Interior era uno de los responsables de las brigadas policiales que asesinaban a sangre fría a terroristas y amenazaban a indignados, a miembros de los grupos antiglobalización, antisistema y a políticos independientes. Un terrorismo de Estado más temible porque actuaban con total impunidad y protegidos por su privilegiada posición. Una policía paralela con ramificaciones en todos los países del primer mundo que se relacionaba con los servicios secretos y con las oficinas estatales de información. La persiguieron y sus últimos días fueron muy angustiosos porque temía que la cogieran y sólo quería que todos nosotros nos mantuviéramos al margen. La tiraron a las rocas fingiendo su suicidio y algunos testigos pagados declararon que la vieron lanzarse por su propia voluntad. Las dos compartíamos los mismos ideales y perdimos. Ella en su momento y yo ahora. Ya sabes de sobra la lucha por la justicia y la libertad que emprendimos juntas. Teresa y tú nos acompañasteis al principio, en las acampadas de los Indignados, en las protestas callejeras y luego nosotras nos comprometimos más ampliamente. Descubrieron a Julia entonces y me han descubierto a mí ahora. Son muchos los accidentes provocados por la policía para evitar los trámites legales de las detenciones. Digamos que una mala publicidad les obliga a saltarse las leyes a los mismos que las dictan y a los que deberían velar por su cumplimiento. No remuevas las cosas ni te desesperes, no vale en absoluto la pena. Nada se puede hacer contra lo que parece que no existe.

La vida no es sólo pisto para comer. Sobrevivir es una buena razón para continuar. Y dejo en el notario documentos para ti, mi testamento. Hay uno para entregarte mi motocicleta. Recuerdo lo mucho que la buscabas para estar detrás de mí sentado en el sillín agarrado a mí sobre el asiento. Espero poder descansar en paz. Más de una traidora está entre más de una de mis queridas amigas. Es una suerte tener a Jacqueline conmigo en estos días. Con la dulzura de su cuidado, cuando presiento que me vigilan, sólo ella me ayuda. Te quiero mucho. Recuerdos a Teresa. Al leerme, no estaré viva. Me tranquiliza saber que estoy incluida en vuestros corazones.

Espero que algún día puedas perdonarme».

Recuerdo que cerré la carta y me sentí del todo descolocado. Cojones, lo mucho que habían hecho de escondidas aquellas mujeres. En el fondo las admiraba y me producía dolor que no hubieran confiado en mí.

Me fui a dar una vuelta en coche para reflexionar sobre mi actitud con Teresa a partir de ese momento, iba a jugar un poco con ella hasta conseguir que se sincerase. Ahora sabía más cosas de las que ella pensaba.

Al cabo de un largo rato regresé a casa y me hice el ofendido, me arreglé sin hablarle. Sólo le dije enfadado que me habían entregado la carta de Cristina y observé como Teresa sufría por conocer su contenido. Me preguntó y no quise responderle. «Ya hablaremos después», le dije en actitud de duelo. Ella se interesó insistentemente pero yo sólo le dije un displicente: «Me ha dejado la moto, ¿qué te parece?». Puso mala cara pero al final lo dejó estar. «Ya me lo explicarás cuando te venga en gana», me repuso. Y cogimos el coche y llegamos aquí, a la casa de Jacqueline. Todo parece estar en calma pero sé que la procesión va por dentro y que cualquier detalle puede desencadenar la explosión más espectacular entre nosotros.

Capítulo 49

Son las diez de la noche y estamos Teresa y yo en casa de Jacqueline. El ambiente es acogedor y sugerente. Supongo que la decoración debe ser influencia exclusiva de Jacqueline, no me imagino a Cristina ocupando su tiempo en los menesteres del interiorismo. Una puerta exterior lacada en blanco con un baldón dorado nos ha abierto el paso y, luego, un amplio recibidor con ventanas con cuarterones y una cómoda antigua de cajones de madera nos ha acogido cálidamente.

La casa parece una tienda francesa de decoración, con lámparas de pantalla de color marfil, paredes tapizadas, telas de flores de colores y un suelo de tablas de madera decapada en blanco. Crujen los tablones bajo nuestros pies. Hasta me da un cierto apuro, por lo impecable que está todo, aceptar su jerez, hundirme en el almohadón del sofá y dejar el cerco de humedad al apoyar mi copa sobre la mesa de centro.

Nos levantamos y vamos hasta el comedor.

—A las dos nos encantaba viajar… —nos dice Jacqueline caminando por delante nuestro y girando su cabeza hacia nosotros. Nos da a entender que ya no viajará más sin su Cristina o que, si lo hace, nunca va a ser lo mismo que con ella—. Con lo felices que hemos sido aquí las dos… —nos insiste.

La puesta en escena de Jacqueline me aburre. Lleva un vestido vaporoso de flores azules y amarillas y se ha crepado el cabello a la última moda de los años cincuenta. Me cuesta creer que Cristina se enamorara de una «maruja» así. Me hace hasta risa su estilo clasicón y su falsa elegancia. Nosotros vamos vestidos informales, vaqueros y camisa oscura yo y falda de cuero, medias negras y camiseta de licra Teresa.

—Bueno, tú ya sabes lo mucho que le atraía a Cristina viajar… —le dice a Teresa buscando su complicidad.

No sé porqué ha de saberlo pero en fin, debe ser una estrategia de Jacqueline el poner a Teresa contra las cuerdas.

—Le gustaba viajar como a todos nosotros —le contesta Teresa de forma automática—. Supongo que como a todo el mundo.

—Cristina era especial en eso, ¿no te parece?

Al sentarnos a la mesa se crea entre nosotros una cierta tensión.

—Sí, la conocíamos bien —responde Teresa de inmediato—. Los dos —insiste—. Pero de eso hace ya mucho, ¿no es así Enrique?

—Sí, hace mucho —les digo.

La verdad es que no recuerdo que a Cristina le cautivara especialmente viajar.

La zona del comedor donde estamos sentados está tres escalones por encima del salón. Nos separa una barandilla de barrotes de madera lacados en blanco y la visión allá abajo de los sillones, el sofá y las estanterías.

Jacqueline está sentada en la presidencia de la mesa dando la espalda a la puerta basculante de la cocina. Lo tiene fácil para levantarse e ir a buscar o a recoger los platos. Insistimos en ayudarla pero no nos deja ni intentarlo.

—¿Sois o no sois «mis invitados»? —nos dice.

Señala con énfasis lo de «mis invitados» para que no tengamos la tentación de sentirnos como en casa. Tampoco la tenemos, al revés, si no fuera porque quiero ver el despacho en el que trabajaba Cristina ya me habría ido hace rato.

—Para mí es imprescindible la organización —nos explica—. Cristina iba más a su aire, era más artista desde luego. Desordenada quiero decir… Impulsiva. Yo llevaba el peso de la casa y las obligaciones, la decoración, los pagos y el día a día…

«¿Lo ves? —pienso para mí—, ¿ves como era ella quién decoraba la casa?»

—Yo organizaba hasta sus viajes… —continua—. Le encantaba viajar. Sobre todo viajes cortos, de dos o tres días. Al principio, iba sola. Al final, conseguí acompañarla cuando ya confió del todo en mí. Era muy celosa de sus cosas.

—Como tú —le digo a Teresa.

—Es normal proteger el pequeño mundo de cada una —me responde sin mirarme.

—El último viaje que hicimos juntas fue a Madrid —dice Jacqueline mirando a Teresa de forma directa, descarada—, los primeros días de Octubre… —intenta añadir: «¿recuerdas, Teresa?», pero Teresa no le deja acabar.

—Es extraño que en menos de un mes ya no esté aquí contigo, ¿no es así? —le responde.

Pero Jacqueline sigue en el viaje a Madrid.

—Fue algo terrible —nos dice—. Entramos con Cristina en el gueto de Vallecas y un poco más y no salimos con vida —hace una pausa y continua—. Una cola interminable de gente ante un ambulatorio asqueroso o frente a un local social sin luz y peleándose, niños enfermos por la calle, obreros sin trabajo, putas en las esquinas… Algo alucinante y terrorífico.

—Nosotros también lo vimos en la Barceloneta y es terrible —le digo—. Parece imposible que nadie haga nada para evitarlo. Nos hemos acostumbrado a ello y ya está.

—Nadie se acostumbra a ello —responde Teresa—. Nosotros estuvimos en Madrid también pero, entre conferencias, contactos y promociones, no salimos del centro. Tú deberías —me dice esta vez a mí— hacer algo más que escribir libros sobre economía. La crisis la padecen los pobres mientras nosotros nos aprovechamos hasta escribiendo de ellos.

Teresa lleva mis asuntos editoriales desde que empecé a vender en el extranjero. Participa en la editorial que edita mis libros y ha sido ella la principal impulsora de mi triunfo editorial. Al llegar juntos a Barcelona, después de la muerte de Julia, nos separamos durante algún tiempo. Al cabo de unos meses recibí por sorpresa una llamada suya. «He cobrado una importante herencia de un familiar lejano y he llegado a acuerdos de colaboración con una gran editorial.» Yo me quedé estupefacto sin saber dónde entraba yo en aquel asunto ni el por qué de compartirlo conmigo. «¿Quieres que estudiemos tus escritos para editarlos a nivel internacional?», añadió. Y así fue como empezaron a editar mis trabajos y a promocionarlos en el extranjero. Después, poco a poco nos fuimos enamorando. Bueno, ella siempre estuvo enamorada de mí según me dijo y yo me dí cuenta un buen día de que también lo estaba de ella. Desde entonces no nos hemos separado más que por los continuos viajes cortos que Teresa hace desde que es una tan importante ejecutiva. Nos casamos, nos trasladamos a Londres y, a través de su influencia, me contrataron en una universidad británica para dar clases. El hijo de Teresa también se casó y vive cerca nuestro, ella le encontró un buen trabajo y se trasladó a Londres hace dos años.

Nos quedamos de nuevo en un incómodo silencio hasta que Teresa lo rompe:

—¿Y cómo fue? —le pregunta a bocajarro a Jacqueline.

—¿La estancia en Madrid?

—No, el suicidio de Cristina.

La palabra *asesinato*, sonó muy intensa en mi cabeza al recordar la nota de Cristina y mi sorpresa de la tarde.

—¿Cómo fue? —insiste Teresa.

Un suicidio es un suicidio y, ¿qué se puede añadir que no sea ni previsible? Con sólo pronunciar la terrible palabra ya queda más que claro lo que puede quedar detrás.

—Hacía unos días que estaba rara y cerrada en sí misma —nos dice poniendo voz de circunstancias—. Unos días estaba exultante y optimista, muy cariñosa y encantadora y, otros, se hundía en el más profundo de los abismos. Yo siempre tenía la angustia de no saber qué actitud iba a tomar ese día conmigo.

—¿Y no dejó ninguna nota? —le pregunta Teresa—. ¿Algo especial para mí?

—En el notario de Llançà dejó un mensaje para Enrique. Lo tienes, ¿no es así?.

—Sí.

Jacqueline tragó saliva y continuó:

—Pues a mí me escribió en una corta nota que iba a tirarse con el coche por los acantilados… Y lo hizo, ¿qué os parece? —añade—. Una mañana cogió el coche y se lanzo al vacío, así de sencillo. El coche se incendió y ni siquiera pude reconocerla, todo el cuerpo quemado y la cara irreconocible. Sólo me ha quedado este anillo, ya os lo dije —y se sacó el anillo del bolsillo y nos los mostró a los dos—. Al final de la nota puso: «Vive por mí» y se fue. ¿Cómo voy a vivir si ella no está conmigo?

Jacqueline empieza a hablar como si nos lo quisiera contar todo de pronto.

—Nos conocimos hace tres años y enseguida supimos que estábamos hechas la una para la otra —nos dice en confidencia acercando su cabeza a la nuestra—. Al menos, yo lo supe de inmediato, con sólo verla. Nos conocimos tomando un aperitivo en mesas contiguas en la terraza del Casino. Ella se dirigió a mí. «Me llamo Cristina», me dijo alargando su mano. Yo la observé y me sentí bien, satisfecha. «Jacqueline», le dije yo sintiendo su mano en la mía. «Soy de París —añadí—, acabo de llegar y me he establecido aquí.» «Lo sé», afirmó ella. Entonces le conté que acababa de llegar para hacerme cargo de esta casa, herencia de una tía solterona hermana de mi madre. Le expliqué que había finalizado una relación y que me sentía muy sola y muy triste. Cristina me apartó con sus dedos el mechón de cabello de la cara —y nos muestra con la mano el final de su flequillo para demostrarlo—. «Espero que ya no vuelvas a estar nunca más triste —me dijo—, yo me encargaré a partir de hoy de tu alegría.»

Teresa me mira con resignación y me hace un gesto con la boca apretando los labios como diciendo: «¡Cálmate, ten paciencia!». «Yo ya tengo paciencia, eres tú la que no la tiene», pienso para mí. Ella está sentada delante de la cortina blanca que cubre la ventana. Yo, como el más absoluto de los autistas, doy la espalda a la baranda y observo distraído las irregularidades del techo del comedor.

—Y, ¿así qué vas a hacer ahora? —le pregunta Jacqueline a Teresa después de otro largo silencio.

—¿Qué voy a hacer? ¿Yo? Pues nada. Lo de siempre... Trabajar.

Jacqueline mira a Teresa, luego me mira a mí y vuelve su vista a Teresa. Debo parecer el tipo más estúpido de todos los seres de la tierra. Inicia una conversación que parece venir de lejos y no puede terminarla nunca. ¿Seré yo la razón que lo impide? Se miran y callan. ¿Qué tiene que ver la muerte de Cristina con la vida de Teresa?

—¿Me vais a contar de una vez lo qué pasa? —les pregunto para no parecer del todo idiota aunque no quiero poner demasiado énfasis a mis palabras.

Jacqueline mira a Teresa y pone una cara absurda, extremamente sorprendida:

—¿Qué no sabe nada de nuestros encuentros?

—Bueno —responde Teresa—. Tenemos que hablarlo más tarde —y saca fuerzas de flaqueza y se sobrepone—. Bueno, los dos deberíamos hablar de cosas pendientes, ¿no es así, Enrique?

Supongo que se refiere a la nota de Cristina.

—Sí —les contesto tranquilo— hay mucho de qué hablar, pero ya lo hablaremos más tarde.

Sin aclarar nada más, me levanto. Le pido permiso a Jacqueline y voy al despacho de Cristina a ver el lugar donde trabajaba.

Las dejo a solas a las dos por si tienen cosas que aclarar también.

Capítulo 50

Dicen que los hombres somos unos seres laboriosos que organizamos nuestro tiempo alrededor del trabajo y las mentiras. Quizá sea cierto. Quizá nos defendemos mintiendo, quizá sí. De todas formas, a veces es agotador tener que justificar acciones o omisiones que muchas veces son lo que son y punto. Dicen que no sabemos expresar nuestros sentimientos y que nos da miedo mostrar nuestra debilidad pero yo creo que el mero hecho de no expresarlos es ya de por sí una manera de hacerlo. Quizá yo tenga algo femenino dentro de mí pero sin duda Teresa, Julia y Cristina tienen o tenían mucho de masculino en sus comportamientos. Ni por asomo explicaban nada de sí mismas y de lo que les movía o repulsaba. Al menos no a mí.

Entro en el despacho de Cristina y enciendo la luz. Todo está muy ordenado y colocado en su sitio. Supongo la presencia de la mano negra de Jacqueline organizándolo todo. Cristina no ponía nunca en orden sus montones de papeles.

Doy un vistazo rápido a mi alrededor, busco en los estantes, sobre la mesa y abro varios cajones. Un montón de fotografías están dentro de un sobre en uno de ellos. ¡Qué casualidad! Le doy vueltas en la mano y las ojeo. Al final, las saco del sobre y las observo detenidamente.

Cuando veo de lo que se trata supongo que Jacqueline las ha dejado a mano para que yo las encuentre. No creo que sea el azar el que me las haya puesto a la vista. Son fotos antiguas de Julia, de Cristina, de Teresa, de Sergio y hasta de mí, instantáneas de la estancia en Port, de la gente que vino a visitarnos por aquellos días, una de Julia, de Cristina y de Teresa juntas, abrazadas con el fondo de una manifestación de indignados detrás. Se las ve contentas y sonriendo, como siempre en aquellos días. Todo el mundo sonreía en aquellas fotos.

De pronto, me quedo helado. En cierta forma me lo esperaba. Ya intuía que iba a pasar algo así. Veo a Cristina, a Jacqueline y a Teresa con Sergio en Madrid en una foto reciente. Los cuatro están en la

Plaza Mayor de Madrid junto a la estatua ecuestre del jinete a caballo. Teresa lleva puesta la blusa negra transparente que se había comprado en Candem Town ese mismo otoño. ¿qué interés puede tener Jacqueline en que yo descubra que se veían? Todo esto me parece casi surrealista.

Me quedo en silencio un buen rato observando la fotografía y luego las estanterías llenas de libros y el blanco de la pared y el cristal de la ventana con la oscuridad detrás. Vuelvo a observar las fotos varias veces y siempre vuelvo a esa de los cuatro en Madrid, cuando fuimos al congreso de economía, en el octubre pasado.

Vuelvo a poner las fotos en el sobre y regreso al salón. Al verme entrar finalizan bruscamente una conversación que parecía hecha de susurros. No les hago caso ni me importa.

—Me voy a casa —le digo a Teresa—. ¿Me das las llaves de la motocicleta? —le pregunto a Jacqueline.

Las busca en un cajón y me las tira.

—Está en el garaje —me dice Jacqueline señalándome la puerta que baja hasta el sótano—. Coge los cascos que están ahí también, a mí no me van las motos.

Levanto la mano y me despido de ellas:

—Hasta luego.

Y bajo al garaje y veo la motocicleta.

La rozo con los dedos y me gusta el contacto metálico del depósito de la gasolina. Me pongo el casco y pongo el otro bajo el sillín. La pongo en marcha con esfuerzo después de intentarlo varias veces hasta que, por fin, lo consigo. Abro por dentro la puerta del garaje y salgo de allí a toda prisa.

Capítulo 51

Estamos Teresa y yo en nuestra habitación. Son las tres de la madrugada y después de un buen rato callados creo que tiene ganas de hablar, no estoy demasiado convencido de querer hacerlo en este momento pero tampoco voy a resistirme. Ha sido una noche muy larga, unos días muy pesados, inacabables. Teresa ha venido en coche de casa de Jacqueline y yo he venido en la motocicleta que me dejó Cristina en herencia. Todo se hace muy difícil, se han acabado los pretextos y toca ya poner las etiquetas con sus nombres a cada cosa.

Me giro hacia Teresa y le pregunto:

—Así que, ¿fuiste amante tú también de Julia?

Sé que fue Cristina la que estuvo con ella aquella tarde pero me ha parecido bien comenzar por ahí.

Teresa se deja caer de golpe en la silla frente al espejo del tocador y respira hondo:

—Ella estaba enamorada de mí, nunca fui su amante. Simplemente fuimos muy buenas amigas…

—¿Y no me lo has podido explicar en todo este tiempo? ¿Pensabas que no lo iba a comprender?

—Yo siempre he estado enamorada de ti.

—Pues vaya forma que tienes de querer.

Muevo la cabeza mostrando desaprobación exagerando quizá un poco teatralmente mi gesto. Voy hasta mi lado de la cama y empiezo a desnudarme.

—Tenía miedo de perderte… —me dice cepillándose el cabello y mirándome fijamente a través del espejo.

—Será más fácil perderme si me mientes…

Me meto en la cama y cierro la luz de mi lado.

He dejado la fotocopia de la carta de Cristina a la vista sobre mi mesita de noche después de habérsela dejado leer a Teresa. La estuvo leyendo varias veces como si se la estuviera aprendiendo de memoria. Se la arranqué de los dedos y la puse sobre el tapete, bajo la lámpara de pantalla.

«Mañana la comentamos», le dije.

Supongo que si la carta encierra algún mensaje oculto debe ser para ella. Ha sido genial la idea de Cristina de enviármela a mí para que yo se la muestre a Teresa sin levantar sospechas. Bueno, ha levantado sospechas sobre mí pero eso supongo que no tiene la menor importancia para ellas.

—¿Qué te escribió Julia en aquella nota que te dio días antes de morir? —le pregunto.

—Me dijo que me quería, que la perseguían y que iba a ser su heredera.

—¿Su heredera?

Entonces Teresa se decide a contarme parte de la historia.

—Esa fue la razón de volvernos a ver con Cristina —me dice sentándose sobre los pies de la cama—. Tú y yo fuimos a Barcelona y perdimos el contacto entre nosotros, luego lo recuperamos, pero eso fue más adelante. Tuve que volver a Port de la Selva a leer el testamento de Julia y allí nos encontramos con Cristina. A ella le dejó dinero, bastante dinero, Julia era muy rica. Y a mí me dejó todo lo demás, la casa, esta casa…

—¿Esta casa es tuya?

—Sí, nos la alquilaron porque Julia se lo ordenó a la administradora de fincas, ya la tenían comprometida ese verano según me dijo.

—¿Por eso la hemos podido alquilar ahora?

—Así es.

Es como si Teresa me estuviera explicando una historia distinta a la que yo viví en aquellos días.

—Me dejó la casa y otras casas, edificios de pisos en alquiler, acciones y una importante participación en una empresa editorial inglesa.

—¿La editorial que edita mis libros?

—Así es.

—¡Vaya por dios!

Me siento en la cama apoyando mi cabeza en el cabezal.

—En la nota de aquella noche, Julia me dijo también que cuidara de ti: «No se merece el daño que le hemos hecho», me dijo girándose hacia mí.

—¿Y tú decidiste cuidarme como una promesa a una difunta?

Teresa se levanta y va hasta su lado de la cama.

—Regresé a Barcelona y me puse en contacto contigo. El resto ya lo sabes…

—No. No lo sé. Creo que ya no sé nada de nada de ti.

Teresa se empieza a desnudar.

—¿Y cómo fue que os seguisteis viendo durante cuatro años sin decirme nada? —le pregunto dándole la espalda.

—Pensamos que era mejor no decírtelo. Yo iba a ayudarte, a editarte. Creí que sería mejor que no te enteraras. Eres tan orgulloso… Hubieras rechazado mi protección.

—Por supuesto que sí.

—Pues por eso mismo. Si hubieras sabido que me veía con Cristina hubieras atado cabos o me hubieras obligado a explicarme…

—¡Qué miedo te doy…! ¿No es así?

Teresa se mete en la cama.

—Nos fuimos viendo con Cristina cada vez menos hasta que coincidimos una vez en Berlín hace unos dos años. Me presentó a Jacqueline y nos hemos visto a menudo en los últimos tiempos.

—Sin decirme nada.

—Sin decirte nada… Así es.

Me acaricia alargando su mano hacia mí por dentro de las sábanas.

—Anda —me dice— no te enfades.

—No es cuestión de no enfadarse o de perdonar —le digo totalmente sin norte—. Es cuestión de comprender, de entenderlo.

Aparto su mano y me vuelvo a tapar con la sábana.

—¿Pero si muchos de tus viajes los hacíamos juntos, cómo pudiste llevarlo tan en secreto?

—Fue muy fácil —me dice con la voz muy baja—, yo tenía muchos compromisos de trabajo y tú nunca querías venir. Te quedabas en la habitación del hotel haciendo ver que escribías…

—Bien, durmamos —le insinúo—. ¿Apagas la luz?

—¿No quieres hablar más de ello?

—No. Hablaremos mañana —le digo con voz firme.

—Pues hasta mañana.

Y Teresa apaga la luz y la habitación se queda totalmente a oscuras.

He dejado el mensaje de Cristina en mi mesita y pienso estar atento toda la noche. Supongo que Teresa se levantará y lo volverá a leer e intentará descifrarlo si no lo ha hecho ya.

Va a ser una noche muy larga.

CAPÍTULO 52

Me despierto sobresaltado y miró el reloj, aún no son las ocho de la mañana. Me he ido despertando a ratos durante toda la noche pero no he podido ver si Teresa ha cogido la carta. Me giro hacia ella y no está. ¡Maldita sea! Me giro hacia la mesita de noche y tampoco está la carta. El corazón me da golpes muy fuertes en el pecho. Me levanto sin hacer ruido y voy hasta la puerta de la habitación que está cerrada, no creo haberla cerrado al irnos a la cama. La abro y observo la casa, no se oye ningún ruido. La luz suave del sol entra por las rendijas de las persianas.

Oigo cerrar la tapa de la basura y casi me da un pasmo. Entorno con rapidez la puerta de mi habitación y espero. Oigo a Teresa salir de la cocina y caminar por el pasillo hasta el recibidor. Luego, abre la puerta de la calle girando la llave intentando no hacer ruido y sale al jardín, la oigo caminar por la grava.

Voy descalzo hasta la cocina y abro el cubo de la basura. Rebusco y descubro unos papeles rotos entre los pocos restos. Intento averiguar lo que pone en ellos. Los uno sobre el mármol. Es una cuartilla blanca escrita con bolígrafo y rota en pedazos. Los recompongo.

Ha copiado el penúltimo párrafo de la carta de Cristina —el último antes de la línea de despedida— y ha subrayado unas palabras, las ha subrayado en el texto una vez transcrito. Debe ser el mensaje. Intento averiguar la clave. Ha subrayado una de cada cinco palabras empezando por el final. Ese debe ser el código secreto entre ellas, el mensaje cifrado que le ha enviado Cristina a través mío.

El texto reproducido de ese párrafo copiado de su puño y letra con las palabras subrayadas es el siguiente:

«*La* vida no es sólo *pisto* para comer. Sobrevivir es *una* buena razón para continuar. *Y* dejo en el notario *documentos* para ti, mi testamento. *Hay* uno para entregarte mi *motocicleta*. Recuerdo lo mucho que *la* buscabas para estar detrás *de* mí sentado en el *sillín* agarrado a mí sobre *el* asiento. Espero poder descansar *en* paz. Más de una *traidora* está entre más de *una* de mis queridas amigas. *Es* una suerte tener a *Jacqueline* conmigo en estos días. *Con* la dulzura de su *cuidado,* cuando presiento que me *vigilan,* sólo ella me ayuda. *Te* quiero mucho. Recuerdos a *Teresa.* Al leerme, no estaré *viva.* Me tranquiliza saber que *estoy* incluida en vuestros corazones».

Todo esto es una locura, me parece imposible que me esté ocurriendo a mí. Me siento un agente secreto de una mala comedia.

Luego la frase en clave formada por una de cada cinco palabras empezando por el final está escrita por ella bajo el texto copiado en medio de la hoja:

«Estoy viva. Teresa, te vigilan. Cuidado con Jacqueline. Es una traidora. En el sillín de la motocicleta hay documentos y una pistola.»

Oigo el ruido de la puerta de la calle y la oigo entrar. Abre la puerta cerrada del despacho y ya no puedo más, no quiero seguir actuando de escondidas. Salgo de la cocina y voy hacia ella con los papeles rotos en mi mano.

—¿Qué haces aquí? —me pregunta sorprendida al verme en la puerta del despacho. Me mira las manos e intenta esconder nerviosa lo que tiene en las suyas.

Tiene un sobre con documentos y una pistola.

Como ve que no los puede esconder los pone sobre la mesa del despacho. La pistola oscila hasta que detiene su movimiento.

—Estaban en un doble fondo del sillín de la motocicleta.

—Lo sé —le respondo—. Lo he leído en tu transcripción del mensaje.

Me mantengo firme sin titubear.

—¿No estaba cerrada esta puerta? —le pregunto fijándome en la pequeña habitación— ¿Así que la administradora de fincas te dio al fin las llaves? Bueno —añado— eres la dueña del chiringuito, ¿no es así?

No sé por dónde empezar pero tampoco quiero hacerme el idiota, debe ser ella la que me explique lo que pasa.

—Todo esto tiene una explicación muy sencilla —me dice.

—Lo sé todo —le digo—. Sólo me falta tu versión de los hechos y la quiero. He leído cómo has descifrado el mensaje que te dejó Cristina —y le muestro los trozos de papel que también pongo sobre la mesa— y el teniente de la policía me ha insinuado todo lo demás.

—¿El teniente de la policía?

—Parece que os vigilan desde hace mucho pero sospechaban de mí. No sé lo que saben de vosotras. ¿Cristina está viva realmente?

Teresa me hace un gesto como diciendo: «Lo siento. Debí decírtelo».

—Supongo que sí —me responde.

—Y, ¿he venido de Londres tan sólo para hacer el gilipollas? ¿No te molesta haberme engañado, qué clase de tío crees que soy?

—En realidad —me dice cogiendo aire— ha ido muy bien que no supieras nada de nosotras y de nuestros manejos...

—¿De vuestros manejos?

—Así no has metido la pata ni nos has incriminado.

Hace una pausa y continua.

—Reconozco que de cara a ti ha sido una falta total de confianza, lo sé, pero era la única manera de hacerlo. Lo siento de veras.

Estoy muy cabreado y me siento engañado, traicionado. Ha convertido toda nuestra vida en una gran mentira. Me siento un imbécil. ¿Cómo no he sido capaz de sospechar nada en todo este tiempo?

—Una pistola, ¡por dios! ¿Cómo puedes manejar esas cosas?

Estoy a punto de irme y de dejarla allí plantada pero necesito oír su versión. Quiero que me la explique.

—Vayamos al salón y me lo explicas todo —le digo—. De pe a pa.

—Será un desahogo para mí el decírtelo pero ahora no tengo tiempo —me dice—. Debo irme enseguida.

En el fondo quiero que me suplique y se humille, que se empeñe en convencerme y que me dé las suficientes razones para comprenderla.

—Vamos —le insisto—. Si te vas ahora el que no estaré cuando llegues seré yo.

La observo titubear.

—Sólo unos minutos —le digo.

Y vamos juntos hasta el comedor.

CAPÍTULO 53

La sensación de que todo está dicho y de que todo está aún por decir flota en el ambiente. Es difícil ver a Teresa con actitud sumisa, no estoy acostumbrado a verla así y se me hace raro. Estamos sentados en dos sillas del comedor el uno frente al otro alrededor de la gran mesa que domina las cristaleras que dan sobre la bahía.

Teresa me mira y me habla despacio.

La escucho:

—Todo comenzó en aquel verano —me dice—, cuando estuvimos aquí todos juntos hace cuatro años. La situación política era terrible, habíamos sido rescatados por los bancos europeos y por el Fondo Monetario Internacional y una grave crisis económica se cernía sobre nosotros. Había movimientos de indignados y altercados públicos en contra del endurecimiento de las leyes y de la supresión de los derechos civiles. No sabíamos qué más hacer. Nuestras acciones no servían realmente para nada y estábamos desesperados luchando contra un enemigo poderoso en un callejón sin salida.

—¿Y decidisteis intervenir?

—Así es —me reconoce sin pestañear—. Vino mucha gente de fuera del país a pasar unos días con nosotros, los organizadores del movimiento Hijos del trueno conectaron con Julia y con Sergio y tuvimos con ellos algunas reuniones. Luego, con la muerte de Julia y al encontrarse Cristina con el asesino de su madre, decidimos las dos integrarnos como miembros activos del grupo.

—¿No estaba muerto el asesino de la madre Cristina? —le pregunto.

—Es nuestro perseguidor, el que nos vigilaba ayer por la mañana y nos siguió por la carretera.

—Joder... —le respondo.

—Los acontecimientos violentos marcaban el día a día —sigue Teresa con su discurso— debíamos posicionarnos y...

—¿Y?

—Y nosotras tres, Julia, Cristina y yo, habíamos matado al periodista Evaristo Gutiérrez Cuatro-Vientos en Madrid. Ya no teníamos nada que perder.

Me sorprendo al escucharla y la miro fijamente.

—¿Cómo pudiste no decirme nada entonces? —le pregunto ya del todo fuera de mí.

—Entonces tú estabas como loco por Julia, yo no era nadie para ti. Fue una coincidencia, salíamos de la casa de los padres de David y nos cruzamos con ese cerdo que había insultado públicamente a nuestro amigo recién asesinado. Estábamos rabiosas contra el periodista y contra el mundo en general y no tuvimos freno. Nos pusimos violentas, él sacó su pistola y lo matamos en un forcejeo. Al principio, en defensa propia y después, descargando sobre él toda nuestra ira. Fue algo rápido y cuando nos dimos cuenta ya estaba hecho.

—Es difícil escaparse de una espiral de violencia —le digo—. Una vez entras en ella ya es imposible salir.

Teresa enciende un cigarrillo y se pone a caminar por el comedor.

—Me lo he repetido tantas veces..., Enrique —me habla entrecortada después de aspirar profundamente de su cigarrillo—. El Estado usa la violencia y nos ha acostumbrado a sus fusiles y a sus pistolas... Si nosotras la usamos como último recurso, ¿somos acaso distintas a ellos? Bombardean ciudades enteras, asesinan sin freno, extorsionan y nosotras, ¿no podemos ni quemar un puto contenedor sin que nos acusen de violentos? «Así no se piden las cosas —nos dicen—, así perdéis la razón.» Pues si tenemos razón, ¿porqué no nos la dan sin que tengamos que exigirla? ¿No es un acto violento el negar algo por la fuerza sabiendo que tenemos derecho a tenerlo?

La observo pasear por la habitación como una leona enjaulada y puedo palpar su desasosiego.

—Asesinaron a David, mataron a Julia haciendo ver que fue un suicidio y ahora van detrás de Cristina y de mí. Cristina tuvo que fingir su suicidio para apartarse de ellos. Yo no lo he sabido hasta ahora, con la carta que te entregó el notario y con los documentos que me dejó en la motocicleta. Vi una lancha con su silueta cuando tiramos sus cenizas al mar y me dio un vuelco el corazón. No estaba segura de que era ella pero empecé a sospechar justo en ese momento. Supongo que lo hizo para eso, para avisarme.

Me levanto y voy hacia ella.

—¿Y ahora qué? —le pregunto.

Ella vuelve a la mesa y apaga el cigarrillo en el cenicero bruscamente.

—Ahora debo irme —me dice dejándose caer sobre la silla.

—¿Irte?

—Mi vida sigue, Enrique. Tengo que acabar lo que empecé.

—¿Piensas volver luego conmigo?

—¿Quieres que vuelva?

Me la quedo mirando sin poder responderle mientras se levanta y va hacia el despacho.

Observo la pistola en su mano y el sobre con los documentos cuando vuelve.

—Tengo que matar a Sergio Carrasco —me dice desde la puerta del comedor sin mirarme—. Cristina me dejó escritos que prueban que es un traidor y que participó en el asesinato de Julia. Debo vengarla. Tengo sus horarios y la dirección de la casa donde vive en Barcelona, no en la que nos citó en el gueto de la Barceloneta. Una casa lujosa en Pedralbes, el barrio rico de la ciudad.

—¿Sergio os engañó?

—Desde el principio —me responde sin ánimo—. Fue un topo de la policía desde la misma constitución del grupo, ahora tenemos las pruebas. Incluso nos animó a meternos de lleno y hasta instigó a los fundadores a ser más violentos. Nos encendió para que luego la opinión pública nos crucificara. Fue una estrategia muy bien urdida. Luego Jacqueline se hizo amiga de Cristina para vigilarla cuando empezábamos a sospechar algo raro. Supongo que las insinuaciones de Jacqueline cuando cenamos juntos fueron para averiguar si tú sabías algo de nuestros encuentros y de nuestras actividades.

—Ya me pareció extraña su manera de hablarnos, sí.

—Sergio nos manipulaba —continuó—. Nos pasaban los nombres de los sujetos, sus horarios y costumbres y siempre eran personas que a la policía le interesaba que murieran. Luego nos cargaban el muerto a la organización y públicamente se rasgaban las vestiduras. ¡Unos verdaderos cerdos! Nos utilizaron desde el mismo comienzo. En realidad, les servíamos a ellos sin saberlo.

—Y, ¿te vas a pasar el resto de tu vida matando hasta que te maten a ti?

—Estoy muy cansada, Enrique. Pero debo acabar lo que empecé —me dice—. Es mi deber. Debo matar a Sergio Carrasco y a Carmelo Fernández, el asesino de la madre de Cristina.

—Lo he visto en el notario junto al teniente de la policía. Ellos fueron los que me interrogaron.

—Es un sicario muy peligroso.

Teresa mira por el ventanal antes de darse la vuelta para irse a la calle.

—Cuidado, agáchate —me dice avisándome—. Tenemos compañía.

Observo hacia abajo por la ventana y veo como paran dos coches oscuros en el callejón. Baja Carmelo y un hombre de paisano del primero. Miran hacia atrás y hacen una seña a los ocupantes del segundo coche. Sale de él el chófer, un militar uniformado de los dos que ví en el notario y luego sale el otro, hablando con el pasajero de atrás, que no sale del vehículo. Supongo que dentro está el teniente. Se queda con él el chófer y el otro policía se une a Carmelo y al otro y cruzan la calle hacia nuestra casa.

—Vayámonos rápido, Enrique. Cojamos la motocicleta —me ordena avanzando agachada hasta el pasillo—. Coge tus cosas ya. La moto es vieja y no tiene el chip del control de la ubicación, puede pasar perfectamente desapercibida. Saca la batería del móvil y cógela por si acaso. No quiero que controlen nuestros movimientos.

La obedezco sin titubear y me pongo en marcha. Recogemos algunas cosas rápidamente, la carteras y los documentos de identificación; Teresa, la pistola y algunos papeles del despacho; las chaquetas, los cascos y salimos por detrás de la casa hasta llegar a la motocicleta.

Teresa duda por un momento.

—Nos estarán buscando, debemos estar buscados por todas partes —me dice—. Tira tu tarjeta de identificación, lleva un chip de localización —y los dos las tiramos al suelo.

Me siento un fugitivo sin haber hecho nada malo.

Cogemos la motocicleta y nos dejamos ir por la pendiente trasera sin poner el motor en marcha. Salimos por una pequeña puerta del jardín que da a un estrecho camino camuflado por unos arbustos. Ya no me sorprendo de nada. Los apartamos y empujamos entre los dos la motocicleta por una ligera subida. La casa queda detrás nuestro. Luego nos dejamos caer cuesta abajo y encendemos el motor aprovechando la velocidad de la bajada. Luego, Teresa acelera la motocicleta y salimos pitando.

—Por allí, son ellos —oímos chillar a lo lejos.

—Cabrones de mierda...

—Cobardes —nos gritan.

Suenan unos disparos y, cuando doblamos el camino junto a un árbol, se incrustan en su tronco unos impactos que hacen saltar por los aires pedazos de corcho. Nos escapamos de milagro. Derrapando en la tierra salimos de la siguiente curva y nos adentramos en el bosque. Por ahora estamos salvados, parece difícil que puedan seguirnos por aquí.

Al cabo de un rato, salimos a la carretera por un cruce que sale directo al pueblo de Selva de Mar, a unos tres kilómetros de Port de la Selva. Llegamos hasta las escuelas y damos la vuelta por el parking de cemento. El corazón me va a mil por hora. Debo tranquilizarme. Salimos del aparcamiento. Al llegar a Port, giramos por la primera calle a la derecha y lo atravesamos. Pasamos los hoteles, los carteles viejos de las fachadas de las casas con: «Se vende» o «Se alquila», el supermercado y la parada de taxis. No hay nadie por las calles.

Resoplo cuando cogemos la estrecha carretera nacional que asciende por la montaña y va hacia Barcelona.

CAPÍTULO 54

Estamos ya en Barcelona cerca de la casa de Sergio Carrasco. Después de recorrer desde Girona las carreteras secundarias, aparcamos la motocicleta en un pequeño parking familiar que carece de radares conectados con la policía. El dueño conoce a Teresa y se han saludado cordialmente. Estuvieron hablando a solas durante bastante rato y luego él le entregó algunas cosas que ella guardó en su mochila.

Esperamos a que anochezca dentro del aparcamiento y salimos a pie sobre la una de la madrugada.

—Quédate aquí y espérame a que vuelva —me ordenó Teresa antes de salir a la calle—. Mi amigo cuidará de ti.

—Ni hablar —le contesté—. Voy contigo.

—Será peligroso y pueden ficharte con las cámaras.

—No me importa. No pienso separarme de ti.

Y salimos a la calle.

Teresa lleva la mochila negra en la espalda, caminamos por callejones vigilando a ambos lados y evitando los radares de las esquinas. Como no llevamos tarjeta de identificación los ultrasonidos de la banda magnética no nos delatan.

Pasa por delante nuestro un coche de policía muy despacio. Lo hemos visto a lo lejos y nos escondemos en un portal. Al alejarse salimos a toda prisa en dirección contraria. No quiero ni pensar en el lío en el que me estoy metiendo acompañando a Teresa a casa de Sergio. La sensación de peligro está latente a cada momento pero no quiero ni pensar en ella. Si me lo planteo me pongo a temblar pero si me dejo ir y no me obsesiono hasta parece que esté haciendo algo importante. Al menos, camino. La adrenalina me guía y me emborracha. He estado demasiado tiempo encerrado en mi burbuja y tampoco valía tanto la pena mi vida dentro de ella. La inercia de los acontecimientos me empuja a seguir adelante y no quiero ni reflexionar sobre ello. Estoy aquí, con Teresa y creo que hago lo que debo, con eso me basta.

—Un momento —me dice Teresa protegiéndome con la mano extendida—. Es allí —y me señala una casa aislada en medio de una manzana.

La zona lujosa de Pedralbes tiene edificios bajos, casa adosadas y casas aisladas con jardines alrededor.

Teresa saca los planos de la mochila y los consulta con una pequeña linterna que se pone en la boca.

—Entraremos por la puerta de la cocina —me dice.

Nos acercamos y nos ponemos de cuclillas detrás de un coche aparcado. Luego, Teresa saca un aparato metálico de la bolsa, lo enciende y lo enfoca a una cámara de radar que está instalada en la esquina del muro. El aparato hace girar sobre sí mismo al radar y lo dirige hacia otro lado.

—Ahora —me ordena después de mirar a derecha e izquierda.

Corremos hasta la valla blanca de barrotes de hierro y la saltamos. Luego, corremos por el césped hasta la casa.

Caminamos unos metros junto a la pared y doblamos la esquina muy despacio.

—Cuidado —me dice señalando una pequeña garita de vigilancia—. Ten —me dice alargándome una pequeña pistola muy ligera—. ¿Te atreverás a disparar si llega el caso?

Al coger la pistola me tiembla todo el cuerpo. No le quiero dar importancia pero ahí está. La agarro sin escandalizarme pero estoy desencajado, temblando.

—Si es para defenderte, dispararé —le digo no muy seguro de mis palabras.

—Gracias —me dice dándome un beso rápido en la boca—. Guárdatela en el bolsillo. Es sólo por si acaso, yo cuidaré de ti.

—Está bien.

Vuelve a sacar el aparato metálico de la bolsa y enfoca los radares de la caseta hacia el exterior. Se ve la silueta de un hombre sentado dentro.

—Cuando yo esté detrás de la puerta de la garita, tú te levantas y haces ruido para llamar su atención —me dice poniendo el silenciador en su pistola.

Teresa se agacha, va hasta la garita a cuatro patas y se estira en el suelo de hierba tras la puerta.

Me levanto y camino hacia ellos haciéndome el despistado.

El hombre de la garita me ve y se levanta también, se pone la gorra y abre la puerta. Es un policía uniformado.

—¿A dónde va usted? —me grita sacando su pistola de la funda.

Teresa no le da tiempo a que haga nada más y le dispara desde el suelo.

Se oye un ruido seco y el vigilante cae de bruces sobre el césped dejando caer también su pistola.

Teresa se levanta rápidamente y me señala la puerta de la cocina con la mano.

—Antes, ayúdame —me ordena.

Metemos entre los dos el cuerpo del vigilante dentro de la cabina y Teresa manipula en los paneles.

—He desconectado la alarma —me dice.

Luego, cierra la puerta, coge del suelo la pistola del policía, se la guarda en un doble bolsillo del pantalón entre las ingles y vamos hacia la puerta de la cocina a toda prisa.

Abre la puerta con la ayuda de unas herramientas que saca de su mochila y luego coge de dentro un trozo de carne envuelto en papel de estraza. Lo desenvuelve y lo coge entre los dedos.

—Eh, perrito —dice en voz baja.

Al oírlo llegar lo tira dentro y entorna la puerta sin entrar.

—Es para el perro —me dice.

Se oye el ruido de un perro que llega hasta la puerta. Un pequeño ladrido. Otro ladrido y lo escucho comer con ansia. Luego, esperamos unos minutos y ya no se oye nada más.

Entramos con dificultad apartando el cuerpo del perro tendido sobre el suelo de la cocina y cerramos la puerta tras nosotros.

Entramos a oscuras hasta el recibidor. Teresa saca de nuevo el plano de la casa y lo observa iluminado con su linterna. Después, lo cierra y subimos por la escalera. La luz del exterior nos ilumina a través de las muchas cristaleras.

Andamos por el pasillo del primer piso y Teresa cuenta las puertas. «La uno..., la dos..., la tres...»

—Es esta —me dice señalando la puerta cerrada lacada en blanco.

Enfoca con la linterna la puerta y el picaporte.

—Abre tú, apártate después y déjame pasar primero.

—De acuerdo —le respondo.

Coge la pistola con una mano y la linterna en la otra. La mochila la deja apoyada en el suelo del pasillo junto a la puerta de la habitación. Yo cojo con la dos manos el pomo y me preparo para abrir de golpe.

Cojo aire y... abro.

Todo ocurre en un visto y no visto.

Abro la puerta y la empujo hacia dentro, Teresa entra decidida y enfoca la cama con la linterna y apunta a los cuerpos dormidos, se ven dos bultos tapados por las mantas. Yo entro detrás suyo y me pongo a su lado.

Los golpes de mi corazón creo que se oyen por todo el planeta.

CAPÍTULO 55

La vida tiene golpes escondidos. De hecho, eso es lo que la hace tan imprevisible e incluso tan emocionante. O terrible, algunas veces. Yo mismo, jamás hubiera pensado en que iba a tener una pistola escondida en el bolsillo del pantalón, aunque fuera minúscula, o que iba a estar encañonado por Sergio Carrasco y Jacqueline en el salón de su casa. Teresa y yo estamos de pie y a su merced elucubrando sobre las posibles consecuencias de haber sido cogidos in fraganti después de intentar fallidamente asesinarlos. Nos han golpeado y estamos magullados, no se puede decir que hayamos avanzado demasiado en nuestro propósito de arreglar el mundo.

Jacqueline está sentada en una silla apuntándonos y Sergio Carrasco está junto a nosotros.

—Manteneros en pie —nos ordena Sergio poniendo el cañón de su pistola en la sien de Teresa—. No os pienso dejar ni descansar, capullos.

Sergio da unos pasos atrás y saca su teléfono móvil del bolsillo.

—No los pierdas de vista, Jacqueline —le dice mientras marca los números y se aparta un poco de nosotros—. Voy a ver que coño le pasa a Carmelo, a ver si nos va a tener aquí toda la noche esperando.

Son cosas con las que no cuentas cuando imaginas en lo que va a consistir tu vida. Sabes que hay que luchar, que no todo es tan fácil como creíste en un principio pero de ahí a verte abatido y sin escapatoria posible, va un verdadero abismo. Los acontecimientos se han precipitado muy rápidamente. De hecho, toda mi vida ha transcurrido rápida y aún no sé lo que la ha torcido ni cuándo se produjo la fatal inflexión. Formo parte de la sociedad que odio y me odio a mí mismo por formar parte de una sociedad tan injusta. Mis amigas y hasta mi mujer luchan cada día contra esta situación de injusticia y ni me han invitado a unirme a ellas, así es como me ven: un cobarde. Cuando crees que es imposible hacer nada, te parece que lo mejor es meterte en tu cascarón y dejar que pase la vida lo más lejos que pueda de ti. Es difícil abrir los ojos y mirar cuando estás ciego. Comprender lo que pasa es fundamental, hay que ser valiente para no negar la evidencia. ¿Te importa lo que pasa, sufres con el dolor que te rodea, no soportas ser manipulado, conducido, explotado y humillado? Pues, ¿qué haces? Hay suicidios que han sido asesinatos, muertes que se declararon suicidios, accidentes provocados, leyes para oprimir, bombas, cárceles, genocidios, dinero para esclavizar y desapariciones que fueron muertes premeditadas. ¿No vas a hacer nada tampoco? Hubo injusticias que me obligaron a girar una y mil veces la cabeza a los lados hasta no tener un lado limpio a dónde mirar. Ahora estoy aquí, vencido y sin salida, pero es cuando más consciente soy de mi poder, de mi fuerza. Sale de mi interior una ira tremenda que no tiene límites, no voy a permitir que esto siga así. En absoluto. No voy a desaprovechar mis impulsos ni mi fuerza. No van a doblegarme.

Cuando entramos en la habitación, Teresa enfocó su linterna sobre los dos cuerpos que creía dormidos. Entonces nos sorprendió la luz que se encendió de pronto y alguien nos golpeó por detrás dejándonos sin sentido. Luego, nos despertamos sobre la moqueta del suelo y nos hicieron levantarnos:

—Poneros en pie, gandules —nos ordenó Sergio Carrasco—. ¿Creíais que nos ibais a sorprender? Sois unos estúpidos —y le pegó una patada a Teresa en el estómago.

Teresa se retorció pero se levantó con la mirada fija puesta en él.

A mí me dolía mucho la nuca y me levanté con mucho esfuerzo.

Jacqueline nos apuntaba con dos pistolas, la suya y la de Teresa que supongo dejó caer cuando nos abatieron. Nos estaban esperando e hicieron la pantomima de poner unas almohadas bajo las sábanas y esconderse en el armario que estaba enfrente. Al entrar, nos pusimos de espaldas a ellos sin saberlo, salieron del armario y aprovecharon para sorprendernos.

Luego, a punta de pistola nos obligaron a bajar hasta el salón y ahora estamos aquí.

—Voy a la puerta a abrir a Carmelo —le dice Sergio a Jacqueline—. No los pierdas de vista. Sobre todo a Teresa. Carmelo me ha dicho que ya están cerca.

Sergio sale del salón, va hasta el recibidor y se pone tras la puerta a mirar a la calle.

Jacqueline se levanta de la silla y nos apunta con las dos pistolas.

—Eres una traidora, Jacqueline —le dice Teresa secándose el sudor de la cara con la mano y mirándola con odio—. Has estado conviviendo con Cristina y no has dudado en traicionarla ni en traicionarnos a todas.

Jacqueline se acerca a Teresa y le da un revés con la pistola en la cara.

Teresa gira la cabeza y hace un gesto de dolor. Se le hincha la mejilla y tiene una pequeña herida.

—¿Y tú que sabes de mí? —le pregunta Jacqueline dando unos pasos hacia atrás—. Me daba asco su cuerpo y no la soportaba. ¿Crees que no me gustaría pegarte un tiro aquí mismo, puta? Pero ya llegará tu hora. No sabes nada de mí ni de Sergio ni de nuestra lucha contra los malditos terroristas.

—Vosotros sois los terroristas —le contesta Teresa—. Asesinos y terroristas con el poder detrás vuestro.

—Tú cállate de una vez —le ordena Sergio a Teresa volviendo de la puerta con cara de fastidio—. Pudiste ser lista y venirte conmigo pero no quisiste. No te dio la real gana, eres demasiado orgullosa y tonta. Escogiste perder, eres una puta perdedora.

—Fuiste tú quién te aprovechaste de nosotras. Sustituiste a Evaristo Gutiérrez al frente de la comunicación del Estado y te beneficiaste de su muerte. Nosotras te abrimos el camino del éxito matando a ese cerdo periodista. Pero supongo que otro cerdo peor ocupó su puesto.

—Yo quise compartir mi triunfo contigo, te propuse estar a mi lado y vivir conmigo y me rechazaste.

—¿Contigo? Ni muerta —le contesta Teresa escupiéndole a la cara.

Sergio se vuelve hacia mí limpiándose la cara con la mano.

—¿Ya sabes que tu queridita esposa se acostó varias veces conmigo y se corría de placer y se fue contigo tan sólo por puta pena?

Me lo quedo mirando con condescendencia.

—Nada de lo que me digas me pondrá en contra de Teresa —le digo.

Se oyen chirridos de ruedas y el ruido de unos coches que llegan a toda velocidad y frenan de golpe en la calle.

—Ya están aquí —dice Sergio yendo hacia la puerta.

Veo como Teresa hace gestos de dolor y se aprieta el estómago con al mano. Se encorva ostensiblemente. Observo su mano derecha desplazarse por su pantalón hasta su ingle. Me mira y suspira. Ahora o nunca, parecen decirme sus ojos.

Respiro fuerte de forma entrecortada, cojo aire y me dejo caer como si tuviera un desmayo. Parezco perder el conocimiento en medio de una crisis de ansiedad.

—¿Qué haces? Levántate —me ordena Jacqueline dirigiendo sus pistolas en mi dirección.

Teresa coge rápidamente la pistola del vigilante que guardaba en el doble bolsillo del pantalón, se tira al suelo y le dispara a Jacqueline en la cabeza. El tiro entra limpio en la frente y Jacqueline se detiene, todo su cuerpo queda detenido. Del agujero empieza a salir un fluido espeso y granate mientras deja caer al suelo las dos pistolas que rebotan sobre el parquet. Se desploma y cae.

—Jacqueline —grita Sergio al darse la vuelta después de oír el disparo.

Llega hasta la puerta del salón y apunta a Teresa que se ha desplazado por el suelo hasta detrás del sofá.

Dispara una vez y otra.

Ella le devuelve los disparos arrastrándose por el suelo.

Él se acerca hasta ella y le da una patada a su pistola, la tira lejos hacia el otro lado mientras la observa.

Teresa da un grito de dolor.

Él alarga la mano con su pistola apuntándola y…

—Muere hija de puta… —le grita.

Suena antes otro disparo, he sacado mi pequeña pistola del bolsillo y disparo sin dudarlo.

Un tiro, otro tiro y otro.

Tres disparos.

En el pecho, en el cuello y en la cara.

Sergio Carrasco se gira hacia mí sin comprender nada, pone una cara rara, indescifrable.

—¿Tú? —acierta a decirme mientras cae sobre el suelo de madera y se queda quieto, muy quieto.

—¡Yo! —le respondo.

Golpean fuerte en la puerta:

—¿Qué pasa, Sergio? Ábrenos de una vez —chillan al otro lado.

Se oyen disparos a lo lejos.

—Nos disparan —dice una voz.

—Han disparado al teniente en el coche —grita otra voz.

Voy corriendo hasta la puerta y observo por los cristales.

Detrás de los coches se ven los fogonazos de disparos. Alguien dispara hacia aquí protegido por la carrocería. Carmelo y sus dos hombres están a su merced. Uno ya está tendido en el suelo con una herida que sale de su costado y los dos se tiran al suelo de hierba para resguardarse. En la puerta de la casa por el jardín no hay obstáculos ni columnas donde esconderse, están a merced del tirador. El chófer uniformado de uno de los dos coches aparcados está tendido sobre el asfalto y la puerta de atrás abierta con una sombra en su interior. Supongo que hay otro hombre muerto dentro del vehículo.

Carmelo se da la vuelta y me ve a través de los cristales. Me apunta con cara de odio y dispara desde el suelo. Yo me aparto hacia la pared. Las balas rompen el cristal y lo atraviesan y se clavan en un mueble de madera tras de mí. El otro hombre da un chillido y deja de moverse. Carmelo se acurruca tras él y dispara hacia la calle. Yo abro la puerta…

—¡Cristina! —grito al verla avanzar por el césped hacia nosotros—. Cristina viene a salvarnos —le grito a Teresa girando la cabeza y volviéndola después hacia el exterior.

Cristina corre hacia la puerta con una pistola en la mano y disparando.

—Tira el arma —le ordeno a Carmelo desde la puerta al verlo disparar hacia delante —pienso dispararte.

Carmelo se gira rápido hacia mí, se despista y es alcanzado en la pierna por una bala de la pistola de Cristina.

—¡Cojones! —grita con estupor mientras salta la sangre.

Luego, otra bala le da en la cintura.

Cristina llega hasta él mientras cambia el cargador rápidamente. Le da una patada a su pistola y le apunta en el vientre, le mete prácticamente el cañón metálico por el ombligo.

—No sabes lo que he deseado tenerte así, a mis pies —le dice—. Eres el asesino de mi madre y he de ser yo quien te mate.

Cristina le dispara un tiro en el vientre sin pestañear. Carmelo hace un gesto de dolor y adelanta la mano.

—Esperaré a que te mueras, quiero verte morir —le dice Cristina.

Luego se gira hacia mí:

—Hola, Enrique, ¿qué tal estás?

Así, como si tal cosa.

Me la quedo mirando:

—Ya ves —le respondo— bien.

—Y, ¿Teresa? —me pregunta.

—¿Teresa? ¡Dios!

Me giro hacia atrás y no la veo, está estirada en el suelo del salón.

—A ver si la han herido —le digo a Cristina.

Me coge un nerviosismo que se me pone en el vientre, me levanto y entro en la casa.

Cristina se gira hacia Carmelo.

—Te voy a matar, capullo —le grita—. ¿Te enteras bien? Mírame —le ordena— ¿Te das cuenta de que vas a morir?

Él asiente.

—Esta va por mi madre —y le dispara en la cabeza. Carmelo deja de moverse y se queda inmóvil.

Luego entra conmigo en la casa al encuentro de Teresa.

CAPÍTULO 56

Cristina está imponente, arrolladora. Se ha adelgazado y se la ha oscurecido más el cabello. Hasta estando preocupada tiene el dominio de la situación. Levanta la sábana y analiza la venda del hombro de Teresa. «Ha dejado de sangrar», dice en voz alta y para sí misma. Le acaricia la mejilla, el golpe de la pistola de Jacqueline que ha recubierto con una tirita y me mira. «Haces cara de cansado, duerme un poco», y me señala el pequeño sillón de la esquina de la habitación. Teresa está grave. Recibió un balazo que le atravesó el hombro cuando se cruzaron tiros con Sergio Carrasco en su casa. «Fue la última traición del traidor —me dice Cristina animándome—, la salvaste. Bien hecho».

Estamos sentados en dos sillas de plástico junto al camastro y ha sido una verdadera epopeya llegar hasta aquí. Cristina ha dirigido nuestros movimientos con la exactitud de un relojero suizo.

Al descubrir a Teresa herida y tendida en el suelo del salón de la casa de Sergio, Cristina fue corriendo hasta el lavabo y se trajo varios rollos de papel higiénico. «Tenemos que ir deprisa, en unos minutos estará toda la policía rodeándonos». Comprobó que la bala hubiera salido por la espalda y le apretó las gasas improvisadas al hombro y a la espalda. Luego, dio un vistazo rápido al salón y escogió una silla. La sentamos con cuidado sobre ella y la levantamos en vilo. Teresa se quejó. «Vigila que no se resbale», me dijo. Puso los rollos de papel en una bolsa y la sacamos afuera. Pasamos con cuidado entre los cuerpos de los tres perseguidores y al pasar junto al de Carmelo, Cristina lo miró con desprecio y giró la cara después.

Atravesamos el jardín y llegamos hasta los coches. «Cogeremos éste», me dijo señalando el coche vacío de nuestros perseguidores. En el otro estaba el chófer muerto junto a la puerta y el teniente en su interior. Metimos a Teresa en el asiento de atrás con cuidado y luego yo entré con ella. «Ves cambiándole el papel», me dijo. Cristina abrió el motor y estuvo unos segundos con el capó levantado. «Ajá

—dijo—, he encontrado el chip de posición.» Luego entró en el coche y lo puso en marcha manipulando unos cables bajo el volante. Mientras conducía hizo una llamada al propietario del parking en el que habíamos dejado la motocicleta. «Avisa al doctor —le dijo—, tendrá que operarla. Vamos para ahí.»

Entramos en el parking y su amigo nos esperaba. Cerró la puerta metálica tras entrar. «Lo siento —le dijo Cristina bajando del vehículo—, tendrás que deshacerte del coche. Quizá te descubran.» El hombre sonrió y le dio un golpe en la espalda. Cristina observó a Teresa y puso mala cara, le miró la herida y le apretó las gasas.

Cogimos otra silla y la sacamos del coche. El hombre nos indicaba el camino aunque Cristina parecía saberlo de antemano. Salimos del parking y recorrimos un corto pasillo, entramos en un cuarto que era una especie de despacho, nos pusimos frente a una pared y el hombre manipuló un artefacto y la pared se abrió como si fuera una puerta corredera. Pasamos a la otra casa y llegamos hasta el parking. Allí había una furgoneta. El hombre abrió la puerta de atrás y pusimos a Teresa tendida sobre una colchoneta en el suelo de la parte de atrás. Me ordenó que me quedara con ella y Cristina se puso al volante. Se despidió del hombre y él abrió la puerta metálica con un aparato a distancia y salimos de allí.

Fue un recorrido corto, la puerta de otro parking nos esperaba abierta unas manzanas más allá. Allí dentro estaba el doctor. Pusimos a Teresa sobre una camilla y la llevamos hasta una pequeña sala que parecía un improvisado quirófano. Cristina me hizo salir de la habitación y se quedó con él a ayudarle. El tiempo de espera se me hizo interminable.

«Está muy grave —nos dijo el doctor mientras se cambiaba de ropa—, ahora depende de ella. Tendréis que vigilarla vosotros solos». Y se fue. Habíamos puesto a Teresa en ese cuarto dentro de la casa, sin ventanas y sin contacto con el exterior, junto a un pequeño lavabo cuya puerta no se cerraba del todo. Había comida, gasas, medicamentos y garrafas de agua.

—Le voy a poner otra inyección —me dice Cristina mientras le saca el brazo a Teresa, le busca la vena, la golpea con los dedos y le inyecta el contenido del líquido transparente.

Teresa está sudando y se la ve intranquila, respira de una forma entrecortada y suspira de vez en cuando. Tiene mucha fiebre.

—Tendrías que comer algo —me dice Cristina al acabar de inyectarla—. No la ayudaremos en nada si nos morimos de hambre.

—¿Y tú?

—Prefiero esperar un poco.

—Yo también.

Se levanta y tira los restos a un cubo de basura. Yo aprovecho para acercar mi silla a Teresa.

Le acaricio la cara y le doy un beso en la frente. Me siento muy mal, estoy en deuda con ella. Hasta que no hay un peligro inminente no averiguas lo importantes que son para ti las personas que están contigo. Teresa ha estado a mi lado y me ha protegido, se la ha jugado por mí y me ha mantenido al margen y ahora puede morir. ¡Qué injusto he sido con ella! Cómo la quiero… No sé qué será mi vida si muere. Todo mi mundo se romperá, me siento perdido sin ella. «Te necesito viva», le digo. «Vive.» Pongo mi cara junto a la suya y se me escapa una lágrima. Si pudiera hacer algo para salvarla… ¿Qué sé yo? ¡Cualquier cosa! «Aguanta», le digo y casi le suplico. «Aguanta.»

Me giro hacia Cristina:

—Yo vi tirar tus cenizas al mar —le digo—. ¿Cómo pudiste engañarnos a todos de esa forma?

—Fue complicado pero salió bien —me dice suspirando y tomándose su tiempo—. El médico forense de Figueras es amigo mío…

—¿De los Hijos del trueno? —le pregunto.

—Sí.

Cristina va hasta Teresa y la toca. «Parece que está bien», susurra. Luego se sienta de nuevo a mi lado.

—Estábamos sobre la pista y un día me llamó con urgencia y me dijo que una mujer de más o menos mi complexión física se había muerto quemada. Me dijo que debía fingir mi muerte con algo relacionado con el fuego. Él sería el encargado de supervisar la autopsia de los restos, así que en principio no iba a haber problemas añadidos.

—Y, ¿de esa manera lo hiciste?

—Pusimos a la chica muerta en mi coche. Rociamos con gasolina la carrocería y la empujamos por el acantilado en una parte que daba a un pequeño terraplén de arena y esperamos a que el coche se quemara en su totalidad desfigurando del todo los restos. Le habíamos puesto el anillo que me había regalado Jacqueline al cadáver y yo antes redacté mi nota a Jacqueline, coartada del suicidio, y le entregué al notario tu mensaje. Todo salió mejor de lo previsto. Carmelo y el teniente me vigilaban muy de cerca y debía hacer algo sin avisaros directamente porque también estabais vigilados. Debí redactar el mensaje para avisar a Teresa y aparecí con la lanza por si me reconocía.

—Toda una ingeniería aplicada…

—Tan sólo supervivencia.

Respira hondo.

—Debía desaparecer, iban detrás de mi y tenía que hacer algo para ganar tiempo —me dice.

—Lo hiciste bien.

Dejamos de hablar y las horas pasan lentas y la incógnita del estado de Teresa sigue aún sin resolverse. No puedo pensar en otra cosa más que en ella.

CAPÍTULO 57

Ha venido el médico y le ha puesto un gota a gota a Teresa. Ha traído varios recambios de suero y le ha explicado a Cristina cómo cambiarlo.

—Todavía está grave —nos ha dicho.

Luego ha venido el hombre del parking. Nos ha traído tarjetas nuevas de identificación para los tres.

—Ahora te llamas Antonio —me ha dicho Cristina alargándome la mía—. Antonio Pérez Sierra.

Han copiado la foto que tenía en la tarjeta antigua y han hecho un trabajo perfecto.

—Hemos cambiado la imagen del reconocimiento facial en el *software* de los ordenadores —nos dijo el hombre del parking—. Ahora, si os reconocen los radares de la calle saldrá vuestra nueva identificación.

—Gracias, Eugenio —le dijo Cristina.

—Todo el mundo os busca, estáis en todas partes, así que cuidado —insiste Eugenio—. Mañana salís.

—¿Mañana? —le pregunto asustado—. ¿Y Teresa, estará para viajar?

—No queda otro remedio —responde Eugenio—. O mañana o os quedáis aquí.

Teresa sigue con fiebre.

Nos quedamos solos y Cristina se sienta frente a mí.

—Es muy peligroso seguir aquí, ponemos en peligro a mucha gente —me dice—. Mañana embarcamos hacia el extranjero, está todo preparado. No tenemos más opciones.

—Yo me quedo con ella.

—Ella vendrá con nosotros.

La miro fijamente y luego observo a Teresa. Sigue intranquila, suspira. Supongo que no hay ninguna otra solución.

—Debemos organizarnos —insiste Cristina—. Mírame —me ordena—. Los Hijos del trueno están plagados de infiltrados de la policía. Están por todas partes, no sabemos en quién confiar.

—¿Y si abandonas la lucha?

—Imposible. Y menos ahora.

—¿Por qué ahora?

—Porque la lucha en estos momentos es más necesaria que nunca. Mira —me dice en confianza—. Están preparando el asalto definitivo. Es ahora o ya estaremos perdidos para siempre. Es cuestión de vida o muerte.

Teresa se mueve y pone en peligro el goteo del suero. Cristina se levanta y lo revisa. Luego, le acaricia la frente y se sienta frente a mí.

—Quieren introducir el chip corporal en todos nosotros. Todos estaremos controlados desde dentro de nuestro interior, toda la información de las tarjetas de identidad estará recogida en ese chip, no habrá escapatoria posible. Toda nuestra información estará recogida allí y con unas máquinas portátiles cualquier autoridad podrá leerlo sobre la marcha.

Ya me creo cualquier cosa. En su afán de control, los gobiernos ya tenían ese proyecto pensado desde hacía tiempo. La cuestión era saber el momento oportuno de ponerlo en práctica. Y es este según parece. Son realmente insaciables.

—Lo peor es que convencerán a la gente de su necesidad —insiste—. Ya están las campañas de información preparadas. La gente lo pedirá, ya tienen los primeros voluntarios preparados. Por seguridad, dirán, para estar más seguras las familias frente a raptos, violaciones o violencia callejera. Es alucinante lo bien que trabajan y los medios con los que cuentan. Por eso tuve que fingir el suicidio. Sergio dirigía la campaña de comunicación pública y lo tienen todo preparado para inundar de mensajes subliminales y directos a toda la sociedad. Lo descubrí y supo que lo había descubierto y por eso iban a por mí. Debía hacer algo para ganar tiempo. No tuve ni ocasión de avisar a Teresa para no comprometerla, estaba estrechamente vigilada, como todos nosotros así que opté por haceros venir a mi entierro.

Me levanto y la abrazo. Me siento tan indefenso… El mundo es muy injusto.

—Siéntate —me dice—. Debemos organizarnos. Hay mucha gente que nos apoya, entre todos lo conseguiremos, le daremos la vuelta a la situación —me coge de la mano y me la aprieta—. Desenmascararemos su plan y empezaremos de nuevo, ¿lo entiendes? ¿Comprendes lo que digo? —me suelta la mano y sonríe—. Ahora somos pocos pero creceremos, ayudaremos a que la gente tenga consciencia de lo que pasa, a que no le de igual. Tenemos pequeños apoyos por todos lados, personas que se han comprometido y que desde su situación hacen lo que pueden para apoyar. La salvación del mundo está en que seamos conscientes de nuestra fuerza y de nuestra potencia como personas —me dice, respira hondo y me mira segura de sí—. Es imposible que siempre venzan los malos, estamos nosotros para evitarlo. Hay que comunicarlo a todo el mundo y luchar para conseguir liberarnos de esos cafres que nos gobiernan. Cada uno de nosotros ha de ser un aliado de todos, de cada uno, un compañero de los demás y un cómplice en esta lucha contra los que nos quieren esclavos. Debemos ser conscientes de nuestro poder y usarlo. No nos detendrán, podremos con ellos. Esa debe ser nuestra consciencia y nuestra lucha.

La observo y le sonrío. ¡Cómo resistirse a su energía!

—Si no lo hacemos nosotros, ¿quién lo va a hacer? —me pregunta—. ¿Prefieres que sean otros quienes lo hagan? ¿Dejarás que sean otros los que luchen por ti?

Nos levantamos los dos y nos abrazamos durante un largo rato.

Capítulo 58

A la mañana siguiente, Cristina le quita el goteo a Teresa y le pone una nueva inyección que ya ni pregunto de que es. Ha pasado mala noche pero no podemos esperar más tiempo, hay que salir a toda prisa. Parece delirar y la tapamos. Cogemos una silla con ruedas y la bajamos hasta el parking de la casa. Eugenio ha venido a buscarnos y la metemos de nuevo en la furgoneta. Teresa sobre la colchoneta en el suelo de la parte de atrás y yo me pongo a su lado y la protejo de moverse. Cristina se abraza a Eugenio al despedirse, sube al vehículo y se pone al volante. Salimos de allí a toda prisa.

—Vigila los baches —me ordena Cristina girándose hacia atrás.

Le hago un gesto con la boca y exclamo: «¡Vaya por dios!».

—Disculpa —me dice— ya sé que haces lo que puedes.

Recorremos las calles a una velocidad normal, Cristina no quiere llamar la atención y no se salta ninguna señal de tráfico. Vamos hacia la Zona Franca del Puerto de Barcelona y cogemos las Rondas porque es por donde circulan más coches. «Así pasaremos más desapercibidos.»

Seguimos adelante.

Teresa mueve la cabeza y se agita.

—Un control —me grita Cristina volviendo su cabeza hacia atrás—. Ves con cuidado.

Aminora la velocidad de la furgoneta y parece dudar de lo que hacer. Casi la detiene del todo.

—Si ven nuestras nuevas tarjetas de documentación volverán a tenernos fichados —me grita desde el volante—. Coge fuerte a Teresa —me ordena— vamos a subir a las montañas rusas, no tenemos otra opción. Estamos cerca y no podemos arriesgarnos.

Le da un golpe fuerte de volante y sale disparada por la calle de la derecha, aguanto a Teresa como puedo sin que se mueva demasiado. Chirrían las ruedas al girar y nos enderezamos después de dar varios tumbos. Vamos a toda velocidad saltando a veces por los aires. Toda la furgoneta salta y vuelve a caer.

—Cuidado —me grita girando de nuevo y haciendo oscilar el coche a derecha e izquierda—. Ya llegamos.

Entra en un gran parking de camiones y seguimos corriendo a toda velocidad por el interior de las naves. Se mete entre medio y gira a la izquierda, las plataformas de carga pasan rozando la carrocería.

Cristina detiene la furgoneta con un frenazo y baja rápidamente. Abre la puerta de atrás y un hombre nos ayuda a sacar a Teresa y otro se sienta al volante de la furgoneta.

La ponen en una camilla con ruedas y nos ponemos a su lado.

—Suerte —grita Cristina cuando la furgoneta sale disparada por dentro del parking hacia la salida. Luego se gira hacia mí—. Intentará despistar a la policía —me dice— pronto estarán los helicópteros peinando toda la zona desde el aire. Hay que darse prisa si queremos despistarles.

Nos meten en el fondo de un contenedor metálico que está sobre un camión y nos acondicionan. Calzan la camilla de Teresa con ruedas en el interior, ponen bolsas de comida y bebida, medicamentos, gasas, dos colchonetas, linternas y un lavabo con un pequeño depósito detrás. Luego, lo llenan de palets de mercancías hasta un tope, dejándonos un pequeño espacio para movernos y cierran el contenedor herméticamente. En el techo y por los lados hay unas pequeñas ranuras para respirar y el habitáculo se queda a oscuras.

—Ahora nos meterán en un barco atracado en el puerto de Barcelona y a navegar —me dice Cristina—. Esperemos que todo salga según lo previsto. No tenemos más opciones.

El camión se pone en marcha, notamos el impulso que hace que todos nosotros nos movamos, tira hacia atrás, a la derecha y sale de nuevo hacia delante. Notamos el movimiento de la aceleración y ya estamos en marcha.

Encendemos la linterna y observamos a Teresa que descansa estirada sobre la camilla. Respira profundamente. Nos sentamos sobre dos sillas de playa plegables que nos han dejado.

Capítulo 59

Teresa por fin abre los ojos y nos mira, la fiebre le ha bajado y ha dejado de agitarse.

—¡Qué bien! Estáis aquí —nos dice en voz baja.

Son sus primeras palabras comprensibles.

Cristina le acababa de cambiar el vendaje y ha visto la herida muy limpia, los antibióticos han funcionado perfectamente. «Esto está mucho mejor —me ha comentado—, parece que ya ha pasado el peligro».

Estamos en el tercer día de viaje y no hemos tenido grandes oleajes ni mala mar, el barco se ha balanceado sin estridencias salvo en algunos momentos críticos. Cristina me ha dicho que serán en total unos cuatro días así que tan sólo nos falta uno. La única preocupación del viaje ha sido vigilar la evolución de Teresa y parece que ha sido del todo positiva hasta el momento.

—¿Qué tal te encuentras? —le pregunto.

—Ya ves… —me responde después de una pausa—. Estoy bien.

Observa sorprendida el alrededor y parece no comprender, sólo tenemos encendida una linterna y las paredes son de hierro ondulado.

—Estamos en un hospital de cinco estrellas —le dice Cristina cogiéndole la mano—. ¿Tienes algún antojo caro? Pídenos lo que quieras…

Teresa sonríe y se atraganta.

—Estamos a salvo —le aclaro yo poniéndome junto a su cabeza y besándole la frente—. Te echaba de menos. No es lo mismo enfadarse con Cristina que contigo.

—Yo no le hago caso, esa es la diferencia —aclara Cristina.

—Yo tampoco se lo hago —susurra Teresa esforzándose por hablar.

—Tranquila, no hables —le digo— descansa.

Me mira con ternura. Hacía mucho que no me daba cuenta de que me miraba así. Tendré que retroceder en el tiempo y recuperar antiguas sensaciones ya casi olvidadas. Es una gran mujer y no quiero perderla. La voy a hacer feliz, me siento capaz.

—Al final disparaste y me salvaste la vida —me dice Teresa alzando su mano hasta mi cara—. Mi querido valiente, abrázame.

Y nos abrazamos.

—Eso, darme celos —nos dice Cristina sonriendo.

Le alargamos las manos y se une a nuestro abrazo.

—¿Dónde estamos? —nos pregunta Teresa desembarazándose de nosotros.

—Vamos en barco hacia Atenas —le responde Cristina—. Nos queda un día y ya llegamos.

—¿Y luego? —insiste.

—Luego tenemos mucho trabajo —le responde Cristina—. Debemos empezar de cero y organizarnos. ¿Estás lista para volver a empezar?

—¿Nos queda otra opción? —responde Teresa y luego hace una pausa—. ¿Y tú? —me pregunta girando su vista hacia mí.

—Él está con nosotras —le dice Cristina por mí.

—Al cien por cien —respondo yo.

Teresa sonríe y entorna los ojos.

—Anda, descansa —le digo.

Nos miramos con Cristina y respiramos al verla descansar.

—¿Crees que es la única salida, luchar a vida o muerte? —le pregunto—. ¿No hay otra manera más fácil, menos cruel?

Cristina se entristece.

—El problema es que los que tienen el poder no quieren que el mundo sea justo —me dice Cristina—. Por eso nuestra lucha ha de ser definitiva… ¿Lo comprendes, Enrique? —me pregunta insistente—. Hay que conseguir que la justicia no sólo sea el objetivo de los desesperados, debe ser la esperanza de todos.

—¿Y qué hay que hacer? —le pregunto.

Cristina levanta las manos y sube los hombros.

—O se cambian las personas o se les recortan sus atribuciones o se elimina del mapa el concepto de poder y de dominio. No es justo que unos lo tengan sobre los otros. ¿Cómo vas a luchar tú? ¿Cuál será tu manera?

Se hace el silencio y el barco sigue su curso. Los movimientos de las olas nos acunan hacia arriba y hacia abajo, hacia la derecha y hacia la izquierda. Un nuevo horizonte siempre trae esperanza e ilusiones bajo el brazo de los nuevos proyectos, sobre todo si tenemos la consciencia de lo que ocurre y el conocimiento de nuestra propia capacidad para regir nuestra propia existencia. Nuestro pequeño contenedor y nuestra linterna, la camilla y los pequeños objetos que nos rodean nos dan el soporte necesario para llegar hasta nuestro destino. Nuestro destino es caminar hacia algo. ¡Qué distinta es mi vida ahora de la que fue por aquel entonces, cuando mis únicas preocupaciones eran mis clases y mi escritura, mi yo y mis manías! Teresa y Cristina están conmigo y yo con ellas y me siento pleno, feliz. Por primera vez, confío en ese mundo que ha de ser capaz de regenerarse a sí mismo y de ofrecer todo lo maravilloso que tiene a todos y a cada uno de nosotros. Confío en las personas que lo harán posible. Lo vamos a conseguir.

Suena la sirena del barco y los tres nos sentimos acompañados con el vaivén que hasta nos marea un poco.

Fin.

AMIGO LECTOR,
A PARTIR DE AHORA SIGUE LAS PRINCIPALES
REDES SOCIALES Y VERÁS COMO
ESTE LIBRO SIGUE VIVO
¡ PARTICIPA CON TUS
COMENTARIOS !